Lugar seguro

Novela

«Isaac Rosa hace un retrato genial
de tres generaciones de granujas de una misma familia
que se aprovechan de las grietas del sistema
en su propio beneficio. Una novela que atrapa e incomoda
y que refleja desde la ironía y la controversia
el momento de incertidumbre de la sociedad actual.»

Jurado del Premio Biblioteca Breve 2022

Juan Manuel Gil

Pere Gimferrer

Benjamín Prado

Elena Ramírez

Andrea Stefanoni

Isaac Rosa
Lugar seguro

Premio Biblioteca Breve 2022

Seix Barral

Certificado PEFC

Este libro procede de bosques gestionados de forma sostenible y fuentes controladas

PEFC/14-38-00305

www.pefc.es

Seix Barral, un sello editorial de Editorial Planeta, S. A.
Avda. Diagonal, 662-664, 08034 Barcelona (España)
www.seix-barral.es
www.planetadelibros.com

págs. 306, 307: © «*Dopo* / Después», Erri De Luca, traducción de Fernando Valverde revisada por Carlos Gumpert
Adaptación de la cubierta: Booket / Área editorial Grupo Planeta
Fotografía de la cubierta: *Atomic Picnic* © Daniela Edburg
Primera edición en Colección Booket: febrero de 2023

Depósito legal: B. 352-2023
ISBN: 978-84-322-4165-9
Impresión y encuadernación: CPI Black Print
Printed in Spain - Impreso en España

Biografía

Isaac Rosa nació en Sevilla en 1974. Es autor de las novelas *La malamemoria* (1999), posteriormente reelaborada en *¡Otra maldita novela sobre la guerra civil!* (2007); *El vano ayer* (2004), que fue galardonada en 2005 con el Premio Rómulo Gallegos, el Premio Ojo Crítico y el Premio Andalucía de la Crítica; *El país del miedo* (2008), reconocida por los editores con el Premio Fundación J. M. Lara como mejor novela del año; *La mano invisible* (2011); *La habitación oscura* (2013); *Feliz final* (2018) y *Lugar seguro* (2022), todas ellas publicadas en Seix Barral. Columnista de prensa, es también autor de varios libros de relatos, entre los que se encuentra *Tiza roja* (2020), y de guiones de cómic. Su obra ha sido traducida a varios idiomas y llevada al cine en tres ocasiones. Colabora habitualmente en eldiario.es y *La Marea*.

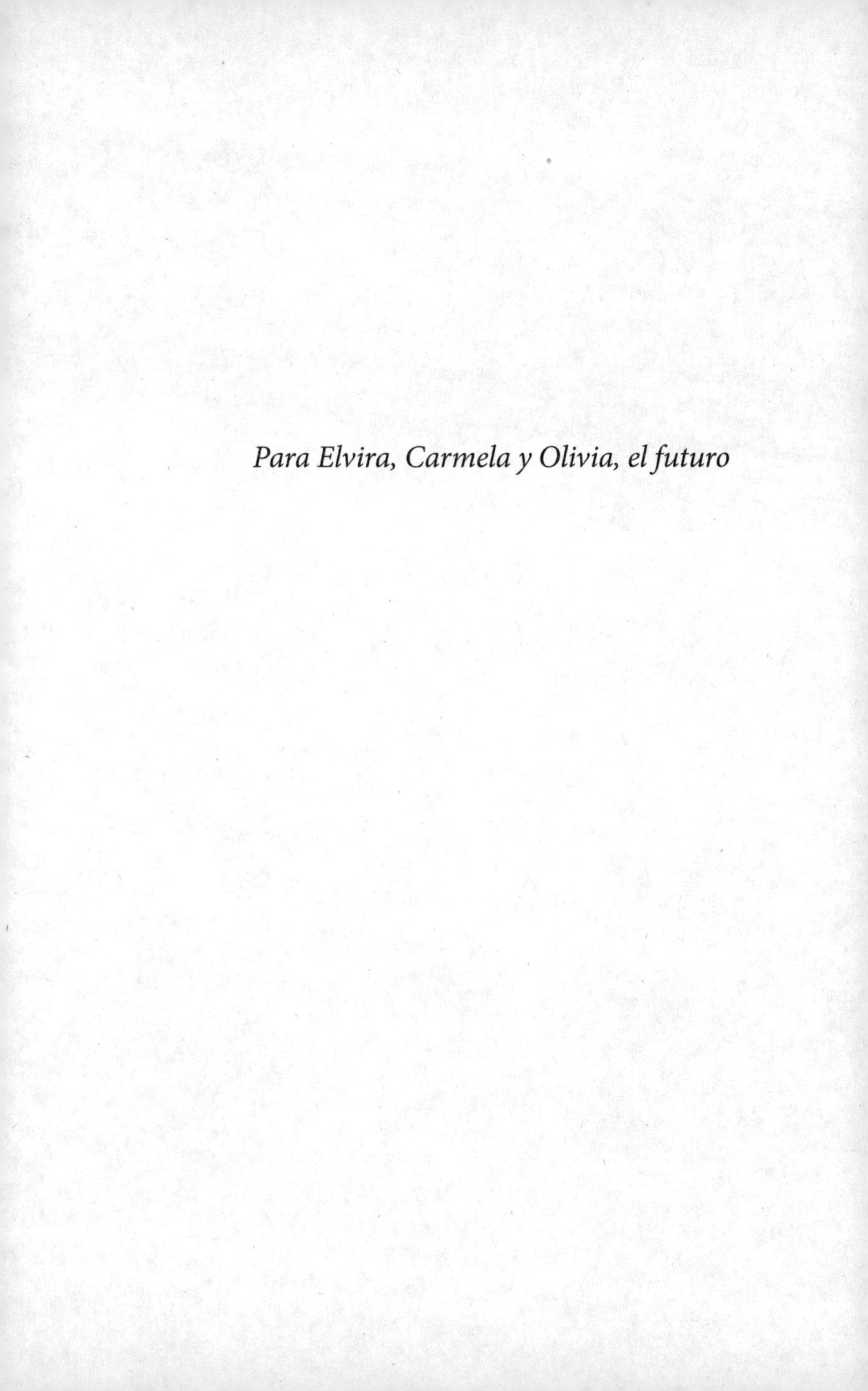

Para Elvira, Carmela y Olivia, el futuro

Desde aquí, en línea recta hacia el sudoeste, podría llegar a mi casa avanzando bajo tierra.

Eso le dije al tipo, asomados a su balcón, señalando por encima de los tejados en dirección al río. Se lo dije como argumento comercial, claro, pero al decirlo me imaginé que de verdad salía de aquel edificio por el sótano y cruzaba media ciudad bajo tierra: no de lugar seguro en lugar seguro, que ya sabes que no son tantos todavía, sino deslizándome por otros sótanos, garajes, túneles, alcantarillas, cuevas enladrilladas, pozos, arroyos entubados, restos arqueológicos por descubrir y estaciones de metro; en perfecta línea recta, atravesando sin esfuerzo muros, cimientos, cableado, tierra compactada y raíces gruesas como quien bucea a ciegas, braceando a ratos y dejándome llevar por una corriente subterránea y caliente, conteniendo la respiración hasta llegar a casa agotado. Agotado y feliz, porque aquel era un pensamiento bonito, tal vez el recuerdo de un sueño.

Desde aquí, en línea recta hacia el sudoeste, podría llegar a mi casa avanzando bajo tierra.

No sabía que ya hubiera tantos, me contestó el tipo, y en su voz levemente impresionada noté que le faltaba un último empujoncito, así que aproveché la intimidad del momento, los dos en el estrecho balcón, hombro con hombro, viendo la ciudad a la primera luz del día.

No lo sabe porque no es un dato público, le dije, y le conté lo de siempre: que la discreción es condición necesaria para que un lugar seguro sea de verdad seguro; que esto no es como poner en la fachada la pegatina disuasoria de una central de alarmas, sino todo lo contrario: nadie debe saberlo. Na-di-e, repetí con severidad; esa es la primera recomendación que *hacemos* —me sale natural ese plural de gran compañía— a nuestros clientes: discreción, reserva absoluta.

Será por eso que no conozco a nadie que tenga uno en su casa, dijo, pero no había sorna sino convicción.

Lo mismo pensarán de usted, le susurré, a riesgo de pasarme en la puesta en escena: lo mismo pensarán de usted, porque tampoco se lo va a contar a nadie, ¿verdad?, insistí para asegurarme de que corriese a pregonarlo nada más despedirme.

Funcionó. Veinte minutos antes no quería ni oír hablar del tema, ni me dejaba entrar en su piso, arrepentido de haberse interesado por la oferta;

pero tras la escena del balcón bajamos juntos al trastero.

Abrió la cancela, completamos el último tramo de escalera, y avanzamos por un pasillo con suelo de cemento, puertas a ambos lados, tuberías suspendidas y cucarachas moribundas. Fue llamando sonriente a las puertas de contrachapado, toc-toc, toc-toc, y dijo que había pensado preguntarme si alguno de sus vecinos tenía ya uno instalado, pero que saltaba a la vista que no, que allí no había más que trasteros. ¿Y qué te esperabas, capullo, un portón acorazado y un neón que diga: atención, atención, aquí hay un lugar seguro? No se lo dije así, claro. Le expliqué pacientemente que si contrataba uno para su familia —importante mencionar a la familia repetidas veces—, se lo revestiríamos exteriormente con una puerta barata como aquellas. Cuando sus vecinos bajasen al trastero para deshacerse de la bici estática, no notarían nada.

Liberó un candadito, empujó la puerta hinchada por la humedad y prendió una bombilla escasa. Cuatro de largo, metro y medio de ancho. Eché un vistazo a los bultos polvorientos. Señalé la bicicleta estática arrumbada, bromeamos. Me agaché a mirar los estantes bajos. Otro imbécil que leyó un artículo sobre cómo montar tu propia bodega y ahora espera que el paso de los años haga milagros con sus vinos de supermercado. Acaricié una botella, leí en voz alta la etiqueta y expresé admiración. Saqué el metro para mostrarme activo, anoté medidas, observé con intensidad profesional las tuberías que cruzaban el trastero sobre nuestras cabezas, di un par de taconazos en el suelo.

Perfecto, le dije. Perfecto, dos adultos y dos niños, sin problema. Y todavía le quedará espacio para mantener su excelente bodega.

Para brindar por el fin del mundo, dijo el cachondo, disimulando lo poquito que le faltaba para firmar.

Le mostré una infografía del modelo básico, señalándole cada elemento sobre el espacio mugriento del trastero: litera de tres alturas, despensa, generador eléctrico, purificador de aire. De reojo confirmé su expresión satisfecha. Lo estaba viendo, ahora sí. Tiré de repertorio para terminar de convencerlo: le aseguré que le iba a contar algo en confianza, me asomé al pasillo antes de hablar. Bajé la voz: en este edificio ya hay uno. Y le lancé el hueso: si es capaz de acertar en qué trastero está, le hago un diez por ciento de descuento.

El tipo sonrió y movió la colita, salió al pasillo y fue golpeando con los nudillos cada puerta, pegando la oreja a la tabla, qué subnormal. Por supuesto no encontró nada, pero le hice el descuento.

El día empezó bien, ya ves.

El día empezó bien y siguió mejor: dos de dos. La segunda visita, a tres calles de allí, fue aún más fácil: un matrimonio anciano, más viejos que tú, asustadizos y desarmados frente a técnicas comerciales, y que al principio tomé por viuda solitaria, pues me abrió ella y me invitó a entrar a un salón atestado de fotografías familiares, la tele encendida en el programa matinal de sucesos, y un nivel de limpieza y orden propios de la viudez. Demasiado fácil, me dije, y no te lo creerás pero sentí un pellizco de incomodidad. Mi esquelética conciencia, que a veces araña un poquito la puerta para demostrar que sigue ahí. Entonces oí la voz del marido por el pasillo, y de verdad que me alegré de que no fuese todo tan rápido e irresistible como convencer a una anciana que vive sola y ve demasiada tele.

Falsa alarma. Nada más asomar el viejo por el salón le vi la mansedumbre en los ojos, ya he aprendido a reconocerlos a primera vista. ¿Qué vamos a comer?, preguntó, con ese tonillo infantil que reforzaba mi primera impresión, confirmada cuando al verme soltó: ¿este quién es, eh, este quién es? Así que la cosa se ponía aún más favorable: anciana sola, que ve demasiada tele, y con un niño de ochenta o noventa años a su cargo. Si no estuvieran las cosas tan mal, de verdad que me habría largado, no sin antes instruirla con algunos consejos para no morder anzuelos comerciales, y por supuesto la recomendación de no dejar entrar nunca en casa a ningún vendedor.

Decidí que si aquella mujer quería comprar no sería mérito mío, así que no me esforcé en presentarle *nuestros* productos, ni siquiera saqué el dosier de noticias recientes. No podrán llamarme asustaviejas. Pero la mujer era pura demanda, y yo su oferta exacta, lo que ella necesitaba, o creía necesitar. Así que me limité a seguirla por el pasillo, o más bien a seguirlos: ella andando y él pegado a su espalda, entorpeciéndola, mientras repetía qué vamos a comer, eh, qué vamos a comer.

Vivían en un bajo, y la mujer, tras conseguir dejar al marido frente al televisor con una serie infantil, me condujo a un pequeño patio de luz al que tenía acceso desde su cocina. Miró hacia arriba con desconfianza, a las siete u ocho plantas de tendederos, y, solo cuando estuvo segura de que nadie nos veía, retiró unos cubos y dejó a la vista una trampilla en el suelo, que me pidió que levantara, ella no podía agacharse. Me entraron ganas de preguntarle para qué quería un lugar seguro en el que, llegado el momento, no podría meterse, incapaz de levantar aquella pesada trampilla o bajar los estrechos escalones, forcejeando nerviosa con su alterado niño viejo e inútil que chillaría y daría manotazos y se negaría a entrar. Me asomé desde arriba, no necesitaba bajar, todo el interior a la vista: un minúsculo cuadrado de cemento de apenas metro y medio de lado, podrido de humedad y donde yo no podría ponerme de pie, ni tampoco su marido, que era de mi estatura. Pero ya sabes cómo están las cosas para dejar pasar un contrato fácil, así que le dije que sí, que el módulo más pequeño encajaría bien. Total, dijo ella, para tener ese agujero ahí muerto de risa, mejor darle una utilidad. Seguramente nunca ocurrirá, pero imaginé a los dos ancianos ahí encerrados, acuclillados en un banquito, incapaces de volver al exterior mientras se les agotan los suministros, ella calmándolo con su abrazo corto mientras él pregunta qué vamos a comer, eh, qué vamos a comer.

La mujer se fue al dormitorio a buscar el dinero para el primer pago, que insistió en hacerme en metálico, y me dejó a solas en el salón con su niño viejo. Me fijé en que le asomaba un tatuaje por el cuello de la camisa, uno de esos tribales horteras de hace años, impropio de su atuendo planchado y repeinado, e impropio de aquel salón museo, pero, ay, todos tuvimos una juventud. Bonito tatuaje, le dije, y él me preguntó otra vez que quién era yo, eh, quién era yo. ¿No sabes quién soy?, le susurré. ¿No te acuerdas de mí?, tensé un poco más la cuerda, oía a la vieja trastear en el dormitorio. Me acerqué hasta acorralarlo contra el aparador, tumbó una foto con el codo, a punto de gritar o llorar o pegarme. Le miré a los ojos y vi temblar el miedo en su pupila, pero me pasó lo de siempre: dudé si lo que veía era el probable miedo de hombre perdido e indefenso, o el más improbable miedo a ser descubierto. Ya te lo conté, aunque no te acuerdes: en cada viejo demente sospecho el fingimiento, la voluntad tramposa de quitarse de en medio, dejar de ser y entregarse a una vida mueble, sin más propósito que ser alimentado y peinado y tomado de la mano y perdonado y hablado con dulzura. Te juro que no hay día en que no te mire a los ojos y lo piense.

El tercero de la mañana ya se torció, y fue por tu culpa. Sí, por tu culpa, aunque a esa hora estuvieras todavía durmiendo. La visita había empezado bien, el tipo vivía en un adosado y las primeras señales apuntaban a una venta fácil: pegatina de central de alarmas en la fachada, barrotes en el piso superior y una cámara de videovigilancia falsa, una mala imitación, sobre la puerta principal. Esto va a ser rápido, me dije al tocar el timbre. La casa era más bien pequeña pero con una habitación en el sótano que usaban de gimnasio y antiguo cuarto de juegos de los niños ya crecidos. El hombre, de mi edad, insistía en culpar de aquella *ocurrencia* a su esposa, que no estaba presente para confirmar o desmentir la acusación. Su esposa era muy miedosa, su esposa siempre se encaprichaba de tonterías, su esposa era muy influenciable por las modas y los telediarios, su esposa era un poco envidiosa de unos primos que vivían en una urbanización y ya tenían uno, su esposa era muy cabezota y cuando se le metía una idea no había quien se la sacara, su esposa era muy pesimista respecto al devenir del mundo, su esposa veía demasiadas películas, su esposa nunca bajaba a esa habitación porque le daba asco y miedo desde que tuvieron una infestación de cucarachas de esas africanas, así que a ella no le importaba perder ese espacio, que en cualquier caso no lo perderían, simplemente le añadirían otro uso, él pensaba seguir utilizándolo de gimnasio, ya que su esposa no hacía deporte y además se burlaba de él por insistir en mantenerse en forma. Acabé por dudar no ya de que la decisión fuese en verdad de la esposa, sino de su propia existencia: pensé en un hombre abandonado que se empeña en negar la realidad, y hasta se me pasó por la cabeza la idea de que la mujer estuviese emparedada en aquel sótano.

Le dejé una carpeta con toda la información y quedó en llamarme cuando concretara con su esposa qué modelo y equipamiento instalarían, porque por supuesto él no iba a decidir sin ella, pues a todo lo anterior había que añadir que su esposa era muy intransigente y había impuesto su gusto hasta en la última cortina de la casa. Qué ganas de salir de allí y perder de vista a aquel mal actor de comedia matrimonial. Pero entonces el tipo abrió la carpeta y se fijó en mi tarjeta, enganchada a la solapa con un clip. ¿Segismundo García?, preguntó señalándola, omitiendo el segundo apellido, lo que ya me puso en guardia. Respondí afirmativamente pero, en cuanto vi que el tipo pasaba a un tuteo hostil: ¿eres familia de Segismundo García, el de...?, no le di tiempo a terminar la pregunta: no, yo soy el único Segismundo en la familia. El tipo me miró a los ojos, tamborileando en la carpeta, en la tarjeta con mi nombre. Bajé la cabeza para evitar que se me fuese la mirada a su boca, no quería mirarle los dientes para no delatarme.

Me despidió con frialdad, le dije que esperaría su llamada y me cerró con un portazo que no dejaba lugar a mucha duda. Te diré lo que hizo nada más perderme de vista: buscó en Google, tecleó tu nombre, mi nombre, encontró sin mucho navegar esa foto tuya de hace diez años, inaugurando una clínica, en la que estamos mamá y yo a tu lado, y aunque el paso de los años podría hacerle dudar al identificarme, bastó la búsqueda, la sola duda removiendo el recuerdo, para hincharle una vena de mala hostia que horas después volcaría contra su mujer por la *ocurrencia*. En el mejor de los casos no me llamará más, su esposa y él coincidirán en que de ninguna manera van a contratar nada con un familiar de aquel hijo de la gran puta, y buscarán otra empresa aunque les salga más caro.

Tengo que cambiar las tarjetas. Reducirme a S., o usar el Ortega de mamá y dejar el tuyo en una G., o ni eso, borrado. Segismundo García: ya nos vale, viejo. España se ha tragado muchos millones de Garcías, sin importarle que tuviesen nombres raros como Segismundo con los que sus padres habían pensado singularizarlos. Segismundo García, qué ridículos somos. Debería cambiar las tarjetas. O cambiarme el nombre, no sé qué me da más pereza.

Que el día no iba a ser todo lo bueno que a primera hora prometía me lo confirmó la llamada del banco, nada más salir del adosado, todavía molesto por lo sucedido y acordándome y cagándome en ti. Me llamó Roberto, ya te hablé de él.

Buenos días, Segismundo, tengo una noticia buena y otra mala, me dijo el gracioso. La mala era malísima: me denegaban la financiación. Y la *buena* era una tirita que seguramente había improvisado mientras marcaba mi número: me podía ofrecer un préstamo personal, las condiciones eran inmejorables, no me pedirían aval, solo tenía que firmar un seguro de impago que no era muy cuantioso y domiciliar mis...

¿Por qué me denegáis la financiación?, le interrumpí.

Lo he intentado todo, me dijo, no sabes cómo he peleado tu petición, pero los de arriba no lo ven.

¿Qué es lo que no ven?

No lo sé, yo solo soy el mensajero. Supongo

que han estudiado tu plan de negocio y tienen dudas con las previsiones de...

¿Es por mi padre?

Silencio al otro lado de la línea.

¿Es por mi padre?

De verdad que lo pensé. Que otra vez nos mezclaban, otra vez éramos Segismundo García y Segismundo García. Que toda la herencia que me ibas a dejar era una lista negra bancaria y un nombre maldito, aparte de la predisposición genética a la demencia senil. Incluso pensé que tal vez me habían visto, por la cámara de seguridad de la sucursal, sacando dinero con tu tarjeta, de madrugada cada primero de mes, para que no te vuelvan a embargar la parte supuestamente inembargable de tu pensión.

¿Es por mi padre?

No, no es por tu padre, dijo con un suspiro, y siguió hablando en voz baja, lo imaginé cubriendo el auricular con la mano: es cierto que tampoco ayuda mucho a tu... perfil financiero. Pero no creo que sea ese el motivo. Simplemente es que se trata de un negocio novedoso, lo cual es muy bueno pero también implica más riesgo, y ya sabes eso de que no hay nada más miedoso que un millón de euros. Eso deberías hacer, refugios para el dinero, rio el cretino.

En ese momento me entró una llamada en espera y vi que era Yuliana. Debo agradecerle a la dulce muchacha que con su llamada me frenase un segundo, ya que evité así gritarle al del banco. Respiré hondo antes de retomar:

Mira, Roberto, veámonos esta mañana. Desde que os presenté la documentación han pasado muchas cosas, cosas muy buenas.

Cosas muy buenas, repitió, y oí de fondo el tecleo en su ordenador.

Sí, no he parado de moverme, tengo prácticamente cerrado el acuerdo con un proveedor norteamericano, y lo mejor: tengo ya un centenar de clientes firmados.

Un centenar.

¡Un centenar en solo tres semanas! Firmados y con el primer pago abonado. Eso lo cambia todo, ya no es un proyecto sino una realidad, una empresa que nada más arrancar ya tiene cien clientes, podría hacer el primer pedido mañana mismo, pero el proveedor me exige una garantía de pago antes de empezar a servirme, necesito esa línea de crédito y la necesito ya, tengo cien clientes esperando a que empiece el montaje, y tampoco puedo contratar instaladores mientras no me desbloqueéis. Puedo adjuntaros todos esos contratos en el expediente, para que los tengáis en cuenta. ¡Cien clientes! Es un negocio con mucho potencial, recibo llamadas y correos todos los días, voy a empezar a buscar comerciales en otras ciudades, y eso que apenas nos hemos publicitado...

Me encantaría ayudarte, Segismundo, pero yo no soy el que firma.

Pues déjame hablar con tu jefe.

No creo que...

Esto no se resuelve por teléfono. Me paso por la oficina en una hora y lo hablamos con calma.

Tengo una mañana complicada.

Diez minutos. Dame solo eso.

Iba a decir diez putos minutos, pero cada vez llevo mejor el autocontrol.

En una hora estoy ahí, Roberto, gracias.

Le colgué para no darle tiempo a objetar nada más, y devolví la llamada a Yuliana para ocupar la línea.

Estabas muy nervioso, eso me dijo la dulce Yuliana como saludo: su papá está muy nervioso, lleva desde las cuatro de la madrugada; me desperté al oír sus puñetazos contra la puerta. Le ofrecí agua y un poco de bizcocho, y le metí una pastilla. Estuvo más de veinte minutos dándole golpes a la puerta y gritando que tenía que salir: tengo que salir, tengo que salir. Me empujó y me ha mordido en la mano.

¿Y por qué no lo dejaste salir?, le pregunté a la alterada Yuliana, que parece no recordar las instrucciones.

Era de noche todavía, dijo la buena de Yuliana, y me contó que consiguió llevarte al salón y sentarte en tu sillón. Te puso la tele, programas de venta nocturna que junto a la pastilla acabaron por vencerte. Pero ahora te habías despertado y ya estabas en la puerta forcejeando con la cerradura, se quejó Yuliana con voz agotada.

Déjale salir, le ordené. Déjale salir y ya sabes: acompáñale, pero que vaya a donde él quiera. Cuidado en los semáforos y demás, pero déjale ir. Y mantenme informado.

Si le abro ahora la puerta va a salir como un toro al que levantan la valla del corral. Puede caerse por la escalera.

Déjale salir, insistí.

Y eso hizo Yuliana, me lo contó más tarde: liberó la cerradura, abrió la puerta y saliste atropelladamente, bajaste la escalera a saltos, con ella sujetándote del brazo, y al pisar la calle no dudaste hacia dónde ir: tomaste la acera hacia la derecha, cruzaste la calle, alcanzaste la esquina y giraste hacia la avenida, a paso ligero, chocándote con los transeúntes, Yuliana en tu estela y con dificultades para retenerte en cada cruce.

Mientras tanto yo veía en mi móvil tu recorrido, el punto intermitente moviéndose por el mapa, y pensé que hoy sí, que hoy era por fin el día.

Un centenar de clientes. ¿Cuántos negocios conoces tú que, sin publicidad, sin todavía una oficina propia, sin más personal que dos comerciales novatos, consigan cien clientes en tres semanas? ¿Cuánto tardaste tú en tener tus primeros cien putos clientes?

Y todavía me daba tiempo de añadir algunos más de camino al banco, porque en efecto tenía varias visitas concertadas sin desviarme demasiado.

El primero no era en principio fácil, pero acabó abriendo nuevas posibilidades que ni se me habían ocurrido, ya sabes el papel que juegan el azar y la intuición en toda empresa. Era un matrimonio joven con un niño pequeño, en un edificio de nueva construcción y calidades más bien pobres, que tenía los trasteros en la azotea, mal emplazamiento para un lugar seguro. Pero también tenía garaje, y allí me llevó el marido. Me contó que habían comprado dos plazas de aparcamiento, pensaban alquilar una de ellas pero se les había ocurrido darle un mejor destino. Me enseñaron un hueco entre columnas, en medio de la planta, ni siquiera tenía una pared, abierto por los cuatro costados y rodeado de coches.

¿Cómo lo ve?, me preguntó el hombre. Yo hice el paripé habitual, recorrí el espacio, conté pasos, golpeé con la mano abierta una columna, observé con atención el techo cruzado de cables y tuberías.

Puede ser, le dije. Ahí no podía hablar de la discreción como condición necesaria, iba a ser muy evidente para el resto de los vecinos, por mucho que lo disimulásemos rodeando las paredes del módulo con un segundo muro de ladrillos desnudos que parecieran cerrar un improvisado trastero.

Al mirar alrededor me pareció que aquel garaje era desproporcionado para el tamaño del edificio. El tipo me confirmó que la mayoría de los vecinos tenían dos, algunos incluso tres plazas. La promotora planeó un segundo bloque que no llegó a levantar, así que le sobró medio garaje y ofertó las plazas sobrantes a buen precio. ¿Y qué harían el resto de las familias, jóvenes familias con hijos pequeños, cuando viesen lo que uno de sus vecinos había instalado en su plaza sobrante? ¿Iban ellos a mantenerlas vacías, ocupadas por bicicletas y trastos de camping, o alquiladas a precio ridículo en un barrio donde todos los edificios ya tienen garaje, pudiendo contar con su propio lugar seguro? Pudiendo además disfrutar de un lugar seguro a buen precio, muy buen precio, pues si hacían una compra comunitaria yo les ofrecería una rebaja importante. ¿Por qué no lo planteaba él mismo en la próxima reunión de vecinos? ¿No sabía que ya hay promociones nuevas de vivienda, obviamente más caras que la suya, que además de garaje, piscina o videovigilancia incluyen lugares seguros para todos sus habitantes? ¿No se daba cuenta de cómo ese equipamiento extra revalorizaría sus viviendas? ¿Y cuántos vivían en el bloque? ¿Medio centenar? ¿Medio centenar de familias jóvenes con hijos? ¿Era posible que sumase medio centenar de nuevos clientes en un solo movimiento? ¿Cuándo tenían la próxima reunión de vecinos? ¿Podían convocar una extraordinaria, ya que el tema era lo suficientemente importante? ¿Les parecería bien que yo estuviera presente en la misma para exponer mi oferta y resolver sus dudas? ¿Podía yo presentarme en el banco esta misma mañana con cien contratos firmados y otro medio centenar apalabrado? ¿No era todo aquello una estupenda señal? ¿No se enderezaba de nuevo el día?

Y aún me dio tiempo de otra visita antes de llegar al banco. A primera vista parecía favorable: una pareja de treinta y muchos o ya cuarenta años, embarazada ella, lo que daba puntos extra, y además presentaban un perfil claramente nostálgico: tenían el minúsculo apartamento empapelado con pósteres de películas de hace treinta años o más, adornaban los estantes del salón con viejas cámaras de fotos y una anacrónica máquina de escribir. Hasta un tocadiscos vi en el saloncito. Conozco bien a ese tipo de gente: ávida por recuperar no sé qué pasado mítico, vivir como sus padres o abuelos, trabajos para toda la vida, hipotecas de pocos años y vacaciones pagadas. Un lugar seguro en el sótano es un buen sustituto cuando sabes que todo aquello ya no volverá. Nostálgicos pero no botijeros, que yo antes los confundía hasta que entendí que son lo contrario: no verás un botijero que exhiba nostalgia indumentaria, decorativa o cultural; aborrecen de ella por reaccionaria. Pero esta parejita feliz era nostálgica, no botijera; la suya era una añoranza más estética que política, consumidores compulsivos de cualquier producto que alivie un malestar que no saben ni nombrar.

Para mi sorpresa, el convencido era él, mientras que la embarazada, a la que erróneamente supuse más proclive a comprar cualquier elemento de seguridad para su venidero hijo, lo mismo protectores de goma para las esquinas de los muebles que un lugar seguro en el sótano, se mostró muy reticente. Al parecer tenían pendiente una conversación entre ellos, y decidieron tenerla en mi presencia. Ninguna sorpresa, Mónica y yo hacíamos lo mismo, y recuerdo tus broncas con mamá delante de cualquier camarero.

Le estaba diciendo a mi mujer que aunque transformemos el trastero podremos seguir utilizándolo para guardar cosas, comentó el tipo buscando mi complicidad para evitar otra derrota conyugal.

Por supuesto, dije. El equipamiento básico no ocupa apenas espacio, podrán seguir aprovechándolo, con la única diferencia de que ahora tendrán un trastero blindado de donde nadie podrá robarles la bici estática.

Esta vez no hizo gracia la broma de la bici estática. La embarazada parecía irritada, debían de estar en plena discusión cuando llegué. Seguramente su marido había pedido información y aceptado mi visita sin decírselo a ella hasta solo minutos antes de mi aparición.

No lo necesitamos, gruñó ella.

Eso nunca se sabe, dijimos los dos hombres a la vez. Continué yo: eso nunca se sabe, y piense en cuántas cosas poseen que realmente no necesitan, que nunca van a usar, pero que les dan seguridad. Me contuve de señalar toda la morralla nostálgica que atestaba el pisito.

¿Sabes lo que pienso?, me dijo, tuteándome con desprecio, descargándome una rabia que en realidad era para su marido y que supuse prolongación de otras discusiones ajenas a mí. ¿Sabes lo que pienso? Que somos unos paletos, eso somos. Siempre imitando a los americanos, también en esto: ahora les ha dado por los búnkeres, y detrás vamos los provincianos. Y lo mismo con los ricos, que somos doblemente paletos: el tenista este o la pija aquella cuentan que se han montado bajo el suelo de su casita un búnker ocho veces más grande que nuestro piso, y hasta se hacen fotos enseñando los detallitos de equipamiento, y detrás vamos nosotros a forrar las paredes del trasterito para tener un sucedáneo que nunca será igual, que seguramente ni siquiera nos protegería. Pero además, ¿para qué coño necesitamos un refugio? Dime, ¿para protegernos de qué? ¿Qué puede pasar?

¿Qué puede pasar? La pregunta. Qué puede pasar. La pregunta para la que yo por supuesto tengo respuesta. La pregunta para la que llevo encima un dosier engordado con noticias de los últimos años y meses, de la semana pasada, de hoy mismo, y datos oficiales, predicciones a corto y medio plazo, extractos de entrevistas con expertos que anticipan escenarios futuros, el último informe del IPCC, casos reales de familias que —en Estados Unidos, sí— salvaron una situación comprometida gracias a tener un lugar seguro. Qué puede pasar. La pregunta para la que tengo un argumentario de varios folios memorizado y ensayado, un listado de preguntas frecuentes y las respuestas más apropiadas según el perfil de cliente, un guion minucioso para atender dudas y desactivar negativas. Qué puede pasar. La pregunta que les hago una y otra vez a mis comerciales hasta que consiguen responderla con naturalidad y persuasión. La pregunta cuya respuesta desarrollé en la solicitud de financiación que presenté al banco. La pregunta que ahora me hacía una embarazada acariciándose desafiante la barriga, qué puede pasar, dime, qué puede pasar. La pregunta que nadie, absolutamente nadie me ha hecho en tres semanas de llamadas y visitas. Nadie, ni quienes acabaron contratando un lugar seguro, ni tampoco quienes lo descartaron; todos consideraron innecesaria la pregunta por obvia. Pero ahora me la hacía esa mujer mirándome a los ojos con la boca apretada, y su marido al lado mirándome también y en su caso esperando mi respuesta rotunda que desarme a su mujer no ya para conseguir un lugar seguro, sino al menos imponerse en otro pulso de pareja. Pero todo lo que podía decirle me sonaba retórico, grandilocuente, frases hechas, palabras mayúsculas que caerían desplumadas a los pies de esa mujer embarazada que pronto traería al mundo un hijo para el que no consideraba necesario un lugar seguro, y a la que yo nunca podría convencer ni aunque estuviesen ardiendo todos los coches de su calle en ese momento. Qué puede pasar.

Llamé a Yuliana antes de entrar en el banco, después de comprobar en la pantalla lo lejos que habías llegado ya. Caminabas a gran velocidad, me lo confirmó la chica al teléfono, voz entrecortada:

Me cuesta seguirlo, nunca lo había visto así. De dónde ha sacado esa fuerza para marchar tan deprisa y resistirse de esta manera cada vez que lo sujeto para que no lo atropellen. Y su mirada...

¿Qué pasa con su mirada?, pregunté expectante, no sabía si ilusionarme.

Es como si no fuera él, como si estuviera poseído, solo mira al frente y camina, me pongo delante y ni me ve.

No te separes de él.

Tengo miedo de que se me escape.

Tú eres más fuerte que él, Yuliana, no será para tanto. Sigue a su lado y ten mucho cuidado en los cruces, dije, como si me importara que un autobús te dejase reventado en el asfalto cual perro perdido. O sí, hoy sí me importaba; mira que si es el día y te atropellan antes de llegar...

Comprobé en el localizador que desde que saliste del piso te habías desplazado en una línea recta casi perfecta, apenas corregida por alguna esquina, cambio de calle u obstáculo en el camino. Vi el trazado azul que tu punto intermitente había ido dibujando en el mapa, casi tres kilómetros en línea recta dirección este, y volví a mi pensamiento de primera hora: te imaginé avanzando esos kilómetros bajo tierra tú también, aunque no braceando ni llevado por la corriente, sino en tu caso escarbando como un topo feroz, abriendo con las manos, las uñas, los dientes, una galería urgente hasta encontrar la madriguera abandonada, el escondite olvidado, el tesoro enterrado.

Que no se te escape, le insistí a la dulce Yuliana, la pobre Yuliana, que lleva más de un año aguantándote y levantándote y acostándote y lavándote y vistiéndote y atándote los cordones y alimentándote y cogiéndote la mano y abrazándote cuando lloras, y tal vez dedicándote otras muestras de afecto que no he visto, y recibiendo a cambio tus gruñidos, tus insultos impronunciables, tus empujones y arañazos y mordiscos, tus embestidas cada vez que te despiertas diciendo que tienes que salir y forcejeas con la puerta y ella te abre siguiendo mis instrucciones y te sigue y te detiene en los cruces y te escolta durante minutos y kilómetros de avance desquiciado hasta que de pronto, al dar un paso más, se te agota la energía o se apaga el imán que te arrastraba o se esfuma en tu cerebro agujereado el pequeño destello de memoria que te había hecho cruzar media ciudad. Y te quedas parado en medio de la calle, averiado y confuso. Incapaz de continuar, te dejas meter en un taxi y regresas a la mansedumbre durante semanas, acaso meses, como si estuvieras ahorrando fuerzas hasta el día en que vuelva a encenderse no sabemos qué chispazo en tus neuronas, y retomes esa carrera que puede ser búsqueda o huida.

Pero la salida de hoy parecía diferente, o tal vez eran mis ganas, mi necesidad.

Estaba en la puerta del banco, y nada más colgar a Yuliana me entró otra llamada: Mónica. Qué contraste, sustituir la voz amorosa de Yuliana por la aridez de Mónica, que no me llama nunca, que llevaba más de un mes sin dirigirme ni una palabra escrita o hablada. Que solo me llama cuando Segis se mete en otro lío. Y así era:

Tienes que ir al colegio, ahora mismo.

Buenos días, Mónica.

Han llamado de dirección, allí te lo explicarán, yo estoy en una reunión.

Iba a decirle que estaba a punto de entrar en el banco, que mi cita era tan importante como su reunión, que además no me creía que estuviese en ninguna reunión justo cuando la llamaban del colegio por algún problema de Segis, pero ya había colgado y puesto en silencio el teléfono, o al menos no me lo cogió, para reforzar su mentira y evitar cualquier negociación por mi parte.

Con ese ánimo entré en el banco, imagínate. No eran ni las once de la mañana y al día no le cabían más emociones. O sí, espera.

Fui directo a la mesa de Roberto, que me recibió con esa sonrisa comercial que en los demás me resulta repugnante porque me hacen de espejo. Le pedí que me dejase ver a quien estuviera por encima de él, había traído nueva documentación para aportar a mi expediente.

Por supuesto su jefe no estaba, no se le esperaba en todo el día, pero podía dejarle los papeles, se los daría en cuanto llegase, podía confiar en él, iba a pelear por mi financiación, estábamos en el mismo equipo.

Por favor, Roberto, me juego mucho, necesito esa línea de crédito y la necesito ya. No quería parecer desesperado, es la peor manera de pedir algo en un banco, pero yo estaba desesperado, muy desesperado, y seguramente me conformaba con un desahogo a falta de crédito, así que me desplomé en la silla frente a él y aflojé las riendas: no podéis hacerme esto, tú sabes igual que yo que es un buen negocio, no puede salir mal, no hay riesgo, se venden solos, mira, traigo cien firmados y otros cincuenta en el bolsillo, y esas ciento cincuenta familias tienen amigos y vecinos que enseguida querrán uno también, y lo contarán a otros y pronto será un fenómeno social y saldremos en las noticias y no necesitaremos ni gastar en publicidad, quién querrá quedarse sin su lugar seguro, son millones, atiende, decenas de millones las familias dispuestas a pagar poco, nada, lo que cuesta una quincena en la playa o arreglarte los dientes, pagar ese dinero ridículo a cambio de seguridad, seguridad total, seguridad absoluta y, no menos importante, tener ellos también lo que hasta ahora ha sido una marca de clase, un lujo al alcance de una minoría, como en otra época era un lujo volar en avión, tener ordenador, viajar al extranjero o enseñar una bonita dentadura —dos veces dije lo de los dientes, error—. Escúchame bien, Roberto, es la primera buena idea que tengo en mi vida, es una gran idea, es tan magnífica que no parece mía, y te diré algo: si no lo hago yo, lo harán otros, porque la demanda existe y es enorme y no va a dejar de crecer, porque está en el espíritu de los tiempos, todo empuja a favor, mira las noticias de hoy mismo, de cualquier día, dime qué películas y series has visto en el último año, todo empuja a favor, es un producto que cuenta con la mayor campaña publicitaria que se haya visto en la historia y sin gastar un céntimo, y eso es lo que acabará pasando, lo estoy viendo: me saltarán otros por encima, por encima de mi cadáver, otros que siempre parasitan ideas ajenas, otros con más solvencia y más músculo empresarial, otros a los que sí recibirá tu jefe, o el jefe de tu jefe, el gran jefe, y a los que daréis una línea de crédito sin límite. Escúchame, Roberto, mírame por favor mientras te hablo, no quiero pagar el precio del pionero, no quiero estrellarme dejando el terreno despejado para que lleguen otros y recojan lo que ahora voy sembrando, y ya ves que estaba hablando de más, debía frenar ese desahogo en arcadas, estaba a punto de decir alguna inconveniencia, decir que yo solito me he metido en un callejón porque sin crédito no hay entrega de material, y sin material no hay lugares seguros pero tampoco puedo devolver el dinero adelantado por los primeros clientes porque fui demasiado optimista, confié en que llegaría la financiación y no reservé ese capital, lo empleé en cubrir deudas anteriores, y ya hay algunos clientes llamándome para preguntar qué hay de lo suyo, dónde está lo prometido, por qué siguen teniendo trasteros cochambrosos en vez de flamantes lugares seguros, y de seguir por ese camino acabaría desatando del todo la lengua y la desesperación y hasta le habría dicho a Roberto, al impasible Roberto, al inhumano Roberto que me miraba sin verme, le habría dicho que necesitaba esa financiación porque no quiero fracasar otra vez, no quiero fracasar como mi padre, pero alto ahí.

Eché el freno a tiempo. No por prudencia ni pudor, sino porque de pronto me fijé en un detalle. Atención. Un detalle en Roberto. Un detalle en su muñeca, en el brazo izquierdo, asomando bajo la camisa. Una pulserita de colores, trenzada. *Esa* pulserita de colores. Inconfundible, se la he visto a muchos de ellos, no sé qué mierda significan los colores pero la llevan. Venga ya. ¿Un botijero que trabaja en un banco? ¿Un botijero con buen sueldo, buen traje y seguramente una buena casa? Sí, un puto botijero en un banco. Un botijero que trabaja en un banco y que filtra las solicitudes de financiación. Un botijero que tuvo que valorar mi plan de negocio y que era responsable de pasar a sus superiores un informe o condenarlo a un cajón. ¿Lo entiendes? El problema no era mi plan de negocio. Tampoco mi solvencia. Ni siquiera eras tú. El problema era él: un botijero. ¡En un banco!

No llegaste a conocerlos, porque cuando se volvieron visibles tú seguías en la cárcel, y seguramente ya se te había fundido el cerebro lo suficiente para no retener las noticias que veías en el televisor de la sala común junto al resto de los presos. Tampoco te hablé yo de ellos las veces que fui a visitarte: poca conversación teníamos, yo te enseñaba alguna foto de tu nieto, tú contestabas con monosílabos a mis escasas preguntas, y quedábamos en silencio, nos sobraban minutos de visita, yo ya veía esa mansedumbre al otro lado del cristal pero todavía pensaba que era mero abatimiento carcelario, orgullo pisoteado, tigre herido, desesperanza, sin sospechar que ya estabas sufriendo una cárcel dentro de la cárcel, un doble castigo.

Empezaron por aquel tiempo. Tú no te enterabas desde tu celda, y tampoco yo tenía humor ni ánimo para interesarme. Mónica sí, sentía curiosidad, incluso fascinación. Por supuesto ella no los llamaba *botijeros*, y me censuraba que yo los llamase así y me burlara cuando ella decía que nosotros también podíamos irnos, cambiar de vida, unirnos a alguna comunidad. Yo la ignoraba o me mostraba sarcástico dependiendo del día, cuando quizás ella me estaba proponiendo, a la desesperada, un futuro no para el planeta sino para nosotros como pareja. Pero nuestro matrimonio no atravesaba una fase muy conversadora con toda la mierda que nos había caído encima, y no es que vaya a culparte también de mi separación, o sí, qué importa ya.

El caso es que cuando saliste de prisión, los botijeros, o *ecomunales*, como les gusta llamarse, habían cogido fuerza y dejado de ser una pavada de cuatro jipis. Pero tú ya habías desconectado de la realidad y, aunque pasabas muchas horas sentado frente al televisor, no creo que te enterases de gran cosa. Yo te echaba de menos en esos momentos, no a ti sino a tu temible mala leche: me habría divertido oírte despotricar contra ellos cuando veíamos un reportaje de sus primeras comunidades y aparecían todos esos payasos disfrazados de campesinos del Decathlon y relataban con emoción su alabanza de aldea. ¡Holgazanes!, le habrías gritado al televisor si hubieras seguido al mando de tu cerebro; ¡holgazanes, en la vida han dado un palo al agua!, ¡les iba a enseñar yo lo que es trabajar!, ¡un zacho y a abrir zanjas, verás cómo se les quitan todas esas tonterías!, y nos habrías vuelto a contar tu apasionante vida laboral: niño que no puede seguir estudiando por tener que ayudar a la economía familiar, joven que monta su primer negocio antes de los dieciocho, un coche nuevo cada año por reventarlos a base de tragar carretera, hombre hecho a sí mismo que no sabe lo que es un domingo y la cultura del esfuerzo y blablablá.

Y eso que tampoco llegaste a enterarte del experimento de renta básica rural, la paguita, que duró solo dos años hasta que el nuevo gobierno la eliminó, y que era una cuantía pequeña pero suficiente, junto con las ayudas europeas a la repoblación, para que la primera expedición dejase las ciudades. El Gran Regreso, así lo llamó la prensa, con mayúsculas históricas y ese afán por identificar y bautizar un nuevo fenómeno sociológico cada pocos meses. Y en parte era cierto, algunos estaban de verdad regresando: desde las grandes capitales, incluso desde el extranjero aprovechando las ayudas para retornados, volvían a sus pueblos y ciudades pequeñas, al lugar de origen de sus padres o hasta de sus abuelos, el pueblo donde ya no iban ni de vacaciones pero que ahora señalaban como raíz, y sobre todo fuente de derecho para cobrar ellos también la paguita. Muchos otros no regresaban a ningún sitio, si acaso al pueblo que conocieron en algún fin de semana de casa rural; más bien elegían el destino mejor puntuado en las webs de repoblación, o el pueblo donde ya se habían instalado sus amigos y familiares, o simplemente el que ofrecía casas baratas o incluso gratis para nuevos pobladores. La mayoría, por supuesto, no tenía más intención que vivir de la paguita y aprovecharse de las ayudas, habitar un sitio tranquilo y asequible, criar a sus hijos en la idealizada naturaleza, teletrabajar con buenas vistas y no muy lejos de la capital, montar pequeños negocios teniendo la subsistencia garantizada, unirse a alguna de las primeras cooperativas, tontear con la agricultura o dedicarse a sus inquietudes artísticas y demás chorradas improductivas que les íbamos a pagar entre todos. Esperaban encontrar en lo rural la confirmación de sus romantizaciones urbanitas: una vida sencilla y *auténtica*, con más tiempo, relaciones sociales incontaminadas, escala humana, manzanas que siguen sabiendo a manzana. Lo que encontraron al principio fue, en muchos casos, el rechazo de los que nunca se habían marchado de esos mismos pueblos, o de los que ya habían regresado años antes sin ayudas, y que ahora se sentían más invadidos que repoblados.

Muchos nos mofamos de su ingenuidad. Pronosticamos su fracaso: el hechizo rural no les duraría más de un año, sus hijos crecerían y exigirían algo más que una vida sencilla y auténtica, la abundancia de tiempo los aburriría mortalmente, sus relaciones sociales se volverían asfixiantes, se hartarían de comer manzanas que saben a manzana, no tardarían en arrepentirse y volver con el rabo entre las piernas. Recordábamos cómo cada generación tiene su regreso al campo, sus fantasías de vida auténtica y reencuentro con las esencias perdidas. Los despreciábamos como una aventurita de pijos con la vida resuelta que nada tenían que perder en el intento, junto a niñatos que aquí no podían independizarse y allí lo tenían todo gratis, cuando lo cierto es que sobre todo eran desgraciados que en verdad no tenían ya nada que perder, y acudían por el efecto llamada de la paguita y la casa, la posibilidad no de otra vida, sino de al menos una vida. Pero también hubo quien se fue al campo ya con toda intención, la primera ola de botijeros, y encontraron allí a gente con ideas similares, regresados como ellos o que nunca se habían ido. Entre unos y otros montaron unas pocas comunidades, las primeras, esas que fascinaban a Mónica y de las que yo me burlaba. ¡Los ecomunales!

La mayoría de los *regresados* acabó volviendo a las ciudades, sí, cuando se canceló la renta básica rural, o cuando escarmentaron por no encontrar una *vida de campo* que ya no existía, si es que alguna vez existió. Pero otros se quedaron y, como desgraciados sin futuro que no habían dejado de ser, fueron carne de cañón a merced del primer trilero que les vendiese una moto, incluso una moto tan averiada como la de los botijeros: acabaron sumándose a las comunidades, o creando otras nuevas, y nos olvidamos de ellos, yo al menos.

Y ahí los tienes hoy: sentados en un despacho de banco, disfrutando al ver cómo un empresario se arrastra para mendigarles financiación.

De camino al colegio de Segis iba mirando en el mapa tu itinerario, seguías desplazándote rectilíneo y a considerable velocidad, cuatro kilómetros ya recorridos, la bendita Yuliana estirando la zancada para seguirte y adelantándose en cada semáforo para retenerte con esfuerzo unos segundos, y yo preguntándome dónde acabaría tu cabalgada, si esa iba a ser la buena, la definitiva.

Aproveché el camino hasta el colegio para llamar a mis dos muchachos, los dos comerciales esos de los que ya te hablé. Dos excompañeros de Segis, malos estudiantes y aun peores vendedores, por lo que he comprobado en la semana que llevan visitando casas. Otros dos holgazanes necesitados de un zacho, así opinarías si los conocieras y los vieras trabajar. No consiguen un jodido contrato porque no tienen hambre, esa expresión también era muy tuya. No tienen hambre, esta generación nació ya saciada, lo han tenido todo en la mano, ¿te acuerdas? Parece que en cualquier momento vas a cambiar esa expresión boba que te congela la cara y comenzarás a bramar como en los buenos tiempos. Pero mira, en el caso de esos dos inútiles es cierto: por lo que sé de sus familias, ninguno de los dos necesita trabajar, acabarán colocados por sus padres en un puesto cómodo y bien pagado y muy por encima de sus mermadas capacidades, no hay mejor agencia de colocación que un buen apellido, qué te voy a contar que no sepas. Por ahora intentan sacarse un dinerillo para sus gastos, y sobre todo aparentar delante de sus familias que hacen algo más que dormir, comer y drogarse. Pero voy a largarlos, no me sirven, no consiguen un puto cliente.

Los llamé y, en efecto, llevaban la mañana a cero. Yo había hecho tres contratos y apalabrado otro medio centenar, y ellos todavía no se habían estrenado. Volví a leerles la cartilla: lo que os pasa, les dije, es que asustáis a la gente. Y cuántas veces tengo que deciros que este producto no va de vender miedo, sino seguridad. El miedo ya lo tienen, lo mastican, lo respiran, duermen abrazados a él y se despiertan con él secándoles la garganta; pero no hay que recordárselo, rechazarán cualquier oferta que les recuerde lo asustados que están. No hace falta mencionarles la Semana Caliente, porque ellos no la han olvidado, la tienen en mente, no dejan de pensar en ella, su persistencia es la que os ha abierto la puerta. Ni siquiera hay que preguntarles si han visto *Safe Place*, claro que la vieron, por eso os reciben y os escuchan, porque la vieron y no la han olvidado pero tampoco quieren que se la recordemos. Hay que ser más sutiles, debemos estudiar bien la psicología de cada candidato, hay tantas tácticas de venta como clientes: no se le entra igual a un padre de familia que a un jubilado, a un pequeño empresario que a un funcionario, sus miedos son diferentes, puede parecer que todos temen lo mismo pero nada de eso. Les entráis con demasiada brusquedad, sonáis agoreros, vinculáis el lugar seguro con la amenaza, todo en un mismo paquete, como quien vende una pistola o una cápsula de cianuro para emergencias. Nosotros estamos vendiendo otra cosa: estamos vendiéndoles un lugar inútil, tienen que verlo así, tienen que pensar que nunca lo van a usar, que les dará tranquilidad tenerlo pero que nunca lo necesitarán, como la pistola o el cianuro. Solo así lo comprarán, si lo entienden innecesario y sin embargo imprescindible. No hay que empujar, es mejor que sean ellos los que acaben pidiendo más información, los que pregunten el precio, los que supliquen por tener un lugar seguro. Que lleguen ellos mismos a la conclusión, que se pregunten cómo han podido vivir hasta hoy sin acorazar su trastero, su sótano, su plaza de aparcamiento. Y, sobre todo, no contestéis a la pregunta que nadie os hace. Está bien tener la respuesta, para eso os la he dado y la habéis ensayado, pero no os adelantéis. Veréis que nadie pregunta, nadie pregunta lo más importante, la única pregunta con sentido en este negocio. Nadie lo pregunta para no escuchar la respuesta y así seguir durmiendo por las noches. Nadie, salvo una embarazada enojada con su pareja.

Bienvenidos al colegio de los niños triunfadores. ¿Te dice algo?, ¿te acuerdas? ¿Esa sonrisa es porque al oírlo te vibra algo ahí dentro, un chisporroteo de neuronas que proyecta un recuerdo breve y borroso? Mira, esta mañana le hice una foto al cartelón de la entrada porque me hizo gracia: COLEGIO INTERNACIONAL NEW CENTER. BIENVENIDOS AL COLEGIO DE LOS NIÑOS TRIUNFADORES. WELCOME TO THE COLLEGE FOR SUCCESSFUL CHILDREN. WILKOMMEN IN DER SCHULE FÜR ERFOLGREICHE KINDER. Y en chino, que no sé cómo pronunciarlo. Lo gracioso es lo que alguien ha pintarrajeado debajo: «Bienvenidos al colegio de los profes sin contrato». Algo me contó Segis de una huelga. Ni lo sé ni me importa, jaleos laborales hay en todas partes.

El colegio de los niños triunfadores. Qué risa, ¿verdad? Como si los niños de esos colegios no vinieran ya *triunfados* de casa. Eso me dijo Mónica el día que fuimos a visitarlo, cuando buscábamos un centro para matricular al pequeño Segis y nos citó el equipo directivo para que lo conociéramos, aunque en realidad era para que ellos nos seleccionaran a nosotros. Al cruzar la verja, mientras yo señalaba los edificios bajos, el césped bien cuidado que le daba un aire de campus, el polideportivo, la piscina climatizada o las fotos publicitarias de niños rubios felices estudiando, jugando al pádel o montando a caballo, Mónica se plantó delante del cartel que a la entrada nos daba la bienvenida. Lo leyó en voz alta y dijo: qué mierda de reclamo, a quién quieren engañar, todo el mundo sabe que los niños triunfadores vienen ya *triunfados* de casa.

Reconozco que fui yo el que me empeñé en matricularlo allí. Y no es que ahora me arrepienta. O sí, un poco, ahora que ya sé que Mónica tenía razón con lo de venir triunfado de casa. ¿Por qué entonces mantenemos a Segis allí, en vez de cambiarlo a un instituto público? Mónica no quiso sacarlo cuando la cuota mensual se nos empezó a volver inasumible, supongo que por fastidiarme y hacerme tragar mi cabezonería para matricularlo allí y no en el Liceo francés como ella quería. No me lo dijo así, claro. Su argumento era que Segis no tenía por qué pagar errores de otros —eso iba por ti, ya sabes cómo te ha querido siempre tu nuera—, y que además, para lo poco que le quedaba, mejor aguantar, pues lo contrario sería tirar el dinero invertido. Así dijo: el dinero invertido. Hemos invertido mucho para tener un niño triunfador. Por supuesto pronunció «triunfador» con todo el sarcasmo que le cabía en la boquita, pero lo cierto es que ella sí lo cree. Sí cree que Segis se va a salvar. No espera que triunfe, pero sí que se salve. Que sea una buena inversión, un blindaje para su futuro, un cargador con vidas extra. Que circulará siempre por el carril bueno, que alcanzará un lugar seguro, uno de verdad.

En cuanto a mí, acepto que mi hijo siga allí aunque mensualmente me cueste casi lo mismo que el alquiler del pisito. Lo acepto porque en el fondo también creo que Segis tiene una posibilidad, por pequeña que sea. Y aunque sea pequeña, siempre será más grande que la posibilidad de triunfar en otros centros, o al menos de no fracasar como fracasarán todos aquellos alumnos que vienen ya fracasados de casa. Y porque todavía creo que la suya puede ser en nuestra familia la generación que consiga salvarse. Mira la progresión: tú no pudiste estudiar, yo sí pero en un centro público, y Segis va al colegio de los niños triunfadores. La especie mejora. Siempre hacia arriba. El ascensor social, ¿te acuerdas? Cómo te gustaba a ti esa expresión. La oíste y la hiciste tuya. ¡El ascensor social! Éramos el mejor ejemplo de su existencia y buen funcionamiento. Unos Garcías como tantos, unos Garcías del montón, unos Garcías venidos de muy abajo, de la nada, y que con trabajo, con mucho trabajo, habíamos ido subiendo piso tras piso, a las plantas nobles, camino del ático. Hasta que se averió de pronto y se abrió el suelo del ascensor bajo nuestros pies; tú caíste por el hueco y yo me quedé colgado, agarrado al borde con las puntas de los dedos, con las uñas, y ahí sigo, resbalándome milímetro a milímetro, soltando un dedo tras otro pero aún no he caído. El chico no, el chico está todavía dentro de la cabina y, si aguantamos un año más, solo un curso más, conseguirá poner pie en una planta superior antes de que se rompa el cable. Ya sé, después del colegio de los niños triunfadores necesitará ir a la universidad de los jóvenes triunfadores, que probablemente esté en el extranjero; y luego vendrán el máster y las prácticas en la empresa de los licenciados triunfadores, para acabar ingresando en el despacho de los empleados triunfadores, o mejor aún, creando su propio negocio de emprendedor triunfador. ¿Te lo crees? Yo tampoco. Ya no. Pero bajar los brazos es aún peor. Y si hacemos como que nos lo creemos, si seguimos adelante, si tiramos con fuerza del cable como si el jodido ascensor funcionara mediante polea y músculo, quizás él lo consiga, se salve. Por eso tiene que salir bien esta mierda de los lugares seguros, porque todavía hay que seguir tirando del cable. Y porque Mónica tenía razón: Segis no tiene que pagar los errores de otros.

A ti te encantaba, acuérdate. Tu nieto en el colegio de los niños triunfadores. Cuando Mónica y yo discutíamos dónde matricular al niño, tú diste el empujón final en forma de cheque en blanco: yo pagaré la educación de mi nieto, dijiste, con el mismo arresto con que invitabas a todos los presentes en tu bar habitual para celebrar la apertura de una nueva clínica: venga, pedid lo que queráis, que hoy invito yo. Dadle a Segismundo la educación que queráis, que invito yo. Quiero lo mejor para mi nieto. Que la tercera generación consolide lo peleado por las anteriores. Que llegue donde nosotros, pero sin tanto esfuerzo. Que llegue más arriba incluso. Que lo alcanzado se consolide y se vuelva natural, no rechine, no tenga la sospecha del advenedizo. Que no haya vuelta atrás, que no tenga miedo a que se abra el suelo del ascensor de repente. Que la siguiente generación, los hijos de Segis, vengan ya triunfados de casa y no necesiten esa escuela más que para mantener el orden natural y reproducirlo en adelante sin tanto esfuerzo.

Pues ya ves, padre. El impulso generoso te llegó solo hasta primero de secundaria. El impulso, y el cheque, la cuenta a tu nombre en el bar que luego he tenido que seguir pagando yo mientras dura la barra libre.

Pero te encantaba, sí. Inglés, alemán y chino. Educación integral. Excelencia académica. Formación en valores. Oratoria. Inteligencia emocional. Educación empresarial en inglés desde primaria. Estimular el afán de superación. Toda esa palabrería tranquilizadora que facilita que las familias den por bien empleada la inversión, para que no piensen que habría sido lo mismo, o incluso mejor, invertir todo ese dinero en patrimonio inmobiliario que rentase a sus hijos de por vida. Para que crean en el esfuerzo y el mérito y las oportunidades y no parezca lo que en realidad siempre fue: que sus hijos vienen ya triunfados de casa. Y durante un tiempo pudo parecer que Segis era uno de ellos, con las mismas oportunidades, sí; hasta que tu caída nos abrió los ojos. De qué manera. Y entendimos que él seguía estando en el alambre. Él todavía podía caer.

Mira la diferencia: hace un par de años, la familia de uno de sus compañeros pasó una situación similar a la nuestra. No fue el abuelo, sino su padre el que acabó en prisión, en su caso por un asunto fiscal. Solo una semana en preventiva, para evitar la destrucción de pruebas, y enseguida salió con fianza y su abogado se dedicó a ensartar todos los palos que pudo en la rueda judicial para retrasar investigaciones, invalidar pruebas, lograr prescripciones, aplazar el juicio, negociar con la fiscalía, recurrir la condena, y no volvió a pisar la cárcel. Pues, durante esa única semana en prisión, el colegio y las familias se volcaron en arropar a ese pobre muchacho. Incluso llegaron a hacer una colecta para ayudar con la fianza. El día que quedó en libertad, el granuja vino a recoger a su hijo a la salida, y tenías que haber visto el recibimiento del resto de los padres. Qué bonito, qué compañerismo, qué solidaridad.

No hubo colecta cuando tu primera detención. Ni en el colegio, ni en el club. Tuve que mendigar entre unas cuantas familias con las que teníamos más confianza, tuve que mendigar para reunir la fianza, con todas tus cuentas bloqueadas. Aunque algunos me prestaron, en todos encontré la mirada condescendiente, la satisfacción disimulada, la distancia, el rechazo. Y cada vez que me preguntaban en la puerta del colegio cómo iba todo y me daban ánimos y me ofrecían ayuda en todo lo que necesitase, yo veía nítidamente el asco que les torcía la boca al hablar y les falseaba la sonrisa. Mónica lo negaba, decía que todo estaba en mi cabeza, que ellos nos apreciaban de verdad y no habían cambiado la relación con nosotros ni dejado de invitar a Segis a sus casas; pero a mí no me engañaban, yo leía con claridad los subtítulos bajo sus palabras cariñosas: no sois de los nuestros, nunca lo habéis sido por mucho que paguéis un colegio privado o la cuota anual del club; por eso habéis caído, por eso no os levantaréis. Por supuesto, les devolví hasta el último euro. Bueno, casi.

Me habría gustado advertir a Segis, pero era demasiado niño aún. Decirle: ándate con cuidado con esos que crees tus compañeros, tus amigos, tus inseparables, tus novias enamoradas. Porque el día que caigas no te levantarán. Te tratarán como lo que eres, como lo que no has dejado de ser por mucho que estés en el colegio de los niños triunfadores: un polizón. Uno que no es de *los nuestros*, aunque durante unos años lo haya parecido. Y te dejarán caer, como dejaron caer al abuelo. La solidaridad se la reservan para los suyos.

Solidaridad, sí. Me hace gracia cuando oigo a los botijeros hablar de solidaridad, fraternidad, comunidad, apoyo mutuo, cuidarnos unos a otros. Que se vayan al club de campo, al náutico o a la hípica, y verán lo que es una comunidad unida y orgullosa, la auténtica solidaridad, la fraternidad más radical, el cuidarse unos a otros como un solo cuerpo: reunir fianzas para los que tropiezan, aportar financiación para un proyecto con la despreocupación de quien echa unas monedas al bote común, hacer un par de llamadas decisivas, abrir puertas que lo facilitan todo, y por supuesto llenar sobres abultados en las bodas de sus hijos, casarlos entre ellos para que tengan niños que vayan ya triunfados de casa a los mismos colegios. Recuerda lo que te costó entrar en el puto club. No era el dinero, que entonces podías pagar de sobra la cuota de entrada. La de toda la familia, que te empeñaste en que entrásemos todos. Lo que te costó fue encontrar cuatro socios con antigüedad suficiente y dispuestos a avalar tu ingreso tal como establecían los estatutos. Y una vez dentro, recuerda la distancia que siempre mantuvieron contigo, con nosotros. La familiaridad sobreactuada con que te saludaban, el interés fingido con que te preguntaban por la marcha de las clínicas. La hipocresía con que simulaban no saber nada cuando aparecieron las primeras noticias. La indiferencia con que siguieron tu entrada en prisión. El falso afecto con que te saludaron el día que regresaste al club tras salir en libertad provisional. Imagino también la satisfacción con que comentarían tu condena posterior, el embargo de bienes, el concurso de acreedores, las protestas de afectados delante de nuestra casa. Lo comentarían con la tranquilidad del orden restablecido, la confirmación de sus augurios, alguno hasta reclamaría una apuesta ganada. Dirían entre risotadas que te iban a echar de menos, rememorarían tus pifias, tus modales, tu falta de estilo, rematando así tres o cuatro años de chismorreo a tu espalda, risitas cuando salías de un salón, cruces de miradas cuando te escuchaban contar algo. Ya sé, tú nunca oíste ni viste nada, y yo tampoco, pero estoy seguro de que todo eso existió. ¿Sabes cómo te llamaban entre ellos? El dentista.

Es el hijo del dentista, le oí un día a un estirado refiriéndose a mí, creyendo que no me enteraba. *El dentista*, pronunciado no como lo dirían si hablasen de un socio que en efecto fuese odontólogo y tuviese una clínica de la que ellos mismos serían clientes, y al que se referirían por su apellido, incluso sus dos apellidos, que así hablaban de los miembros de cada familia, lo mismo los padres que los hijos, y no era frialdad sino todo lo contrario, reconocimiento de hermandad. Tú en cambio eras un García. Tú eras *el dentista.* Dicho con el mismo recochineo con que te habrían llamado *el frutero* si hubieras tenido una empresa de distribución de fruta. Así hablarían de ti a tu espalda: ¿os habéis enterado de que el dentista ha conseguido que lo admitan en el club? Mirad, ahí viene el dentista con la hortera de su mujer. Si queréis echaros unas risas, hablad de vinos con el dentista. Me duele la muela, a ver si encuentro al dentista, que me han dicho que trabaja barato, barato, barato. A la próxima cena invitamos al dentista, así nos reímos un rato: la cena de los idiotas. Se reirían con sus sonrisas talladas, sus encías rosadas y sus dientes alineados por años de ortodoncia pero también por varias generaciones de buena alimentación y pocas de esas preocupaciones que te aprietan las mandíbulas por la noche y te desgastan los dientes como los de aquellos desgraciados que iban a tus clínicas. Porque por supuesto ellos, los del club, los que se llamaban por los apellidos, no habrían entrado nunca en una de tus sucursales; no habrían permitido que un higienista sudamericano metiese en sus delicadas bocas la misma cureta con la que raspaba el sarro de todas esas bocas descuidadas y enfermas por varias generaciones de mala alimentación y... Perdona, que me caliento y no tengo freno.

No, yo no presencié esos comentarios ni esas risas, pero no tendrían nada de extraño, después de lo que hizo la dirección del club. ¿Lo recuerdas? ¿Recuerdas cómo te trataron después de tu primera detención? Como un perro. Como un apestado. El polizón al que arrojar por la borda. Ni siquiera se atrevieron a decírtelo directamente a la cara, sino que me llamaron a mí. Disculpa, Segismundo, no te lo tomes a mal pero a la vista de los últimos acontecimientos creemos que lo mejor para todos sería que tu padre dejase de venir durante una temporada, al menos hasta que todo se despeje. No es nada personal, pero hay socios que nos han transmitido su preocupación por que el buen nombre del club se relacione ahora mismo con tu padre, que pudiera parecer que una persona en su situación tiene aquí refugio y solaz. Tampoco nos gustaría encontrarnos en la puerta del club una protesta como las que estáis soportando en vuestra casa. Estamos seguros de que nos entiendes, y tu padre también lo entenderá, porque aquí somos una comunidad, una gran familia. Lo mejor es que suspendamos temporalmente su pertenencia al club, y cuando todo haya pasado, que estamos seguros de que pasará, y todo quedará aclarado, tu padre y toda vuestra familia podréis retornar sin ningún impedimento a este club que es también vuestro. Gracias por la comprensión.

A la mierda el club. Sí, a la mierda. Pero también te digo que si este negocio acaba funcionando, si mi cuento de la lechera llega hasta el final sin partir el cántaro, volveré. Sí, volveré al club. Volveré solo por darme el gusto de entrar por esa puerta y que tengan que soportar mi presencia, que se aparten a mi paso, que se vayan de un salón cuando yo entre, que murmullen a mi espalda. Aquí estoy, cabrones, he vuelto.

Porque yo nunca llegué a creerme uno de ellos, no fui tan ingenuo como tú. Sabía que al primer tropezón nos dejarían en la calle. Pero mientras estuvimos dentro, apuré hasta la última gota. Nunca dejé de sentirme un impostor, un intruso, pero me agarré con las uñas. No quería salir de allí, perder aquello. Aquel lugar y sus gentes me resultaban tan fascinantes como odiosos, sentía tanta atracción como repulsa. Quería ser como ellos, comportarme con su misma naturalidad, que me saliese solo, no tener que calcular bien cada paso que daba para no equivocarme, para que no descubriesen mi impostura. No tener que pensarme siempre bien la ropa que iba a vestir en el club, la copa que iba a pedir, mi respuesta a cada pregunta, mi opinión sobre algún tema de actualidad. La manera de caminar, de sentarme, de reír. Todo eso que en ellos es de nacimiento, esa soltura, esa seguridad, ese descaro que yo nunca podría tener porque siempre me sentiría juzgado, vigilado, a punto de ser expulsado por farsante, un mal imitador, un ladrón que ha entrado allí para coger lo que no es suyo, llevado por ese afán revanchista que siempre tenemos los que llegamos desde abajo.

Y sus mujeres. ¿Te acuerdas de sus mujeres? Claro que te acuerdas, viejo verde. Todas, sin distinción. Lo mismo las hijas adolescentes que las madres espléndidas y hasta las ancianas que no envejecían: maduraban. Todas deseables. Me volvían loco, y sé que a ti también. La fruta prohibida. Las damas que el criado espía por la cerradura. Sus cuerpos fabulosos, depositarios de una genética afinada por varias generaciones de cruces matrimoniales cuidadosamente seleccionados, siempre al borde de la endogamia pero sin taras cromosómicas. Sus pieles enceradas, suaves ya a la vista. Sus organismos sanos, bien alimentados y cuidados, poco trabajados, beneficiados por tratamientos y terapias y gimnasios y partos respetuosos e interminables bajas de maternidad y servicio doméstico y empleos cómodos y vacaciones y aficiones de esas que recomiendan en los dominicales para disfrutar de una vida sana y plena y longeva. Eran bellas porque el dinero las hacía bellas, el dinero las nacía y las criaba y las envejecía bellas.

Lo sé, exagero. No todas eran así, tampoco ellos. Ni tan magnéticos ni tan miserables. Mi memoria pinta con brocha gorda, solo colorea lo fascinante y lo despreciable, cuando en realidad pasamos unos buenos años allí. Los mejores.

Justo al entrar en el colegio me llamó otra vez Yuliana, la también bella Yuliana. Me contó lo de tu caída. Te habías tropezado en tu caminar apresurado, con esa aparatosidad de estatua derribada con que caéis los viejos.

Solo una rodilla y las manos raspadas, me dijo la chica. Le ha costado levantarse, pero no parece que tenga ningún otro daño. Con la caída se le ha debido de olvidar a dónde iba. Parece desorientado, y muy fatigado. Nos hemos sentado en la terraza de un bar, le he pedido un vaso de leche, a ver si se tranquiliza y podemos volver a casa.

Falsa alarma, asumí. Hoy tampoco era el día. Se suspendía la búsqueda del tesoro. Habría que esperar a mejor ocasión. Maldije el bordillo con el que tropezaste, maldije tu poco equilibrio, tu torpeza de viejo senil. Hoy ya no. Otra vez será.

El celador del colegio me pidió que esperase en el pasillo. Me entretuve mirando las orlas de las anteriores promociones del New Center. Ahí estaban. Los niños triunfadores. Los más recientes estarán ahora en la universidad. Y si no están tampoco importa, pueden dejar de estudiar con la tranquilidad, suya y de sus padres, de que lo de ellos nunca será fracaso escolar ni les pesará de por vida esa decisión: no se traducirá en una reducción de salario, menos renta familiar, una esperanza de vida más corta. Me fijé en las promociones más antiguas, de treinta años atrás. Estuve tentado de buscar en Google los nombres de aquellos chavales entonces recién graduados, comprobar si de verdad se había cumplido la promesa publicitaria del colegio: ver dónde están hoy, ya camino de la cincuentena; qué despachos ocupan, qué empresas dirigen, qué bodas los han cruzado, qué campeonatos de saltos ecuestres o regatas de vela han ganado. Averiguar si alguno de ellos fue detenido, juzgado, condenado, encarcelado por algún fraude, estafa, evasión fiscal, corrupción. Otra forma de triunfar, no para ti pero sí para ellos. Qué poquitos Garcías en aquellas orlas. Y los que había, llevaban delante o detrás otro apellido más singular, a veces unido mediante un guion o una partícula como si pretendieran amarrar con fuerza la buena fortuna familiar de haberse vinculado a la rama de otro árbol más robusto. Hasta entre los Garcías hay clases.

En mis visitas para vender lugares seguros he encontrado unas cuantas orlas en las paredes de salones humildes. No orlas de bachillerato como las del New Center, que esas ridiculeces no las hacen quienes estudian en centros públicos, sino orlas universitarias. Enmarcadas y colgadas en el espacio más noble del hogar. El orgullo de la familia. Una inversión también, un dinero que han tenido que apretar durante años para que el hijo alcance ese escalón superior. La ilusión de que todos los títulos y todas las orlas valen lo mismo. Que ha sido una buena inversión. Que se va a salvar. Que el ascensor sigue funcionando.

Ah, el ascensor. ¿No te conté lo de cuando fui a recoger a Segis a casa de un compañero de clase? ¡Tenían un ascensor propio, uno solo para ellos! Una casa de tres alturas más garaje y sótano. Y un ascensor privado, para subir de un piso a otro. Nunca había visto algo así, y por lo que luego averigüé no es tan extraordinario. Urbanizaciones enteras de nueva construcción lo incluyen. Casas de más de trescientos metros cuadrados. Tres, cuatro alturas. Y ascensor. El ascensor social, el de verdad, el que sigue funcionando. El que te sube directamente del garaje al dormitorio, o a la azotea donde descalzarte y tomar una copa al final de la jornada. En nuestro breve contacto con la buena vida no llegamos a conocer algo así, viejo. Yo al menos no, y tú supongo que tampoco, porque me lo habrías contado, como contabas todo lo que veías y te asombraba, cuando acompañabas a tu socio a casa de alguno de esos canallas que creías inversores. ¡Colecciona coches antiguos! ¡Tiene caballos, se dedica a comprar purasangres! ¡Avión privado! ¡Un pabellón de caza, una cabeza de elefante! No te oí nunca hablar de ascensores particulares, y ni siquiera son algo extraordinario, ya te digo. Pero nosotros ni los olimos.

Supongo que el padre del amigo de Segis se dio cuenta de mi cara de pasmado cuando me invitó a subir para buscar a los chicos, que jugaban al billar en el ático. Entré en el ascensor como si traspasara una puerta fabulosa, y mientras ascendíamos no podía dejar de pensar que esa casa tenía un hueco vertical que la atravesaba, un motor en lo alto, largos cables deslizándose en la oscuridad. Subimos a una sala de juegos y gimnasio que era del tamaño de mi piso de ahora. Al tipo debió de divertirle mi indisimulada fascinación, pensaría que yo era un paleto fácilmente impresionable, así que me enseñó la joya de la corona. Así lo dijo: ven, que te voy a enseñar la joya de la corona. Entramos de nuevo al ascensor, apretó el botón inferior y me fue preparando para lo que iba a enseñarme:

Llevamos poco tiempo aquí, se la compramos a otra familia del colegio que se mudó a Canadá para continuar allí los estudios de sus niños. Está muy bien, ya ves, muy amplia y luminosa. Pero lo que terminó de convencerme no fue la piscina.

El ascensor se abrió a un pasillo sin ventanas. A un lado, la puerta abierta del garaje. Al otro, un trastero y bodega que me mostró sin detenernos. No es esto, no es esto, ahora verás, me dijo. Al fondo del pasillo había una puerta de seguridad, que abrió con una llave y un lector de huella. Bajamos una breve escalera para encontrar otra puerta aún más blindada que la anterior. Una caja fuerte, pensé. Me va a enseñar un diamante, una antigüedad de museo, un estante lleno de billetes apilados, mi cabeza imaginaba todo menos lo que encontré.

Si un día vienen los zombis, aquí no nos pillarán, dijo el gracioso, y me invitó a pasar.

Me encontré una sala amplia, oblonga, de unos cincuenta metros cuadrados, la mitad de una planta de la casa. Las paredes estaban cubiertas con vinilos que simulaban grandes ventanales abiertos a playas, cielos azules y luminosos. Había tres literas, un sofá, una mesa con bancos. Me fue presentando el resto de equipamiento: la despensa con víveres básicos e imperecederos para seis personas durante semanas. El sistema de filtrado de aire. El equipo electrógeno. Una estación de radio, una pantalla. Una pequeña cocina, un aseo con váter químico. Los muros de hormigón, que golpeó con la mano abierta como para certificar la buena calidad: resistirían un ataque nuclear, dijo con orgullo.

Menudo picadero te has montado aquí, dije sin mucha gracia, pero él negó:

Fue el anterior propietario. Lo mandó construir al levantar la casa, y nos lo dejó así de equipado. Ahora ya no es algo tan extraordinario, ya lo sabrás; los vecinos están instalando uno, y en la nueva promoción junto al golf todas las casas lo traen de serie. Pero no son tan completos como este; y cuando lo montaron hace quince años era una excentricidad, nadie pensaba entonces que podría necesitar un búnker en su casa. Ya ves, un visionario.

Era la primera vez que yo entraba en uno. Los había visto en fotos y vídeos, en las noticias televisivas que parecían publirreportajes de los fabricantes: el periodista paseándose por el interior de un búnker unifamiliar recién construido, mostrando al detalle el equipamiento de supervivencia, enumerando las amenazas que aquel lugar resistiría, la cantidad de personas y de días que podrían sobrevivir allí dentro, y rematando con un guiño: lo único que no puedo mostrarles es el lugar donde se encuentra, para no comprometer la seguridad de sus propietarios.

Yo pensaba que todavía eran un capricho de futbolistas y actores que los enseñaban en las revistas con la misma vanidad e impudor con que presentaban a sus fans su nueva casa, su última pareja o su hijo recién nacido. Pero por lo que me contó aquel padre, eran algo cada vez más habitual entre quienes compartían su nivel de renta. Un extra más, pronto tan normal como la piscina o el gimnasio particular. A nosotros nos cogió en plena caída libre, tú ya habías desconectado del mundo. Si no, por supuesto habrías instalado uno en Villa Gaor, ¿verdad?

Cuando todavía estábamos dentro del búnker,

el tipo me hizo la pregunta decisiva, la que puso todo en marcha: ¿vosotros no tenéis uno? Me sentí tan expulsado, tan señalado, tan avergonzado como si me hubiese preguntado si tenía agua corriente en casa. Supongo que Segis no le había contado a su amigo, o este no había compartido con su padre, nuestra situación económica. O quizás el tipo pensaba que el único afectado eras tú, y que el incendio no había seguido tronco arriba por el árbol familiar. O tal vez sí lo sabía, y solo buscaba humillarme. No, no tenemos *todavía*, balbuceé en respuesta.

Al volver al piso esa noche, al piso alquilado que es solo un poco más grande que su búnker, la pregunta seguía resonando en mi cabeza: ¿vosotros no tenéis uno?, y en cada repetición veía con más claridad la nueva pradera que se abría ante mí. ¿Vosotros no tenéis uno? No, yo no tenía uno. Ni tampoco mis nuevos vecinos, a los que oía discutir, toser o follar tras los delgados tabiques. Ni el resto de las familias que desde mi ventana indiscreta veía en sus salones iluminados y con los balcones abiertos a la noche veraniega. Ninguno de ellos tenía un búnker, como tampoco tenían piscina o gimnasio en sus pisitos. Pero todos lo deseaban. La piscina, el gimnasio. El búnker.

Me puse a buscar información de inmediato, arrollado por aquella intuición. Había varias empresas trabajando el producto en España, pero todas orientadas al mercado de alto poder adquisitivo: viviendas unifamiliares con parcela, en urbanizaciones exclusivas y con renta suficiente para permitirse un búnker una vez asegurada la piscina, el gimnasio, el garaje, dos o tres coches, las segunda y tercera residencias en la playa y en la sierra, la universidad en el extranjero para los hijos. Encontré varias constructoras que ya lo incluían en sus nuevas promociones de chalets. Ni siquiera lo destacaban como argumento de compra, era un detalle más del equipamiento, con el mismo tamaño de letra y en el mismo párrafo que el jardín o el solárium. Supe también de edificios nuevos que, además de piscina comunitaria, gimnasio comunitario, seguridad comunitaria y garaje comunitario, anunciaban la disponibilidad de refugios comunitarios, con espacio suficiente para todas las familias residentes. Y por supuesto estaban los pioneros de *Vivos*, que llevaban ya años promocionando sus exclusivos búnkeres, auténticos yates subterráneos que vendían más lujo que seguridad, emplazados en antiguas bases militares de montaña a las que sus propietarios solo podrían llegar en helicóptero. Leí noticias sobre autoconstrucción, gentes que se habían preparado su propio búnker en una parcela, alquilando una excavadora, cimentando y techando con ayuda de familiares o contratando una mínima cuadrilla, para luego equiparlo pacientemente a su gusto, con la misma dedicación con que antes habían levantado una planta más en la casa o convertido una cochera en cuarto de invitados. Encontré en Estados Unidos un fabricante de módulos económicos, no en hormigón sino planchas metálicas, pero de montaje tan fácil como una piscina prefabricada, con equipamiento elemental, en distintos tamaños. Descubrí que ya había empezado a trabajar con socios locales en varios países europeos, no en España.

Eureka. Ahí estaba. Sabes de qué te hablo, ¿verdad? Ese momento mágico en que de pronto se presenta ante ti la idea. La idea genial. La idea nueva, original. La idea que otros alcanzarán si no corres, porque está en el aire, en el espíritu del tiempo. Así surgen los grandes negocios, tú lo sabes. Alguien tiene una visión, que a la vuelta de unos años resultará tan obvia que otros lamentarán no haberla tenido antes, o haberla tenido pero descartarla por descabellada o prematura. Como cuando conociste al cabrón de tu socio, ¿verdad? Cuando fuiste a su consulta por aquel diente que se te movía y que acabaste perdiendo. Te miró la boca y te reprochó sin escarnio tu descuido dental de décadas, las encías retraídas y sangrantes con solo acercar el instrumental, una enfermedad periodontal avanzada y varias piezas condenadas. Tú le dijiste que durante muchos años no pisaste un dentista porque no podías permitírtelo. Él rechazó tu objeción, dijo que los tratamientos dentales solo resultan caros cuando ya es demasiado tarde, pero reconoció que había demasiada gente que tenía que pedir un préstamo para arreglarse la boca. Entonces, mientras te hurgaba en las encías, dijo aquella frase, una ocurrencia sin intención: igual que ahora hay vuelos *low cost*, y viajar en avión ha dejado de ser un lujo, debería haber también dentistas *low cost*, al alcance de cualquiera, lo mismo un implante que un arreglo estético. No te quedaste boquiabierto porque ya lo estabas, perdona el chiste malo; pero siempre recordabas, incluso lo contaste en alguna entrevista en los buenos tiempos, recordabas cómo aquel día Alberto y tú empezasteis una conversación, entre bromas y veras, que continuó en las siguientes citas, cogió vuelo en la comida a la que le invitaste al terminar el tratamiento, y que os llevó solo seis meses después a la apertura de la primera clínica *Sonríe!* Y ocho años después a la apertura de una investigación judicial, vale, pero quedémonos ahora en ese primer momento, el chispazo inicial, la revelación. La oportunidad, el mercado por explorar, el yacimiento, la demanda que ni siquiera existe todavía, que será creada por la oferta. La democratización, el fin del privilegio, no hay mejor argumento de venta: sonrisas sanas y bonitas para todos. Lugares seguros para todos.

Salió por fin el subdirector y me hizo pasar a un despacho. Vi a Segis en la sala de al lado y le hice un gesto con la mano, siempre olvido que no nos ve: lo que para nosotros era un ventanal, para él era un espejo, uno de esos unilaterales que vemos en las películas policiales. Ya ves en qué colegio metimos a Segis. *Metimos*, tú incluido en el plural.

Por supuesto él lo sabe, porque no es la primera vez que espera en esa sala; así que cuando calculó que ya habría llegado yo, sonrió a su espejo, levantó una mano en saludo.

Estamos muy preocupados por las actividades de su hijo, comenzó a hablar el subdirector. Nos tememos que esta vez ande metido en algo más... desagradable. Sustancias. No sé si me entiende.

Sustancias, repetí, los ojos fijos en Segis, su mirada que se encontraba con la mía en su propio reflejo.

Estamos llevando el asunto con discreción, no queremos alarmar al resto de las familias.

No querían que el resto de las familias se diesen cuenta de que las elevadas cuotas mensuales no son suficientes para proteger a sus hijos de las mismas mierdas que circulan en cualquier centro público, y decidieran llevárselos a otro colegio con más garantías. Eso descartaba una denuncia policial con el consiguiente escándalo, al menos por ahora. Buena noticia. En cualquier caso, me extrañaba que Segis estuviese traficando con mierda, no es su estilo, así que le pregunté qué tenían.

Mírelo usted mismo, dijo el aprendiz de comisario. Puso sobre la mesa una tablet y reprodujo un vídeo. Una grabación en un baño, pero no en la zona de lavabos sino dentro de un retrete.

¿Tienen cámaras en los baños?, pregunté. El subdirector se revolvió incómodo, así que le apreté más: ¿saben los estudiantes que son grabados en el baño? ¿Lo saben las demás familias y yo soy el único que no leí la circular informativa? No, no lo saben *todavía*, reconoció el tipo; era una medida reciente, preventiva, estaban muy comprometidos con la seguridad de sus alumnos, era lo que las familias esperaban del centro cuando les confiaban a sus hijos, y no podían permitir ángulos ciegos, espacios de impunidad; lo verdaderamente grave eran comportamientos como los de mi hijo, mucho más grave que una hipotética violación de la intimidad que en ningún caso se producía pues nadie atendía esas cámaras en directo, las grabaciones se borraban pasada una semana y solo se revisaban cuando había alguna sospecha grave, por ejemplo un estudiante que era agredido y tenía miedo de denunciar, o un alumno entregado a actividades ilícitas que en ningún caso tenían cabida en este centro. El subdirector hablaba atropellado y yo me relajé: ya teníamos algo más a nuestro favor, otra baza para negociar y que nuestro joven aspirante a triunfador no fuese expulsado.

Atendí al vídeo. Segis y otro muchacho, al que no se le veía la cara por estar de espaldas a la cámara, se apretaban en el tabuco, cada uno a un lado del váter. Segis se metió la mano en el pantalón desde la cintura, y por un momento pensé que iba a presenciar otro tipo de escena para la que no estaba preparado. Por suerte sacó algo que parecía un sobre, y lo entregó al otro, que se lo guardó en el mismo sitio seguro, bajo su bragueta. Chocaron los puños y salió el muchacho, Segis se quedó todavía en el váter, supuse que haciendo tiempo para no salir juntos.

Detuvimos al otro chico nada más pisar el pasillo y le encontramos esto. El subdirector puso sobre la mesa un sobre por cuya boca asomaban las puntas de varios billetes de cincuenta y cien euros. Al menos medio centenar de ellos, calculé a ojo por el grosor del sobre. Mucho dinero, si todos eran de la misma cuantía. Mucho más dinero del habitual en los negocios de Segis.

Según el subdirector, el chico había dicho entre lágrimas que él solo era un mensajero, que Segis le pidió que se llevase el sobre y lo metiese en un buzón en cierta dirección, él ni siquiera sabía lo que había dentro. Es un buen muchacho, dijo el subdirector, que en realidad quería decir que era de una buena familia, renta superior a ciento veinte mil euros anuales y apellidos con partícula; no un García, hijo de arruinado y nieto de delincuente.

¿Qué van a hacer con ese dinero?, fue todo lo que se me ocurrió preguntar.

Me quedé con ganas de decirle al subdirector que Segis no es un problema para el colegio, sino todo lo contrario: es la mejor prueba de que su método de enseñanza funciona. Su alumno más avanzado, el modelo a seguir por el resto de los estudiantes, un caso de éxito que podrían usar como publicidad para que otras familias se animasen a matricular a sus hijos. Un triunfador. Un triunfador precoz, y con más mérito en su caso por no venir triunfado de casa.

Tú también estarías orgulloso de él si todavía rigieses. Tu nieto es el mejor continuador de la saga que pretendías haber iniciado, que yo he continuado con desigual fortuna, y que Segis puede llevar a un nuevo nivel, inalcanzable para nosotros. Solo tiene diecisiete años, pero sus señales no pueden ser más prometedoras. Te habría encantado conocer sus andanzas juveniles, réplicas de aquella infancia mitificada tuya en la que, según contabas siempre, te habías sabido buscar la vida desde muy pequeño. No sé cuánto hay en él de aprendizaje familiar, de emulación de la picaresca empresarial que ha conocido en casa. Imagino que algo habrá hecho también el colegio: tanta insistencia en que los niños crezcan rodeados de estímulos creativos y jueguen desde primaria a inventar nuevos productos y gestionar empresas de juguete, y cuando por fin obtienen un alumno exitoso no lo aprecian. El mejor representante del espíritu del New Center, quien mejor ha aprovechado ese ridículo máster de empresa que les imparten desde los nueve años.

¿En qué andas metido esta vez?, le pregunté cuando salimos del centro, y en mis palabras había más orgullo que reproche. Admiro a este muchacho, es un superviviente, un buscavidas que ha entendido mejor que tú y que yo de qué va todo esto. El niño que cuando apenas sabía andar ya rebañaba las propinas de los platillos en los bares. El espabilado que, cuando quería que le comprásemos algo, pedía un regalo mucho más caro e inasumible, lo pedía con insistencia, para desde ahí regatear y acabar consiguiendo el que en verdad pretendía. Admiro la capacidad que ha tenido siempre para idear nuevas formas de ganar dinero. Me tranquiliza pensar que él sobrevivirá a nuestra caída, se levantará de nuevo, subirá más alto y con más solidez, no caerá tan fácilmente. Dónde habríamos llegado nosotros con su talento.

Solo conociste sus primeros pasos de emprendedor nato, cuando de niño leía con enorme inteligencia y rapidez las necesidades y deseos de sus compañeros de colegio y la oportunidad que había para conseguir algo a cambio. ¿Te acuerdas de cuando fotocopió en color y recortó aquellos cromos para luego intercambiarlos como auténticos? Nadie se enteró, pero él completó la colección con los oficiales. ¿Y sus trueques de desayunos y juguetes? O el sorteo que organizó cuando estaba en sexto, aunque entonces tú ya estabas acorralado, seguramente ni te enteraste. Montó una rifa clandestina en el colegio, el premio era una tablet barata, y consiguió que más de un centenar de alumnos comprase boletos de tres euros. Hasta el celador y las cocineras compraron. Y sin que se enterasen los profesores ni las familias. Ganó ciento cuarenta euros limpios. Con once años. ¿Pero sabes lo que hizo con el dinero? Lo invirtió en su siguiente negocio: compró seis pares de zapatillas deportivas que se vendían en oferta de tres por el precio de dos. Las revendió en el colegio, esos niños pijos manejan dinero, reciben pagas semanales y aguinaldos impropios de su edad, y nunca tienen suficientes zapatillas. Las revendió muy por debajo del precio unitario, oferta irresistible, y aun así obtuvo margen. Volvió a comprar otras seis, y cuando una vez vendidas quiso llevarse doce más, el de la tienda se dio cuenta. ¿Y qué crees que hizo Segis? Lo convenció para trabajar juntos. Le sacó un buen precio para las zapatillas y otros productos garantizándole volumen de ventas. No había cumplido los doce. Y ni su madre ni yo, ni el propio centro, nos enteramos de nada. A mí me lo contó tiempo después, cuando le pillaron un negocio de realización de trabajos escolares para el que empleó a varios estudiantes.

Por supuesto, no le castigué. Ni un mínimo reproche. ¿No era eso lo que veía en su propia familia? ¿Acaso no lo habíamos matriculado allí para eso? Para triunfar. Él no podía esperar, como el resto de los alumnos, una alfombra directa desde el colegio hasta el consejo de administración gracias a las recomendaciones familiares. Estaba en desventaja de partida, pero enseguida recuperó el terreno perdido. Su siguiente proyecto fue más ambicioso, ya con doce años, y tuve que ayudarle para que pudiera manejar pagos electrónicos. Se había asegurado una buena clientela en su centro, donde todos lo tenían por un conseguidor y acudían a él para obtener fácilmente todo tipo de productos que la minoría de edad o las propias familias impedían; y el boca a boca de pandillas y redes sociales había llegado a otros colegios similares, así que decidió ampliar la oferta. Se hizo con un catálogo más variado, muy pensado desde su conocimiento de la demanda adolescente y muy atento a las modas repentinas. Y se dedicó a vender mediante *dropshipping*. No, yo tampoco sabía qué era aquello, primera vez que oía la palabra. Ya ves qué buen director de operaciones fui en tu empresa, que hasta mi hijo me pasaba la mano por la cara. Por lo visto es una forma de triangulación comercial: intermediar entre comprador y vendedor. Identificar productos de demanda rápida, buscarlos en proveedores baratos, chinos sobre todo, colocarlos en catálogo, manejar márgenes muy pequeños pero conseguir grandes ventas. Sin llegar a tocar un solo producto. Los compradores reciben la mercancía directamente del vendedor. Sin almacén, sin stock, sin inversión, sin gastos de envío. Sin riesgo. Un genio. Le funcionó casi un año, hasta que tuvo no sé qué problema con un pedido de gafas de sol y cerró el invento antes de que le lloviesen las reclamaciones. Un genio, insisto. Una de esas biografías que se publican en la madurez y todos leemos para conocer el origen humilde de un gran imperio empresarial. Dos jóvenes universitarios con un ordenador en un garaje. Un pequeño transportista que va de pueblo en pueblo con su primer autocar. Un *nerd* que inventa la mayor red social de la historia. Un viajante de comercio sin estudios que levanta una cadena de más de trescientas clínicas dentales. Un adolescente condenado a fracasar en un colegio de triunfadores.

En su biografía autorizada yo apareceré en lugar destacado, espero. El joven genio me eligió a mí de confidente, y a veces como socio, cuando necesitaba un mayor de edad para ciertas operaciones. Mi experiencia de la paternidad se parece más bien a tutorizar unas prácticas empresariales, pero no me quejo, al contrario. A su madre no se lo contaba, y en mí encontró un cómplice. Parte de mis desencuentros con Mónica que condujeron a la separación tuvieron que ver con esa ocultación. Ya ves, nos divorciamos en parte por ti y en parte por Segis. Entre el fracaso de mi padre y el éxito de mi hijo se descompuso mi matrimonio.

El primer verano tras la separación me llevé a Segis a un camping. Típico de padre divorciado, lo sé, pero la combinación de ruina empresarial, embargo judicial, liquidación matrimonial y pensión alimenticia fue una catástrofe para mi economía. Pasamos una buena quincena en aquel camping, pero ya sabes que los emprendedores no tenemos vacaciones: al segundo día Segis ya había visto las oportunidades de negocio. Allí, joder, en un puto camping para divorciados y familias de renta baja. En el recinto no había más que un pequeño supermercado con poca variedad y precios abusivos, así que Segis ideó un sistema de pedidos y repartos con varios comercios del pueblo más cercano. Consiguió un transportista, un jovencísimo lugareño que le cogía la furgoneta a su padre parado, y contó con la colaboración de media docena de adolescentes acampados que iban a comisión y conseguían los pedidos de las familias. Amplia oferta de productos, buenos precios, reparto en el día. Hasta un programa de puntos se inventó para fidelizarlos. El director del camping acabó por enterarse y nos echó cuando todavía nos quedaba un fin de semana de vacaciones. Segis había ganado tanto en diez días que propuso que pasásemos esas dos noches en el mejor hotel de la zona, un cinco estrellas a pie de playa. Dormimos en camas con carta de almohadas, nos duchamos en baños que no estaban empantanados, desayunamos platos caprichosos en el bufé, pedimos pizzas al servicio de habitaciones, vimos películas sin parar. Creo que fueron los dos días más felices en muchos años. En toda mi vida.

¿En qué andas metido esta vez?, le pregunté a la salida del colegio, con orgullo pero también un ligero resquemor. Yo ya no era su confidente, o simplemente no necesitaba mi DNI para sus operaciones.

¿Te han devuelto el dinero?, me repreguntó Segis. No, no me lo habían devuelto. El subdirector encerró el sobre en el cajón del que lo había sacado para mostrármelo. Tenían que completar la investigación y averiguar si el dinero era de origen ilícito antes de devolvérselo a su legítimo propietario, esa fue su justificación en aquella conversación que tenía algo de duelo, quién de los dos tenía más que ocultar: yo los negocios de mi hijo, él los métodos dudosos del centro.

No habíamos cruzado todavía la valla exterior, Segis se detuvo junto al cartel que da la bienvenida al colegio de los niños triunfadores, y me miró no sé si enojado o asustado cuando le dije que no, que no me habían dado el dinero.

Tienes que regresar y decirle que te lo devuelvan, me ordenó, y me empujó suavemente hacia el edificio. No puedo hacer eso, Segis. Claro que puedes: es mi dinero, no tienen derecho a quedárselo. No te lo requisaron a ti, dije, dando por bueno el lenguaje policial. El dinero es mío, el chaval ese solo es un correo, dijo Segis, empleando jerga delincuente para corresponderme.

Traté de hacerle entender que yo no podía entrar en el edificio, buscar el despacho del subdirector, llamar con los nudillos a la puerta, saludar con una sonrisa y pedirle que por favor me devolviera ese sobre con billetes intercambiado en un baño, pues era propiedad de mi joven emprendedor. Pero Segis solo repetía, ahora sí más asustado que enojado: es mi dinero, es mi dinero, tienen que devolvérmelo, es mi dinero y lo necesito.

Si quieres que lo recuperemos, cuéntame de qué va el negocio, le pedí, tratando de calmarle. Me habló atropelladamente de un tipo, un informático; no, un estudiante de informática, hermano mayor del compañero de clase al que dio el dinero; bueno, en realidad hermano de otro, daba igual; el caso era que el informático, el estudiante de informática, le había diseñado una app para su última idea, un sistema de distribución de pequeños envíos urbanos que estaba a punto de lanzar. Ahí me mordí el labio, porque ese negocio ya me lo había contado meses atrás: un *delivery* donde los repartidores son los propios estudiantes de su colegio y de otros centros de toda la ciudad, que no tienen que hacer más que seguir sus rutas habituales para ir a clase, a casa o a sus sitios de ocio, y aprovechan esos desplazamientos rutinarios para llevar a los clientes compras de supermercado o de farmacia, *tuppers* de comida de una madre a sus hijos emancipados, objetos olvidados en el trabajo o en casa, un repuesto del almacén al taller, lo que sea. La tarifa es muy baja para los usuarios, mucho más baja que cualquier empresa de mensajería, y los repartidores obtienen una retribución pequeña pero que les compensa, ya que no tienen que desviarse ni hacer ningún desplazamiento que no fueran a realizar en cualquier caso. El sistema funciona con una app muy básica que monitoriza los movimientos de los repartidores por GPS y les asigna pedidos en función de la coincidencia de sus rutas con la solicitud del cliente. Pero ya me había mostrado la app meses atrás. ¿Un nuevo negocio?, le pregunté para comprobar si me estaba mintiendo, si se había olvidado de que ya me había contado esa historia antes o si se trataba de una ampliación del ya existente. Es nuevo, dijo, estamos a punto de lanzarlo, solo nos falta la app, y tengo que pagar al diseñador para que esté operativa.

O sea, que me estaba mintiendo. Yo mismo tenía la app instalada en mi móvil y, aunque no había recurrido a ella, sí me había entretenido consultándola para comprobar hasta dónde se extendía ya su área de operación. Me estaba mintiendo, pero no saqué el móvil para enseñarle su propia app, no quería humillarlo, y preferí concederle un rato de credulidad, que eso también es ser padre. Supongo que esperaba que en algún momento me lo contase él mismo, en qué andaba metido y por qué esa urgencia en recuperar el dinero; que restableciera él la confianza entre padre e hijo que yo no quería perder.

Mentira por mentira: le dije que me esperase allí, que iba a entrar para recuperar su dinero. Subí de vuelta la escalinata, le dije al celador que necesitaba ir al baño, Segis desde el jardín me perdió de vista, y pasé diez minutos metido en un retrete. Saludé a cámara.

No ha habido manera, le dije al regresar, he insistido de todas las maneras posibles y nada. Pero no te preocupes, no pueden quedárselo, y nos lo devolverán una vez comprueben que no hay nada ilegal. Porque no hay nada ilegal, ¿verdad?

Es todo limpio, papá; es solo que quiero pagar lo que debo, no me gustaría que me tomasen por moroso. Supongo que Segis lo dijo sin maldad, pero me escoció igualmente.

¿Y por qué no se lo diste directamente a ese muchacho, el informático?, apreté un poco a ver si confesaba. No lo hizo, sino que balbució una explicación improvisada: se lo había dado a aquel compañero porque vive en la misma urbanización que el informático, el tipo prefería cobrar en metálico, y mientras no recibiese el sobre no le activaría la app; en cualquier caso tenía que pagarle, era lo acordado.

Si es urgente, puedo adelantarte yo el dinero

hasta que te lo devuelvan, dije sin tener intención de hacerlo, o más bien sin tener fondos para ello, pues recordaba el grosor del sobre. Solo intentaba tender un puente, ofrecerle mi mano para que volviese a confiar en mí y me contase en qué se había metido. Nos tememos que esta vez ande metido en algo más desagradable, me había dicho el subdirector. Sustancias, había sugerido. Yo no quería creerlo, no quería pensar que mi hijo pudiese replicar los errores familiares, y menos tan pronto.

¿Tú me vas a dejar dinero a mí?, me preguntó Segis, y esta vez sí había sarcasmo en su voz y en su mirada de fingido asombro. Me dolió. Supongo que tanto como te dolía a ti mi inclemente sarcasmo las pocas veces que te visité en la cárcel. Igual que te dolería, aunque no lo puedo asegurar, cuando la enfermedad ya te vaciaba la cabeza y yo seguía con mis reproches, mi torrente de rencor que te disparaba casi a diario, pero eso sí: con una sonrisa. Con una sonrisa espléndida, que me llenaba la boca y coloreaba mis palabras duras y me acababa dejando las comisuras doloridas de tanto forzar la expresión feliz mientras te reprochaba. El médico insistía mucho en que te hablásemos con una sonrisa: había que transmitirte calma, seguridad, cariño, la sonrisa era un lenguaje que seguías entendiendo. Si alguien te hablaba en tono crispado te rompías; si yo te hacía responsable de mi cuesta abajo económica y familiar pero olvidaba fijar antes la sonrisa en mi rostro, tú te descomponías, llorabas, huías, balbuceabas asustado. Como aquella vez en que salíamos juntos del médico, y en la calle nos encontramos a un antiguo cliente que te abroncó y te insultó y te enseñó su dentadura todavía maltrecha, y te gritó a la cara, sin hacer caso de mis explicaciones: No le entiende, déjelo en paz, no está bien, tiene demencia, todo esto no sirve para nada, no se entera ni recuerda nada; pero el tipo no se lo creía, él tampoco, y nos siguió un rato por la calle gritando, no ya para nosotros sino para todo el que pasaba, para que supieran que eras un sinvergüenza y un estafador y que te habías reído de miles de familias trabajadoras como la suya, y yo apretaba el paso tirando de ti mientras lloriqueabas aterrorizado. Yo apenas te he gritado ni hablado con agresividad en estos años, por muchos motivos y ganas que tuviera. Casi siempre he respetado la recomendación médica, y si te tengo que decir que me jodiste la vida o necesito hacerte otra vez recuento de agravios, te lo digo con una sonrisa, con la sonrisa prescrita para los seniles, la sonrisa infantilizadora con que te hablan doctores y enfermeros, la sonrisa de madrecita que te dedica siempre la adorable Yuliana, la sonrisa de madera con la que te estoy contando todo esto.

Pero la sonrisa con la que Segis me preguntó esta mañana ¿tú me vas a dejar dinero a mí? era una sonrisa con púas. No te lo he contado, pero Segis me ha prestado dinero varias veces. Mi hijo menor de edad me deja dinero. Digamos que cuida de mí, como yo cuido de ti, hemos invertido el sentido de las generaciones. Le tuve que pedir dinero un par de finales de mes en que no me salieron las cuentas. Quinientos euros, sabedor de que Segis maneja cantidades superiores y tiene una buena caja de sus actividades. Lo peor es que se lo pedí para pagar su propia pensión de alimentos. No, eso no es lo peor: lo peor es que no se lo he devuelto todavía. Y ahora le ofrecía una ayuda que los dos sabíamos que no era posible.

Me conformo con que mañana mismo vuelvas al colegio y no salgas de allí sin el sobre, me dijo perdonándome la vida. Tú puedes convencerles de que es todo limpio y de que el dinero es mío, para eso eres mi padre.

Claro que sí, eso haré, le prometí, y me vi regresando al centro mañana mismo y exigiendo el sobre y la no expulsión de mi hijo, bajo amenaza de denunciar la videovigilancia en los baños.

Segis me sonrió para restaurar el vínculo. Me sonrió mostrando sus *brackets*, sus recientes y carísimos *brackets*, empeño de su madre, tu nuera.

A esa hora llamé a Yuliana, y me dijo que ya estabais de vuelta en casa. Parecías calmado, agotado por la caminata, te habías quedado dormido en el sillón nada más llegar. Así que me olvidé de ti y me concentré en pasar unas horas buenas, las mejores posibles, con mi hijo.

Le propuse que comiésemos juntos, pero que antes me acompañase a dos visitas que tenía no lejos de allí. No espero que aprenda nada viéndome en acción, nada que no sepa ya y que, no te ilusiones, no se lo hemos enseñado ni tú ni yo, ni tampoco el colegio. Solo quería que viese que su padre también es capaz de idear nuevos negocios, buenos negocios, y este lo es. Por el camino le puse al día, últimamente no hemos hablado mucho:

Lugar Seguro, ya te lo habrán contado esos dos amigos tuyos. ¿Qué te parece el nombre? Es bueno, ¿eh? Se me ocurrió por la serie esa, *Safe Place*, ¿la viste tú también? ¿No? Por asunto de derechos no puedo usar el mismo nombre, pero no importa, funciona igual: en cuanto dices Lugar Seguro, a la gente le viene a la cabeza la serie. ¿De verdad no la conoces, ni te suena? Supongo que los jóvenes estáis a otra cosa, pero tuvo mucha audiencia, fue un fenómeno social, no se hablaba de otra cosa. Es de ficción, pero rodada como si fuera un documental, muy realista. Se parece mucho a esos videojuegos posapocalípticos que tanto te gustan. La serie trata del día después de un colapso total. No se explica bien qué es lo que ha pasado, algo que ver con la energía, pero da igual, llega el colapso y todo se viene abajo, nada funciona, no hay electricidad ni comunicaciones, la gente acapara provisiones y enseguida se produce el desabastecimiento. A partir de ahí es un sálvese quien pueda, todo el mundo buscando un lugar seguro donde meterse porque en la calle la gente se mata, literalmente se mata, por conseguir gasolina, agua o comida. Las escenas de saqueos son impresionantes en su realismo, imitan el formato de las noticias del telediario. Los más desesperados arrasan comercios, vacían hasta el último estante y finalmente queman los locales. Por la calle hay linchamientos para conseguir un coche, porque todos quieren huir de la ciudad, no saben a dónde pero hay que salir cuanto antes, ya que también hay asaltos a las casas, en busca de comida o simplemente por robar aprovechando el tumulto. De pronto no hay sitio seguro, el caos se extiende y no respeta nada, ni hospitales ni residencias de ancianos. Nadie sabe por qué el gobierno no responde, apenas hay policía en las calles, las comisarías son asaltadas para conseguir armas. En el tercer capítulo sale una cárcel donde los vigilantes han huido y, sin electricidad, no funciona la seguridad, así que todos los presos se escapan y se dedican al pillaje, algunos aprovechan para vengarse de quienes los denunciaron, es la parte más terrorífica, hay una familia que se ha escondido en un sótano pero los encuentran varios presidiarios y violan a la mujer y las hijas delante del padre, al que luego matan a golpes. Ah, como siempre, los más ricos están mejor preparados. Algunos tienen ya un búnker en casa. Otros son recogidos en helicópteros o convoyes armados, y llevados a una isla donde llevan tiempo construyendo un gran Lugar Seguro, el *Safe Place* que da título a la serie, en previsión de que algo así ocurriera, una especie de *resort* de lujo inaccesible, donde esperar a que todo vuelva a la calma. Hay una escena tremenda en un aeropuerto, no despegan aviones, la gente se amotina y saquea los *duty free*, y hay guardias que protegen a tiros la única pista abierta, por la que huyen los que tienen vuelos privados. De verdad, tienes que verla, es muy buena. Y lo mejor, o lo peor, es que está narrada como si sucediese hoy mismo. Ya ves, ni en sueños podría tener mejor campaña publicitaria para mis lugares seguros, ¿no crees?

Yo hablaba y hablaba, como solemos hacer los padres divorciados, siempre temerosos de quedar en silencio con nuestros hijos; yo hablaba y hablaba, pero Segis parecía ausente, más pendiente de los mensajes que recibía insistentemente en el móvil, y un par de llamadas que no atendió. Le dije, llevado por el mismo entusiasmo sobreactuado con que intenté venderle la idea al del banco, le dije que la respuesta está siendo buenísima, que no damos abasto para atender la demanda, vamos a abrir delegaciones en varias ciudades y reclutar nuevos comerciales, el producto se vende solo, nos hemos asegurado un distribuidor exclusivo, nos vamos a convertir en la marca de referencia en el sector porque hemos sido los primeros...

Sí, ya ves que también con Segis utilizo el plural tramposo de gran compañía: *damos*, *vamos*, *hemos*. Como si estuviera vendiéndole uno, o solicitándole financiación, o no sé, quizás con la esperanza de que encuentre atractiva la idea, le seduzca la promesa de grandes ganancias, y acabe un día trabajando conmigo. Que nuestro vínculo padre-hijo, que hasta ahora parecía una tutoría empresarial, se convierta en alianza, en sociedad. Ya sé, mezclar familia y negocios suele acabar mal, qué te voy a contar; pero tal vez busco también un desmentido a esa creencia, una reparación a la mala experiencia como padre e hijo, como presidente y director de operaciones, que hemos tenido tú y yo. Demostrar que yo no soy como tú, que puedo hacerlo mejor con mi hijo.

Una de las veces que le sonó el teléfono sí lo

cogió: era su madre, que por supuesto lo llamó a él y le preguntó si estaba bien, si yo había ido a recogerlo y había hablado con el director o con quién, qué me había dicho, qué le había dicho yo al subdirector, todo preguntado a su hijo, no quiso hablar conmigo. Escuché cómo Segis le contaba una versión que sonó claramente improvisada: una pelea entre estudiantes, él se había visto en medio y le habían cargado una culpa ajena, estaba bien, no creía que le fueran a sancionar.

No te preocupes, no le contaré nada a mamá, le dije cuando colgó, y me dio las gracias. Me complació pensar que nos había mentido a los dos, pero que mi mentira era de mejor calidad, más cercana a la verdad, cualquiera que esta fuera, y apoyada en un nivel de conocimiento y de confianza que su madre no ha alcanzado. En cualquier caso, los dos habíamos fingido creerle, lo que tal vez no diga nada bueno de nosotros como madre y padre, pero creer, elegir creer, fingir que crees, es un automatismo típico de padres para protegernos de nuestros hijos y de sus decisiones y caídas, aunque tú de eso no sabes nada.

La breve interrupción de Mónica dio un giro a nuestra conversación. Segis me contó, atención, que su madre tiene planes de... ¡mudarse a una comunidad! Sí, irse a vivir a una comunidad de botijeros, una en el sur que conocieron el verano anterior en vacaciones. ¿Qué te parece? Te ríes porque eres bobo, te ríes porque yo me río, pero si lo entendieras te reirías más que yo, te reirías con maldad y farfullarías: ¡Mónica en una comunidad! ¡Holgazana!, ¡en la vida ha dado un palo al agua!, ¡le iba a enseñar yo lo que es trabajar!, ¡un zacho y a abrir zanjas, verás cómo se le quitan todas esas tonterías!

Mónica en una comunidad. No es que me sorprenda, hace tiempo que la oigo decir sandeces. Y recuerdo el día que, viviendo todavía juntos, se presentó en casa con un gracioso botijito, de los que repartían los ecomunales. Ahí fue cuando los bauticé, por aquella campaña con la que intentaron ganarse la simpatía de los reticentes y atraer de paso a los nostálgicos. *Botijos contra el cambio climático*, ese fue su originalísimo lema. ¡Botijos contra el cambio climático! Quién necesita nevera teniendo un botijo, pura eficiencia ecológica. Quién necesita agua embotellada teniendo un botijo, uno para toda la vida, sin obsolescencia. Quién necesita electricidad o agua corriente teniendo un botijo milenario que llenar en la fuente de la plaza. Tecnología punta, sabiduría popular. El bendito botijo que con solo empuñarlo, levantarlo y dejar caer el chorrito en la garganta nos permite viajar en el tiempo, regresar a la edad de oro, el paraíso perdido de paisanos en la plaza del pueblo, jornaleros pasándose el agua en el cortijo, señoras sentadas a la puerta del hogar con su botijo al lado. Casi se lo tiro a la cabeza cuando se presentó con uno en casa.

Mónica en una comunidad, esa sí que es buena. Cualquiera pensaría que es la prueba de hasta dónde han conseguido penetrar los ecomunales, pero yo creo que es lo contrario: la adhesión de una Mónica es la prueba de su poca seriedad y su rápida decadencia; la prueba de que son inofensivos, de que todo quedará en unos años de jugueteo jipi, a la vuelta de los cuales no habrán cambiado mucho las cosas, tampoco para los crédulos que los siguieron.

Mónica en una comunidad. Pagaría por ver algo así. Mónica compartiendo, Mónica renunciando a lo superfluo, defendiendo la *vida buena*, vivir mejor con menos, ¡la *lujosa pobreza*! ¿Te la imaginas? Mónica preocupada por el bien común, por la humanidad, ¡por el planeta! Mónica bebiendo en botijo y asumiendo sus turnos de limpieza, de tratamiento de basura, de todas esas tareas ingratas que los botijeros se reparten, rotatorias. No durará una semana, si es que no la echan antes. Supongo que para ella es otra *experiencia*, como cuando se iba a un retiro de yoga, o a aprender a hacer pan. De pijos así también está lleno el mundo botijero, gente aburrida y con la vida resuelta, cazadores de *experiencias* que no pierden nada, que saben que cuando se acabe el juego les esperan la familia, el patrimonio o, en el caso de Mónica, la empresa de papá. Tu nuera siempre ha sabido saltar en marcha de todos los trenes antes del descarrilamiento. Acuérdate de cómo respondió su padre a tu fianza, y lo poco que tardó ella en ponerse a salvo del derrumbe. Chica lista. Supongo que si ahora se compromete con una comunidad, lo hará también con separación de bienes. Y, por supuesto, no se llevará su abundante y poco sostenible armario de ropa y zapatos. Lo dejará todo en casa de su padre para el día que regrese, cuando se aburra, cuando le apetezca probar otras *experiencias*. O cuando todo se tuerza: cuando llegue el puto colapso, el que sea, ella no lo esperará en su comunidad, confiada en el apoyo mutuo y la fraternidad, sino que correrá a ponerse a salvo una vez más. Al búnker que su padre sí instaló, y donde ella se protegerá sin ningún reparo.

¿No te conté lo que me dijo cuando le hablé del nuevo negocio? Lo hice para que viese que soy capaz de levantarme, que mi suerte va a cambiar, que todo puede volver a ser como antes, también entre nosotros. Así de necio soy, así me arrastro. Le hablé de los lugares seguros, le enseñé el catálogo de mi proveedor americano, le dejé ojear el dosier de venta que ya estaba preparando, di por hecha la financiación, le exageré mis previsiones económicas. ¿Y qué crees que me soltó? No es un búnker lo que necesitamos. Así, con esas palabras, muy seria y mirándome a los ojos: no es un búnker lo que necesitamos. Y yo, necio más que necio, pensé por un momento que ese plural, *necesitamos*, me incluía a mí, que estaba hablando de nosotros dos, de los tres contando a Segis, y que no necesitábamos un búnker sino volver a ser una familia; que sería el amor y no el hormigón el que nos salvaría. Pero no iban por ahí los tiros, necio más que necio: se puso a contarme su teoría, que por supuesto no era suya sino que la había leído en alguna parte, o escuchado en alguna asamblea botijera que ya debía de estar curioseando. La teoría de que, en circunstancias de desastre, de gran calamidad o derrumbe social, lo que predomina no es la violencia, el caos y el sálvese quien pueda, sino todo lo contrario: cooperación, ayuda mutua, solidaridad, comunidad. Abracitos. Que la historia demuestra que las grandes catástrofes no nos devuelven al estado salvaje, sino que sacan lo mejor de cada uno. Que los saqueos, la guerra de todos contra todos, las escenas de histeria y las autopistas atascadas de coches intentando escapar ¡solo existen en las películas y en la imaginación miedosa de gobiernos y poderosos! Esa palabra usó: *poderosos*. Que la única violencia que se produce tras un desastre es la de los ejércitos, policías y patrullas ciudadanas intentando asegurar el orden, su orden, para que no sucumba en el mismo derrumbe. No podía estar escuchando a Mónica, mi Mónica; me parecía una muñeca de ventrílocuo, que es lo que me suele pasar cuando escucho a un botijero, esa convicción y ese entusiasmo tan siniestros, como drogadictos rehabilitados o fundamentalistas de alguna religión. Hasta me puso ejemplos que claramente había leído en un panfleto: terremotos, huracanes, bombardeos bélicos, grandes atentados, momentos todos en los que la gente no se escondió en búnkeres sino que salió a la calle espontáneamente a ayudar a los heridos, organizar el rescate, reconstruir lo derrumbado, repartir comida y mantas. Abracitos. Incluso cuestionó lo sucedido en la Semana Caliente, siguiendo claramente el argumentario botijero: sostuvo que, al margen de los fallecidos por el calor, la mayor parte de muertes violentas y destrozos que hubo en tantos países se debieron a excesos policiales. Hasta justificó los saqueos, que según ella eran acciones desesperadas propias de una situación sin precedentes. Claro, por eso asaltaban las tiendas de tecnología, seguro que buscaban ventiladores, me abstuve de decirle. De remate, se mostró comprensiva con los ataques posteriores contra empresas. ¡Culpables del calentamiento, culpables de la muerte de tanta gente! En cuanto mencionó *Safe Place* la interrumpí, porque la veía venir, y contraataqué: Claro, querida, por eso tu padre tiene en su jardín un búnker más grande que mi piso de alquiler; porque confía en el altruismo de sus vecinos. Mi padre se equivoca, dijo sin alterarse: mi padre se equivoca, porque, además, en caso de que necesitásemos un refugio, siempre sería mejor uno colectivo que uno individual. Cuanta más gente se reúna, más conocimientos y más fuerzas tendremos para afrontar la situación, mientras que una persona sola o una familia aislada no disponen más que de sus recursos limitados. Es la cooperación la que nos salvará, remató la desconocida con la que un día estuve casado.

Me callé. Me mordí la lengua, porque soy así de necio, ya te lo he dicho. Me callé y no le opuse ejemplos en sentido contrario, numerosos ejemplos que desmontarían su teoría: situaciones de sobra conocidas en las que una catástrofe natural se agravó por la acción de mafias, delincuentes que ven su oportunidad, ajustes de cuentas, odios raciales o religiosos, masacres provocadas por rumores, persecución a minorías señaladas como culpables de la tragedia. La Biblia está llena de matanzas así. Y las guerras repiten desde hace siglos las mismas ejecuciones y violaciones masivas cada vez que una ciudad es *liberada*, o en el interregno en un cambio de régimen. Por no hablar de los nazis, que en la búsqueda de su espacio vital exterminaron a millones. Y de eso puede ir el futuro si nada cambia: de espacio vital, de recursos escasos para demasiada gente.

Pero no le dije nada de eso a Mónica, preferí regalarle la satisfacción de la victoria moral, de la última palabra. Hasta ahí llega mi amor residual, fíjate. Y porque sé que ella no se cree todo eso. Que en realidad lo decía para herirme, porque no hablaba ella, sino su orgullo, su propia herida, que no dejan de ser otras formas de amor residual. Como decirle a su hijo que piensa irse a una comunidad. No lo hará, solo quiere que yo me entere, que nuestro hijo me lo cuente: mamá tiene planes de mudarse a una comunidad. Mamá se va, se aleja de ti, la perderás del todo si no reaccionas.

¿Y tú qué harás si mamá se va?, pregunté por fin, desde la tranquilidad de que Segis no seguiría a su madre a un pueblo o una pequeña capital, ni siquiera a una comunidad de barrio, donde él tendría que olvidar su talento para los negocios, se marchitaría entre trueques, moneditas sociales y cooperativas. Lo pregunté levemente ilusionado, tal vez se planteara quedarse conmigo. Tendríamos que buscar un piso más grande, o irnos a vivir contigo, ¿te imaginas? Las tres generaciones de Garcías bajo un mismo techo, Segismundo Primero, Segismundo Segundo y el joven Segis. No te hagas ilusiones, viejo: te queda poca cuerda y, si no te mueres antes, cualquier día de estos nos dan plaza en una residencia, o consigo levantar el negocio y puedo pagar una privada, y entonces nos quedamos los dos solos, Segis y yo, o mejor los tres, también Yuliana, ya liberada de tu cuidado. Es una esperanza vana, lo sé, pero por un segundo me imaginé la vida en adelante como una ampliación de aquel fin de semana feliz en el hotel.

No, por supuesto que en los planes de Segis no entra vivir con perdedores. Ni con botijeros, ni conmigo. Me dijo que su madre pensaba esperar un año más antes de trasladarse; esperaría hasta que él acabase el bachillerato, y después ella planeaba enviarlo a estudiar a una universidad extranjera. Tal vez en Estados Unidos, si la situación allí se estabiliza. O en China, que parece la región más tranquila. Lejos de mí, en cualquier caso; lo más lejos posible de mí y lo más caro posible para mí, está clara la intención de Mónica, la coherente y comprometida Mónica, ecomunal con un hijo estudiando en una universidad privada en el extranjero, y que no tendría reparo en vivir en una comunidad y romper su compromiso varias veces al año para subirse a un avión y cruzar medio planeta regándolo de queroseno y gases contaminantes para visitar a su privilegiado hijo y pasar una semana con él, hospedarse en un hotel donde desquitarse de tanta *vida buena*.

Mamá ha cambiado mucho, dijo entonces Segis, como si me estuviera leyendo o más bien oyendo el pensamiento, mi pensamiento furioso y chillón. Mamá ha cambiado mucho. Eso es una magnífica noticia, estuve a punto de decir. Una magnífica noticia porque si Mónica ha cambiado, yo no, yo sigo aquí, al lado de mi hijo, yo sí le entiendo, a mí sí me confiesa sus negocios porque sabe que soy como él, que buscamos lo mismo, que sabemos de qué va esto y tenemos la misma opinión sobre los botijeros.

Para asegurarme de esto último, se me ocurrió llevarlo a almorzar a un comedor ecomunal, sentarlo un rato entre ellos. Que viera su ingenuidad con sus propios ojos y oyese él mismo sus necedades y comprobase lo equivocados que están. Lo equivocada que está su madre.

Pero antes hicimos un par de visitas que tenía ya previstas. Por el camino yo seguía hablándole del negocio, las posibilidades de expansión, el rápido crecimiento que el sector tiene ya en otros países, la importancia de detectar una demanda y adelantarse para convertirse en marca de referencia, en operador dominante. Segis apenas me escuchaba, pendiente todo el tiempo de su teléfono que no paraba de sonar sin que él atendiese las llamadas, y a cambio tecleando no sabía yo qué mensajes agobiados, qué excusas dilatorias para su problema.

¿Todo bien, hijo?, le pregunté, y ni me escuchó. Sustancias, eso creía el subdirector, eso empezaba a creer yo también, y hasta me iba haciendo a la idea de cómo ayudarle esta vez, cómo cubrirle, cómo ocultárselo a su madre para que no se enterase y volviera a culparme a mí, y a ti por extensión, de la deriva conflictiva de nuestro hijo.

El primer cliente vivía a pocas calles de la estación de autobuses. Un barrio que ya estaba degradado cuando tú lo conocías, allí abriste una de las primeras clínicas porque abundaban los desdentados con pocos recursos. Pero en los últimos años ha acelerado su declive. De ahí marcharon muchos botijeros en la primera ola, y todos esos pisos que dejaron de alquilar o malvendieron a algún fondo fueron enseguida arrendados o comprados por gente que venía de más abajo aún. O directamente ocupados. Todo lo cual convierte el barrio en terreno maravillosamente fértil para que crezcan decenas, cientos de lugares seguros, a poco que me mueva bien. La combinación de estrecheces económicas, vulnerabilidad social y fobia al extraño, en un entorno de gente humilde con expectativas, o más bien sueños, de conseguir salir de allí hacia un barrio mejor, y forasteros a los que cualquier escaloncito les parece un ascensor, son el cóctel perfecto para nuestro producto: miedo y consumo aspiracional en un mismo envase. Me lo confirmó la cantidad de rejas y alarmas en las ventanas, y de coches de gama alta por las calles: gente asustada, que vive con lo justo, pero capaz de gastar lo que no tiene en un buen coche, aunque sea de segunda mano, que los distinga y eleve por encima de sus vecinos, y un televisor que ocupe toda la pared. O de arreglarse la boca para poder sonreír sin dar pena o asco. Y, por supuesto, instalar un búnker en el trastero. Los propios ocupas, una vez asentados, pasan pronto de amenazantes a amenazados, y también ellos querrán su lugar seguro, cuya instalación no exige ningún título de propiedad. Pero es que además el tipo que nos abrió la puerta era el cliente perfecto: un prepa, como comprobé enseguida.

No llegaste a saber de los prepas, porque en tu vida lúcida eran todavía una extravagancia, un disparate de yanquis blancos, barbudos y racistas que esperaban el apocalipsis en sus granjas. Una curiosidad de programas de televisión, una caricatura. Pero en los últimos años no han dejado de crecer y extenderse, también aquí, y ya no nos reímos tanto de ellos.

Los prepas, como su nombre indica, están preparados, llevan mucho tiempo preparándose. ¿Para qué? Ellos sí podrían responder a la embarazada incrédula de esta mañana: preparándose para sobrevivir. Survivalistas. ¿Sobrevivir a qué? Se preparan no para un colapso, unos disturbios, otra Semana Caliente, sino directamente para el apocalipsis. Sí, el apocalipsis, en cualquiera de sus formas, todas ya asomadas como anticipo y advertencia en los últimos tiempos: la guerra, el terrorismo, la pandemia, el desastre natural, la crisis ambiental, el desplome financiero. El meteorito, la invasión alienígena o la ira divina, en sus versiones más locas. El fin del mundo en todas sus posibilidades. Los más veteranos llevan más de medio siglo preparándose, reemplazando una amenaza por otra sin que ninguna se cumpla, pero en todas encuentran la motivación para seguir: empezaron con la Guerra Fría y la destrucción nuclear, y desde entonces han pasado por todas las crisis y finales del mundo inminentes sin desanimarse, al contrario: sumando nuevos motivos. Últimamente se alimentan de la inestabilidad en cada vez más países y la multiplicación de episodios meteorológicos extremos, mientras vaticinan el próximo colapso energético, el agotamiento de recursos, el planeta inhabitable, las guerras de escasez, las invasiones bárbaras. Han salido de la clandestinidad y cada vez tienen más presencia pública. La Semana Caliente engrosó sus filas.

En realidad todos nos estamos *preparando*, aunque no militemos en el preparacionismo extremo y los sigamos tomando por pirados. En los últimos años todos hemos desarrollado estrategias de supervivencia, más o menos efectivas, a la medida de nuestras posibilidades y de nuestros miedos. *Por si acaso*. Mira los del club, o las familias del colegio de Segis: se preparan instalando *por si acaso* búnkeres en el subsuelo de sus urbanizaciones o en fincas alejadas de las ciudades y con accesos ocultos, sobre las que no sé cuánto hay de secreto y cuánto de leyenda urbana. Y conducen esos coches que parecen tanques, con los que se mueven invencibles por la ciudad y en los que podrían emprender la huida a sus refugios sin que ninguna barricada se lo impidiese. Los demás nos preparamos también, aunque sea con lugares seguros como los míos, baratos y quién sabe si eficaces, pero menos es nada, y da seguridad tenerlos *por si acaso*. Y no creo que quede nadie que no tenga en su casa unos mínimos acaparados *por si acaso*: mascarillas por si vuelven a ser necesarias, baterías por si regresan los cortes de luz y esta vez duran más, y algunos hasta una provisión de comida imperecedera y papel higiénico, recuerdo del breve desabastecimiento que provocaron las últimas huelgas.

Los prepas son solo la versión extrema de lo que ya somos todos. Sé de cada vez más gente que simpatiza con ellos, que se acerca y sigue algunas de sus recomendaciones. Tal vez sin mucha convicción, hasta rechazando su catastrofismo y burlándose de ellos, pero en realidad actuando con la misma prevención con la que al comprar casa, si les alcanza el presupuesto, elegirán una promoción con refugios subterráneos. O recurrirán a mis servicios. *Por si acaso*. Porque en el fondo no creen que vaya a ocurrir, porque hasta ahora todos los episodios terminaron sin demasiados destrozos, siempre regresó la normalidad, pero *por si acaso*. La industria del *por si acaso* no deja de crecer; no soy yo el único que ha visto oportunidades de negocio. Hay cada vez más gente que hace cursillos de primeros auxilios, defensa personal, técnicas de supervivencia, y no aceptarán ser llamados prepas; dirán que lo hacen por diversión, por deporte, por aburrimiento, *por si acaso*. Gente que convierte en éxito series como *Safe Place* y todos esos programas televisivos de supervivencia que surgieron en su estela, programas con grandes audiencias pero que nadie reconoce ver, esos que todos critican por alarmistas pero no se pierden uno. Gente que quiere que el gobierno tenga planes de emergencia y respuesta rápida para todo tipo de contingencias, algunas tan improbables que no caben ni en el *por si acaso*. Gente a la que debo manejar con cuidado, caminando por el alambre de la amenaza pero sin perder pie en el catastrofismo o el colapsismo agorero, porque ellos no quieren sentirse prepas, no quieren miedo, no tanto miedo. Esa gente, mi gente, mi mercado.

Ahí tienes a Segis, y tantos Segis de su edad: toda una generación de prepas natos. Han venido a un mundo sin futuro, no han oído otra cosa desde que tuvieron uso de razón: no hay futuro. Un mundo punk. No esperan nada, no reclaman nada. No pueden confiar en el sistema educativo, el mercado laboral, el esfuerzo o el mérito. Saben que tienen que buscarse la vida desde el primer minuto. Sálvese quien pueda. Eso hace Segis, mi joven prepa.

Y mira los botijeros, ¿qué son sino otro tipo de prepas? De espíritu colectivo y solidario, pero prepas a fin de cuentas. Dicen eso tan cursi de que están plantando semillas para que crezcan en el futuro. Ensanchando grietas que un día reventarán el muro. Pero en realidad están organizando su propia vía de supervivencia. Comunidades donde resistir en caso de colapso; ellos, que tanto cuestionan la idea de colapso. Comunidades donde habitar ya hoy el colapso, el cotidiano, el que no es riada súbita sino lluvia fina y constante, el calabobos, el colapsabobos. Comunidades que se creen seguras, su famosa seguridad colectiva, la ayuda mutua, el enjambre; pero que en un escenario de reventón repentino se vendrían abajo, sucumbirían, serían asaltadas y saqueadas y sometidas por las jaurías de desesperados. Eso no les pasará a los prepas auténticos. Ellos se preparan para algo más que unos días sin electricidad o tiendas desabastecidas. No siembran semillitas. No creen en la seguridad colectiva, saben que llegado el momento todos seremos lobos. Se preparan para la guerra. Esperan la guerra. Diría que incluso desean la guerra.

El prepa que nos abrió la puerta era uno de ellos. Por supuesto no se presentó como tal, no dijo: hola, buenos días, soy un prepa. Ni siquiera un survivalista, como se llaman entre ellos. No lo dijo, porque el secreto es parte del preparacionismo, y de ellos tomé ese argumento de venta: que nadie sepa que estás preparado, que nadie sepa que tienes un lugar seguro, porque si un día el *por si acaso* se hace realidad, vendrán los zombis. Así llaman a los no preparados que en caso de colapso saldrán hambrientos, desesperados, asustados, dispuestos a todo, y querrán aprovecharse de la prevención que otros tuvieron y ellos no: zombis. Me he familiarizado con su jerga interna, espero mucho de los prepas. Aunque los veteranos ya tienen un lugar seguro, de autoconstrucción la mayoría, quedan todos esos prepas de última generación que leen libros de supervivencia y acumulan provisiones, y que solo necesitarán saber de mi existencia, que corra de boca en boca entre ellos, en sus foros y publicaciones, para que me abran la puerta con el sobre del dinero del primer pago entre los dientes. Ya he contactado con una asociación de prepas. Son muy herméticos, me está costando acceder y que confíen en mí; pero en cuanto me reciban les haré una oferta, un precio especial para sus miembros.

El prepa de este mediodía no se presentó como tal, pero lo reconocí a primera vista: llevaba puesta una camiseta con las siglas WTSHTF, habituales en sus foros, y yo he pasado unas cuantas tardes leyendo sus conversaciones para entenderlos y acercarme. WTSHTF: *When The Shit Hits The Fan*, literalmente cuando la mierda llegue al ventilador. Cuando la mierda salpique, cuando todo se vaya a la mierda. Lo mismo que YOYO: *You're on your own*, estás solo, arréglatelas como puedas. Estoy seguro de que el tipo se puso la camiseta para testarme, comprobar si yo era fiable. Le correspondí: señalé su camiseta y pronuncié en voz alta las palabras que forman el acrónimo, para sorpresa de Segis, que no entendía nada. El tipo no sonrió ni me estrechó la mano con camaradería, un prepa no bajará nunca el puente levadizo por mucha fiabilidad que le demuestres. Al contrario, cuanta más cercanía, más sospecha. Puro delirio. Pero al menos nos dejó pasar.

Vivía en un primer piso de un bloque de viviendas baratas, cinco plantas sin ascensor. Ahí lo tienes: ve y háblales de ascensor social a quienes ni siquiera tienen uno de verdad para que los ancianos suban a los pisos altos. Nos condujo por un pasillo corto y a paso ligero, pero ya sabes que los comerciales desarrollamos esa habilidad detectivesca para reconocer visualmente el escenario en pocos segundos e improvisar un primer perfil del cliente, orientar bien la táctica de venta. Así, pude entrever una cocina con el fregadero desbordado de cacharros sucios, y un calendario en la nevera con la hoja inmóvil desde tres meses antes, o tal vez un año y tres meses antes; un saloncito con varias latas de cerveza sobre la mesa camilla y dos macetas con potos resecos; y un dormitorio de matrimonio con la cama deshecha y fotos de pareja en la mesilla de noche junto a otra lata de cerveza. Latas de medio litro, claro. Ah, y pelusas tras la puerta del pasillo, pelusas de un calibre de meses. Por suerte el baño estaba cerrado.

Nos llevó hasta la otra habitación de la casa, la que supuse destinada en origen a los niños que nunca llegaron, o que ahora viven con la madre y a los que solo ve un fin de semana cada quince días, aunque esto ya es mucho suponer. Al entrar en la pieza quedó confirmada su militancia, innecesario el mensaje de la camiseta: la habitación ya estaba *preparada*. Nada extraordinario, el kit básico: varias garrafas de agua, un estante lleno de latas y paquetes de comida. Calculé a ojo según los litros de agua, y aproveché para confirmar su estado civil, reconozco que con cierta maldad: provisiones para un mes, ¿eh?, le pregunté. Para dos meses, contestó el tipo tras unos segundos de duda.

Tenía también un par de cajas metálicas que supuse de herramientas y botiquín, además de un pequeño equipo de radio, bombonas y algunos chismes más. Colgados en una pared, dos rifles de caza. De caza mayor. Pero en mi rápido vistazo desde el pasillo no vi ningún trofeo disecado ni foto de montería. Así que estábamos ante un prepa de línea dura. Sentí un escalofrío. Lo imaginé disparando desde la ventana del salón. Volviendo a casa a por el rifle tras una discusión en el bar con un vecino extranjero. Acechando a su exmujer a la puerta de la casa de su hermana. Mordiendo el cañón él mismo, lloriqueando y atragantado, tras siete u ocho latas de cerveza. O amenazándome si no le instalo pronto su lugar seguro, si no le devuelvo su dinero.

Me gustaría preparar bien esta habitación, dijo.

¿Una habitación de un primer piso? ¿Una habitación con ventana? ¿En un edificio de materiales baratos? El cliente siempre tiene la razón, así que le dije que no era lo habitual, pero por supuesto podíamos estudiarlo. Le mencioné el módulo más básico, lo montaríamos dentro de la habitación sin tener que modificar las paredes actuales, que conservaríamos como refuerzo. Al decir esto último, oímos toser a un vecino tras el ridículo tabique.

Quiero un blindaje a prueba de todo, dijo el chalado. Que tengan que tirar el edificio entero y aun así no consigan entrar. ¿Quiénes?, me entraron ganas de preguntar, ¿quiénes creía que intentarían entrar en su mierda de habitación para quitarle el agua y las latas de albóndigas? Me sentí incómodo por haber traído a Segis, que él me viese negociando con aquel chalado y pensara que estoy acabado, que solo me queda engañar a pirados y viudas. Así que dejé salir mi mal humor, tiré con bala: estamos hablando de un lugar seguro para dos personas, ¿verdad? El tipo se quedó unos segundos callado, mirándome como si le hablase en chino, las palabras rebotando dentro de su cráneo: dos personas, dos personas, dos personas, hasta rodar y detenerse en un rincón de su cerebro. Un rincón tan lleno de pelusas como su pasillo. No, no, yo, no, yo, balbuceó el pobre desgraciado, que enseguida intentó reponerse: sí, dos personas, claro, un lugar seguro para dos. Me ahorré humillarle más, tentado de preguntarle si no querría consultar con su mujer antes de firmar nada, pero me dio lástima, entendí la profundidad de su herida, me hermanó con él una repugnante corriente de empatía.

A cambio, él se vino arriba, tiró de repertorio para sobreponerse y recuperar la iniciativa, volver a ser el prepa imbatible que nos había abierto la puerta, y no el hombrecillo dañado que ahora parecía. Nos contó que él fue durante muchos años un despreocupado, un inconsciente, un zombi en potencia. Pero un día leyó una entrevista con un gurú survivalista de Estados Unidos, buscó información sobre el tema, se asomó a un foro, y después chequeó su propia casa y se dio cuenta de que su mujer y él —por fin la nombró— no sobrevivirían más de tres días: es un ejercicio muy simple que todo el mundo debería hacer, nos dijo; todo el mundo debería echar un vistazo a su despensa y su equipamiento doméstico, y calcular cuántos días sobrevivirían si de pronto faltasen el agua corriente y la electricidad y no pudieran salir de casa para abastecerse. ¿Sabe la gente cuántos días aguanta un cuerpo sin agua, sin alimentos? ¿Acaso no hemos conocido episodios de desabastecimiento por huelgas o nevadas? ¡Hay gente que no tiene en casa ni siquiera una botellita de medio litro de agua mineral! ¿Esperan que cuando llegue el día, el Día, venga el gobierno con camiones cisterna y bolsas de comida por las calles? ¿Sabrían hacer fuego, reparar fracturas óseas, cortar una hemorragia, atender un parto? ¿Sabrían proteger a sus familias frente a agresores violentos, hambrientos?; ¿serían capaces de matar por salvar su vida? Ni siquiera sabrían cargar un rifle, o se limitarían a repetir los movimientos que ven en las películas, y ya les digo yo que no sirven para nada, así no se carga un rifle, y mientras lo decía descolgó un arma de la pared y nos hizo una demostración. Segis lo miraba divertido, yo, espantado, debíamos salir de allí cuanto antes.

Todavía le dio tiempo, mientras rellenábamos el precontrato, le dio tiempo de farfullar contra el gobierno, este y todos los gobiernos, aquí y en la mayoría de países: todos esos gobiernos despreocupados, ¿qué hacen que no están instruyendo a la población y difundiendo recomendaciones básicas de aprovisionamiento? ¿Por qué no enseñan en los colegios primeros auxilios, defensa personal, conocimientos de supervivencia, a hacer un fuego sin mechero? ¿Por qué no construyen refugios para toda la población, por qué no obligan a los promotores de viviendas a que los incluyan de serie en todas las viviendas nuevas, como ya hacen las inmobiliarias de renta alta? Seguramente yo sabía que en Suiza es obligatorio, o-bli-ga-to-rio, que todos los edificios de viviendas incluyan un búnker para sus habitantes, es algo que viene de los tiempos de la Guerra Fría pero ha permanecido, son listos los suizos, saben proteger, lo mismo el dinero que la población, no les pillarán nunca, no como a nosotros: nos descompondríamos en cuanto unos pocos miles de zombis cruzasen la frontera y llegasen en barquitos, a nado, saltando alambradas; pero ni siquiera tienen que venir, ya están aquí, seguramente los habíamos visto de camino a su casa: están por todas partes, se han hecho dueños del barrio, han comprado y alquilado y ocupado pisos, se están quedando con las tiendas y los bares, y el día de mañana, cuando llegue el Día, vendrán como animales a por mi agua y mi comida, pero no podrán entrar, no podrán sacarme, tendrán que tirar el edificio entero y yo seguiré aquí, en mi lugar seguro.

Nos reímos a la salida, nos reímos mucho, carcajadas sinceras y de alivio; durante varias calles nos duraron la risa, las burlas y las imitaciones del prepa. Qué maravilla la risa compartida entre padre e hijo cuando este ya tiene edad para bromas adultas y la risa se convierte en otra forma de afecto. La risa entonces sustituye todos esos besos y abrazos que dejamos de darnos padres e hijos al crecer. Qué poco nos hemos reído tú y yo juntos, viejo, y no hablemos de besos y abrazos. Qué severidad la tuya desde que yo era niño, qué ejemplaridad encarnada las veinticuatro horas, la ejemplaridad ética y laboral y luego empresarial, la ejemplaridad que debía servirme de modelo: aprende de tu padre, mira cómo hace tu padre, toma ejemplo de tu padre, sigue los pasos de tu padre. Seguramente no soy ningún ejemplo para Segis, incluso en algunos momentos he podido ser lo contrario: un fracaso a evitar. Pero me he reído mucho con él, nos hemos entendido siempre, hemos mantenido nuestra complicidad, bromas internas y lenguaje propio. Y aunque el divorcio y la adolescencia nos han alejado un poco, no lo hemos perdido del todo. La complicidad mutó en encubrimiento de sus negocios frente a su madre, sí, pero mira, todavía de vez en cuando nos reímos con ganas, como hoy al salir de casa del prepa, camino de la siguiente cita, tanto que nos olvidamos por un momento de nuestras urgencias: yo de la financiación denegada por el banco, Segis del dinero que debía a quien fuera que le estaba llamando repetidamente. Y, por supuesto, nos olvidamos de ti.

Pero como tú siempre tienes que entrometerte, en ese momento me llamó Yuliana. Parecía nerviosa: te habías despertado y estabas de nuevo muy agitado, temía que en cualquier momento te pusieras otra vez en marcha. Tras una brevísima siesta, te habías levantado del sillón con energía renovada, y ahora te movías como animal enjaulado por la casa, no ibas detrás de ella como siempre haces, pegado a su espalda, entorpeciendo su paso, agarrándola por la cintura y más arriba, viejo verde, viejo listo; sino que ahora era ella la que iba detrás de ti de una habitación a otra, porque estabas inquieto, farfullabas algo ininteligible, y la chica me llamaba porque de verdad estaba asustada.

Tal vez le vendría bien un paseo, Yuliana, le dije, casi le ordené, excitado yo también, deseando que reanudases la marcha, que siguieras escarbando la ciudad con tus garras, que arrastrases a la chica hasta donde tú sabes, donde solo tú sabes y quizás no recordabas hasta hoy. Tal vez le vendría bien un paseo, Yuliana, para calmarse. Pero ella se negó: no voy a sacarlo en este estado, puede ser peligroso; debería venir usted, me rogó la adorable criatura, que se resiste a tutearme para mi desespero.

Iré enseguida, le prometí; iré y te ayudaré con él, pero si ves que intenta salir otra vez no se lo niegues, es mejor que se desfogue al aire libre, no se vaya a hacer daño o, peor, te dañe a ti por estar encerrado.

Como quiera, aceptó Yuliana sin convicción, porque al final el cliente siempre tiene razón, y por encima o por debajo de mis sentimientos se impone la realidad de nuestro vínculo, nuestro único vínculo real: seiscientos euros mensuales más alojamiento.

Pero antes de cumplir mi promesa de ir a veros, quise resolver la última visita de la mañana, que esperaba rápida y favorable.

Me habían citado en un barrio que yo inicialmente había señalado como objetivo prioritario al estudiar el mercado, pues reúne condiciones óptimas, incluso mejores que la zona del prepa: el barrio de La Paz. Una barriada obrera, una que todavía merece ese nombre, por mucho que sus propios habitantes no consientan llamarse así y mantengan la ilusión de ser clase media, clase media baja, clase media bajísima. Uno de esos que llamaban barrio de aluvión, levantado en los años sesenta del siglo pasado, tercera o cuarta generación ya desde los primeros emigrantes que llegaron a la capital y se asentaron en casitas de autoconstrucción, chabolas incluso, hasta que el ayuntamiento de entonces se alió con un constructor para levantar un barrio de asentamiento, de viviendas baratas y apretadas donde reunir mucha de la morralla humana que, dispersa por la ciudad, sobraba en los planes urbanísticos. Allí abriste no una, sino dos clínicas *Sonríe!*, está todo dicho. Por allí tendría que repartir tarjetas genéricas, que no incluyan mi nombre, no fuera que un afectado me relacionase contigo y me patease furioso hasta dejarme la boca como tú se la dejaste a él. Diente por diente. El barrio está *muy bien situado*: colinda por un extremo con el Sector Sur, el puto infierno; por el lado oriental lo recorre la autovía de circunvalación, tras la que se ve la extensión plastificada y siempre humeante de los campamentos de acogida; y por el norte lo aísla la trinchera del tren, que hace inaccesible, al otro lado de las vías, un territorio tan extremo como el Sector Sur: el club hípico y la urbanización que lo rodea, donde seguramente ya todas las casas tienen un lugar seguro. De modo que La Paz vive comprimido entre la miseria y la opulencia más absolutas; y entre ese mínimo y ese máximo se mueven las ilusiones y terrores de sus vecinos, como en una escala que va de la nada al todo, de lo más bajo al cielo, o más probablemente desde las alturas hasta el barro o la mierda, como un ascensor despiadado. Al sur escuchan diariamente sirenas policiales, algún tiroteo; al norte, zambullidas de mil piscinas privadas. Del sur llega el hedor humeante de la basura quemada por falta de recogida; del norte, la brisa limpia de las casas fregadas a diario por un ejército de sirvientas. Lo normal sería que en el barrio todos quisieran tener un lugar seguro, porque si un día el *por si acaso* se hiciera realidad no tendrían escapatoria: encerrados entre carreteras y vías, imposible cruzar hacia el norte donde los del club ya están fortificados, mientras verían desde sus ventanas cómo, por el sur, cientos de zombis del Sector Sur se dirigen en primer lugar hacia sus cercanas casas en busca de provisiones o simplemente para saquearlas aprovechando el apagón civilizatorio. Mira, ya hablo como un prepa. O como un auténtico vendedor de lugares seguros.

En fin, en principio un barrio ideal, perfecto para colocar mi producto. Me los quitarían de las manos. Lista de espera de meses. Posibilidad de aumentar tarifas, la ley de la oferta y la demanda. Pero. Ahora viene el pero: la mayoría de edificios no tiene trastero, ni siquiera garaje. Viviendas que en su día se levantaban buscando abaratar materiales, acortar plazos y aprovechar al máximo el espacio disponible. Destinadas a familias que tampoco tenían muchas expectativas de acumulación. Así que solo unas pocas tienen trastero o garaje. Y solo a un prepa descangallado se le ocurriría instalar un lugar seguro en una habitación o en la azotea.

Una pena. No creas, no abandono. Algo habrá que hacer allí. Si todo va bien, si consigo la financiación y crecemos al ritmo que preveo, tengo algunas ideas para barrios como ese. Un sistema de refugios externos, no muy lejos de las viviendas. En el viejo polígono industrial junto a la vía del tren hay unas cuantas naves abandonadas que podrían acondicionarse como refugios colectivos. O aprovechar la diferencia de altura entre el barrio y la autovía para, sin mucho excavar, preparar una planta de lugares seguros, uno por vivienda, organizados en colmena. Como esos galpones donde puedes alquilar un trastero, con varios tamaños disponibles. Incluso podrían usarlos como trasteros, dos en uno. Tener tu lugar seguro allí, cerca de casa, con la tranquilidad de alcanzarlo antes de que lleguen los zombis. Algo intentaremos, pero para eso necesito músculo. Si no, se me adelantarán otros, lo veo venir. Si tu socio y tú no hubierais abierto todas esas clínicas, las habrían montado otros, cualquiera de esas cadenas que después siguieron vuestros pasos replicando la misma fórmula: tratamientos dentales para todos, los precios más bajos del mercado, facilidades de financiación. Si no lo hago yo, lo hará alguna empresa extranjera, El Corte Inglés, Ikea: Bunkor, los mejores refugios para toda la familia, con facilidades de financiación. Bunkea, construye tu propio búnker.

El caso es que a mediodía llegamos al barrio y, apenas recorrimos varias calles, lo noté: ya están aquí. ¡Han llegado los botijeros! Llevaba tiempo sin pasar por allí, y tampoco había oído ninguna noticia al respecto, pero las señales eran inconfundibles. Siempre desembarcan en barrios de clase trabajadora, no verás mucho espíritu ecomunal en las urbanizaciones, ni en los desarrollos periféricos de anchas avenidas y bloques con piscina donde vive la clase media, la real que todavía queda, y que seguramente está instalando ya búnkeres. Tampoco yo tengo mercado en esas zonas, ni lo intento, es caza mayor y se lo llevan grandes constructoras que ofrecen el producto para que todas esas asustadizas familias de asalariados de catorce pagas, funcionarios y pequeños empresarios completen su paraíso de clase media de extrarradio: piscina, garaje, zonas comunes para los niños, pista de pádel, barbacoa los domingos y búnker para cuando vengan los zombis. Pero en los barrios obreros es diferente: en ellos encuentran buena acogida tanto mis lugares seguros como sus botijos.

Que aquel barrio se estaba volviendo ecomunal era más que evidente. Nada más asomar, reconocí las inconfundibles fachadas, repintadas de vivos colores. Y los murales. Los botijeros urbanos siempre comienzan por el exterior, pura fachada, nunca mejor dicho. Casas coloridas, mucha macetita con flores, jardines verticales que dicen que reducen la temperatura y que en la práctica son fantásticos para atraer bichos. Arbolitos nuevos, bancos y columpios de material reciclado, murales e inscripciones con lemas buenistas, mientras en el interior de las casas permanecen invariables la incertidumbre, la desigualdad, el miedo. PINTA TU ALDEA Y PINTARÁS EL MUNDO. CAMBIA TU BARRIO Y CAMBIARÁS EL MUNDO, leí en un muro, con letras gigantescas de arcoíris y la silueta de una niña que vuelca una regadera sobre varios edificios de los que brotan tallos y flores. Qué lindo, ¿verdad? Si lo hubiese hecho Segis en una cartulina con rotuladores cuando estaba en primaria me habría enternecido. Pero, por favor, adultos perdiendo tiempo y gastando botes de pintura en algo así. ¿A quién quieren engañar? ¿Qué mundo van a cambiar coloreando los ladrillos de un barrio lleno de problemas? Ni siquiera son capaces de acabar con las cucarachas gigantes, que se paseaban en manada por las calles cuando llegamos, e imagino que se cuelan en los pisos y espantan a sus inquilinos cuando se levantan en mitad de la noche y las encuentran en la encimera de la cocina, en el lavabo, en las camas de sus hijos.

Ya sé, la pintura y los lemas bobos son solo el principio, el desembarco, o más bien la primera señal exterior, pues dicen que antes de pintar una sola pared se tiran meses de asambleas. Y también sé que la pintura no es solo pintura: es la capa externa de no sé qué material con el que recubren los edificios y que, según ellos, se come la contaminación además de proporcionar aislamiento térmico. Por lo que leí, usan un revestimiento cerámico que, combinado con un sistema de riego por goteo, refresca el interior mediante un mecanismo de exudado y evaporación inspirado en... ¿adivinas qué? ¡El botijo! ¡Quieren que vivamos todos en botijos! Y encima encuentran ayuntamientos que les compran el invento.

Hace poco pasé por otro barrio que ya estaba en plena *transición*. Allí, además de rebotijear y pintar las fachadas, habían recuperado las azoteas para instalar paneles solares y huertecitos. Que no digo que no esté bien, soy el primero que lo reconozco, aunque en algunos edificios ya lo había hecho antes la administración sin tanto arcoíris. Y además, ¿quién te crees que paga todas esas rehabilitaciones y obras? Nosotros, claro. Son expertos en conseguir dinero público, presionar a gobiernos para que les compren sus experimentos, y aprovechar los fondos europeos. Para crear las *comunidades ciudadanas de energía* montan sus propias empresas de construcción, consultoras, instaladores de placas, jardinería. Todo cooperativo, claro, pero en el fondo va de eso: de hacer negocio con dinero público. Unos mamandurrios. Empezaron su revolución con la paguita, y la han continuado con subvenciones. Unos genios. Y de paso que te apañan la fachada o te ponen placas en la azotea, te cuelan su mercancía ideológica, te venden sus motos averiadas. A veces sin ningún disimulo: mira todos esos directores de cine o de teatro, escritores y artistas de no se sabe qué, entregados a la propaganda botijera. Su principal arte es vivir del cuento. Con patrocinio público, por supuesto.

Pasear ese día por aquel otro *barrio en transición* fue como recorrer un parque temático. Botijolandia. De hecho había *turistas*, gentes de otros distritos que iban a conocerlo y se hacían fotos, te lo juro. Los vecinos parecían figurantes, empezando por todos esos niños jugando en el exterior, como si los hubieran sacado a mi paso para mostrarme lo habitables que son ahora sus calles. Y no faltaba ninguno de los accesorios que vienen incluidos en los Juegos Reunidos Botijeros: en cada *supermanzana* había un economato comunitario, al que me asomé para confirmar lo tristes que son sus estantes; y un comedor, que es la vía que usan para captar nuevos creyentes, dando de comer barato. Vi también un *parque de invierno* en el interior de un antiguo almacén, y una *casa de cuidados*, que es algo botijérrimo. Cuidarnos *juntas*, en comunidad. Luego te contaré algo sobre ese tema, te va a encantar. Había talleres, donde reparan de todo, que ya sabes que les encanta arreglar chismes viejos, buscar piezas o fabricarlas ellos mismos. Ah, y las famosas *cosotecas*, los almacenes donde acumulan electrodomésticos, herramientas, juguetes, tecnología y todo tipo de enseres para uso compartido.

Ahí ya el parque temático empezaba a convertirse en algo más siniestro: un campo de concentración botijero. Asfixiante. ¿Sabes que, en los barrios que más han avanzado en su *transición*, cuentan con un coordinador en cada *supermanzana*, a la manera de los coordinadores rurales? En teoría hace de enlace entre los vecinos y la asamblea, y es un puesto rotatorio. Pero estoy convencido de que acaba haciendo funciones policiales, como los viejos porteros y serenos. Un chivato, el que señala a los que no colaboran, se resisten o se desvían. Nos están levantando una distopía en nuestra cara, como si nada. Y encima se la estamos pagando.

Pero me he alejado, perdona. Vuelvo al barrio de La Paz, al que llegué con Segis a mediodía. Me habían citado no en un piso, sino en un local, novedad muy interesante por si encontraba un formato alternativo en un barrio que, como te comenté, no anda sobrado de trasteros ni sótanos, y en cambio está lleno de locales cerrados que iba viendo por el camino, pequeños negocios que quebraron hace siglos.

Allí nos esperaba, segunda novedad, no una persona, ni una pareja o familia, sino un grupo de gente. Ocho o nueve, mujeres y hombres, todos en torno a la cincuentena. Me explicaron que tenían un espacio propio que querían convertir en lugar seguro para todos, para ellos y sus familias, una veintena larga entre adultos y niños. Un lugar seguro compartido. Colectivo, diría Mónica. Interesante, pensé. Una nueva línea a explorar. Incluso podría usar como argumento de venta toda la fanfarria de Mónica: cuanta más gente se encierre junta, más conocimientos y fuerzas para afrontar la situación. Es la cooperación la que nos salvará.

Entramos en un local amplio, en los bajos de un bloque de viviendas. A primera vista parecía la sede de algún colectivo, tal vez una vieja asociación vecinal: sofás y sillas desparejos y supongo que recogidos de la basura, todos muy raídos; varios estantes con libros usados y juegos de mesa, una pequeña cocina, las paredes empapeladas con pósteres de viejísimas movilizaciones. Me escamó, parecía un local botijero, temí una encerrona. Me tranquilizó ver que en los estantes y mesas había cercos de culos de vasos. Tal vez era un local sostenido entre amigos para tener un sitio donde juntarse. Comenté que el espacio tenía buenas posibilidades, pero me advirtieron: no es aquí, hay que bajar.

Señalaron una escalera que se abría en el suelo al fondo de la estancia. Así que los locales del barrio tienen sótano, pensé, eufórico. Bajamos hasta un descansillo estrecho donde había una única puerta. Me invitaron a pasar, apartando una cortina pesada. Al otro lado, una estancia amplia, casi tanto como la planta superior, despejada salvo al fondo, donde se apretaban un par de sofás y varios colchones. En el suelo, alfombras sucias, suficientes para cubrir toda la superficie. Habían forrado paredes y techo con paneles de insonorización, y el único ventanuco en lo alto, que debía de dar a la calle casi a ras de acera, estaba cegado con una tabla y mucho precinto. Todo en negro, lo que, unido a la falta de lámparas, solo alumbrado por la luz que entraba de la escalera, creaba un efecto cavernoso, entre sórdido y eclesiástico. Inicialmente pensé en un local de ensayo, un grupo de música, pero el hedor reconcentrado y el estampado sucio de alfombras y colchones me alejaron esa imagen. Observé a mis anfitriones, que transparentaron su vergüenza al saberse descubiertos. Los imaginé a todos allí encerrados. Me excitó esa imagen, lo reconozco.

Lo usábamos para actividades en grupo, dijo uno de ellos como si adivinase mis pensamientos. Lo usábamos para actividades en grupo, pero hace tiempo que apenas venimos, y pensamos darle otro uso, *por si acaso*. Actividades en grupo, estuve a punto de repetir en voz alta, pero me aguanté el sarcasmo. Vaya, vaya. Así que ahora la pandilla depravada quiere un lugar seguro. Se acabaron los buenos tiempos, muchachos. ¿O tal vez lo pensaban seguir usando una vez blindado? Una buena forma de saludar el fin del mundo, sí. Me dio risa la idea. Me dio asco también.

Qué bien se lo montan algunos, le dije a Segis al alejarnos, buscando su complicidad, retomar las risas de un rato antes. Pero el chico no se había dado cuenta de lo que en realidad era aquel sótano, o tenía la cabeza en otras cosas, había estado pendiente de su teléfono desde que entramos en el local.

Mientras rehacíamos el camino para salir del barrio, Segis señaló una de las fachadas ya coloreadas y, seguramente recordando los planes de su madre, me preguntó: papá, ¿tú qué piensas de los ecomunales?

¿Qué pienso de los ecomunales? Qué pienso de los ecomunales. La pregunta. Pienso que se equivocan. Que se equivocan profundamente. Terriblemente. Suicidamente. Y unas cuantas palabras más terminadas en *-mente*. Pienso que tienen razón, por supuesto; y sin embargo se equivocan. Tienen razón, cómo no darles la razón, cómo no compartir sus preocupaciones, cómo no desear lo mismo que ellos. Si somos rigurosos, claro que mamá es ecomunal, pero es que entonces yo también lo soy. Todos queremos cambios, todos deseamos algo mejor para vosotros, un futuro, evitar el colapso ese del que tantos hablan. Pero están equivocados. Tienen razón y a la vez están equivocados, porque la respuesta no es huir del futuro como cangrejos cobardes, dar marcha atrás a la historia. O como dicen ellos, en esa frase que ya he leído en alguna camiseta y acabará en tazas de desayuno: *tirar del freno de emergencia y detener la locomotora*. Se equivocan, claro, porque en el improbable caso de que consiguieran reunir la fuerza suficiente para frenar el tren, lo descarrilarían, no hay vía alternativa ni puede detenerse de golpe, ni por supuesto dar marcha atrás, para regresar a dónde. Se equivocan porque ni siquiera hay tren que frenar, es más bien un avión. O un cohete. Y ellos ni siquiera están a bordo para tirar de ningún freno.

Se equivocan, porque los problemas no se solucionan huyendo, retirándose, creando sus propias comunidades al margen, sus lugares seguros. Sí, lugares seguros, así se lo escuché decir a un botijero en la tele, hablando precisamente de *Safe Place*, la serie: nosotros también creemos en los lugares seguros, pero no así, dijo; estamos construyendo seguridad de otro tipo: no la seguridad de los refugios y las armas, sino *seguridad colectiva*. Qué pamplina, date cuenta. Seguridad colectiva. De ahí saca tu madre sus tonterías. La única seguridad colectiva que conozco digna de tal nombre es la policía, el ejército o, si ellos prefieren, la guerrilla, el ejército popular.

Pero, ah, nuestros botijeros son pacifistas, lo van a solucionar todo dialogando, deliberando en asamblea, cooperando, cuidándose. Si fueran listos cogerían el zacho y, antes que huertos, se dedicarían a cavar lugares seguros, los de verdad, los únicos válidos si un día todo esto revienta. Porque si acaba sucediendo, ese día recibirán la amable visita de miles de zombis en busca de sus tomates ecológicos y sus paneles solares y sus botijos llenos. Seguridad colectiva... Mira lo que les pasó a sus comunidades del Levante cuando las últimas lluvias. Lo perdieron todo, exactamente igual que quienes no viven en comunidades. El agua se llevó casas, animales, cultivos y talleres sin consideración con sus buenas prácticas. Y también tuvieron muertos. Pero con una diferencia importante: de tan convencidos que están de su seguridad colectiva, no contaban con pólizas de seguro. Y qué rápido pidieron ayudas del Estado. Sí, es verdad que recibieron auxilio de otras comunidades, y acudieron ecomunales de todas partes para la reconstrucción. Pero sus muros no resistieron las riadas, como no resistirán la próxima nevada histórica, quiebra bancaria, sequía o pandemia. O la próxima Semana Caliente, que será peor que la primera porque, además de calor y disturbios, incluirá la revancha de la anterior. Por no estar, no están a salvo ni de las langostas, que cuando llegan no distinguen sembrados botijeros y no botijeros, lo devoran todo por igual.

¿Qué pienso de los ecomunales? Que se equivocan intentando traer soluciones del pasado para problemas del presente, o del futuro. Que la historia enseña lecciones, pero no lega herramientas aprovechables. Me acuerdo del día que escuché a uno de sus portavoces decir que ahora apuntan al mundo del trabajo, que quieren conseguir la semana de cuatro días y democratizar las relaciones laborales y no sé qué más tonterías; y para ello están creando una nueva organización con la que los trabajadores puedan defender juntos sus intereses y derechos, desde la acción colectiva y... ¡Alma de cántaro!, estuve a punto de gritarle al televisor; ¡alma de cántaro, alma de botijo, si eso ya está inventado! ¡Se llama sindicato, más viejo que el hilo negro! Ese es su problema, date cuenta: que una y otra vez inventan la rueda. Y además ruedas viejas y desinfladas, que no sirven ya. Por ese camino, recuperarán los sindicatos y después rehabilitarán los gremios medievales, y si siguen corriendo hacia atrás volverán a ser cazadores y recolectores, de vuelta a las cavernas. Y ni siquiera ahí estarán a salvo, no habrá caverna que los proteja.

¿Qué pienso de los ecomunales? Que están muy despistados, hijo. Que ni siquiera saben cómo es el mundo que pretenden transformar. Ellos hablan una y otra vez de cambiar el sistema económico: trabajar, producir y consumir de otra manera, cuando en realidad el juego es otro, hace tiempo que cambiaron las reglas, el tablero, la mesa incluso: el sistema ya no necesita producir para acumular riqueza, no tiene que fabricar ni vender nada, ni hacer crecer el PIB, los precios o los salarios. Cuando en las noticias hablan de economía, siempre ponen las mismas imágenes de archivo: trabajadores apretando tuercas en una fábrica, tecleando en ordenadores de oficina, transportando mercancías, recogiendo cosechas o sirviendo cafés. ¡Todo mentira! Es un trampantojo para que no veamos el verdadero origen de la ganancia, que hace tiempo que no se obtiene de fábricas, oficinas, cosechas o cafés. La verdadera ganancia, la que mueve el mundo, no se extrae de los cuerpos, el sudor, el talento o la tierra: sale del aire, de la nada, de productos financieros y mercados de futuros, de la especulación, la creación artificial de dinero, el manejo de la deuda. Tu abuelo también creía que el dinero salía de las bocas, de los dientes arreglados en las clínicas, y pensaba que, cuantas más bocas abiertas, más ganancia. Hasta que se cayó del caballo, se cayó ya camino de la cárcel, y entendió que Alberto y los inversores estaban jugando a otro juego, con otro tablero y otras reglas, en otra mesa. Lo mismo les pasa a los botijeros, que no se enteran de qué va esto.

Qué pienso de ellos. Que perdieron. Que han perdido antes de empezar. Que vienen, ellos sí, fracasados de casa. No están recuperando terreno y conquistando posiciones lenta pero imparablemente, como piensan los más optimistas. Lo poco que han conseguido lo perderán en la próxima riada, o en cuanto la historia resople otra vez. Y no tendrán dónde meterse, dónde estar a salvo. ¿Sabes quiénes estarán a salvo, hijo mío? Los del club. Y tus compañeros de colegio. Tu amiguito ese que tiene un ascensor en casa y un búnker de verdad en el sótano, él y su familia y todos los de su urbanización. ¿Quieres ver una comunidad solidaria, fraterna, autónoma, y por supuesto segura? No vayas a una tribu botijera, hijo. Ve a donde viven tus compañeros, los niños triunfadores.

Que qué pienso de los ecomunales. Que yo ya sé dónde acaba todo esto, porque no es la primera vez. Cada generación tiene su revolucioncita, y esta también terminará como las anteriores. En el mejor de los casos, quedará en poca cosa, unos tímidos avances, alguna ley aprobada, fachadas rehabilitadas, paneles solares. Quedará en muy poco, en nada, o en menos que nada: en decepción, esfuerzo inútil, energía derrochada. Melancolía y nostalgia. Nada. Pasará y solo habrá servido para que unos pocos jueguen a ganar al menos una batalla ya que perdieron la guerra, o metan la cabeza en algún ayuntamiento, o acaben montando un partido para estirar el cuento unos años. Los mismos que saldrán ilesos porque no se jugaban nada, ya tenían la vida resuelta antes, como tu madre.

Eso en el mejor de los casos. En el peor, ya sabemos dónde acaban las revoluciones, que por suerte esto no es una revolución, pero si fuese a más, ya sabemos dónde acaban invariablemente: en miseria. Cuando veo a los botijeros y sus talleres de reaprovechamiento, su insistencia en reparar una y mil veces aparatos, máquinas y vehículos, negar la obsolescencia, lograr que funcionen aunque sea a empujones, rastrear desguaces en busca de piezas que ya no se suministran, fabricarlas ellos mismos con restos de otras o imprimirlas en 3D, mezclar dos o más aparatos para acabar inventando un *frankenstein* renqueante, yo me acuerdo de cuando fuimos aquellas vacaciones a Cuba. ¿Te acuerdas de esos coches de museo a los que no queda ya una pieza original? Así acaban siempre las revoluciones, hijo. En la miseria. O incluso peor: en la violencia, que también tenemos suficientes ejemplos históricos. No aprenden. No aprendemos.

Por supuesto, no le dije nada de eso a Segis. Me limité a una respuesta vaga, unos cuantos lugares comunes, sin querer herir sus sentimientos de hijo hacia su equivocada madre, ni tampoco cargar tanto las tintas negativas que de un pendulazo acabase en una comunidad por mera rebeldía juvenil y matar al padre y etcétera.

Me esforcé por darle una respuesta aceptable a Segis, pero en realidad él no me escuchaba, seguía pendiente de su teléfono, tecleaba con evidente preocupación. Lo tomé del brazo para frenarlo, lo miré a la cara:

No sé en qué andas metido, pero quiero ayudarte.

¿Quieres ayudarme?, preguntó agresivo, una agresividad que deseé que fuera contra su interlocutor al otro lado del teléfono, o contra él mismo por haberse dejado atrapar así, no contra su inútil padre. ¿Quieres ayudarme? Pues recupera mi dinero, el que has permitido que se queden en el colegio.

Le dije que eso no era posible, pero le prometí que mañana mismo volvería y no saldría del colegio hasta que me diesen su sobre. Y le propuse una solución momentánea: dile al... informático, dile que le pagas hoy una parte, como señal de buena voluntad, y mañana completas el resto. Mientras lo decía, eché mano a la cartera, donde llevaba los sobres que me habían dado la anciana y el prepa, los dos que quisieron hacer el primer pago en metálico. No era gran cosa, mil doscientos euros. Y tampoco era una buena idea deshacerme de un dinero que, si no consigo la financiación, tendré que devolver. Pero es mi hijo, y quería ayudarlo. Sé bien lo que es deber dinero, que te llamen insistentemente, que se presenten en tu casa o te agobien por la calle. Que te humillen incluso, que te señalen en público como moroso. Tú no te acuerdas, pero hace dos años nos estuvo siguiendo un oso durante diez días. Te hacía mucha gracia, tu senilidad pasaba por una etapa simpática y te divertía ver a aquel tipo con el disfraz de oso peludo y sonriente, y el maletín de El Oso Amoroso de los Morosos. Nos esperaba cada mañana en el portal, llamaba repetidamente al telefonillo hasta que salíamos. Nos acompañaba por la calle, aguardaba en la puerta de un bar o una tienda si nos refugiábamos. Y todo por cinco mil euros de mierda, que acabamos pagando. Acabé pagando. Mas los quinientos euros de multa por agresión, del día que se presentó en el colegio de Segis cuando iba a recogerlo, y tuve que echarlo a hostias antes de que mi hijo lo viese.

Así que le ofrecí los mil doscientos euros, que cogió y miró desolado. Lo intentaré, dijo Segis, y se apartó para hacer una llamada a su oso amoroso. Un minuto después me contó que había quedado con aquel *tío*, al que ya ni siquiera llamó informático, empezaba a restablecerse nuestra confianza. Le propuse acompañarlo, no sé si como padre, socio o escolta, pero se negó, quería resolverlo él solo. En los negocios no va uno de la mano de su papá, me dijo, no sé si con mala leche.

Por supuesto, no lo dejé ir solo. Lo seguí a distancia, lo más disimuladamente que pude. Tal vez no fuera un oso pesado sino algo más peligroso. Sustancias, había dicho el subdirector, quizás mejor informado de lo que yo pensaba.

Mis temores se confirmaron al ver cómo Segis salía de aquel barrio y cruzaba la avenida que lo separa del Sector Sur, por la que solo pasan coches a gran velocidad y sin detenerse en los semáforos. Todavía mantuve unos segundos la esperanza de que hubiese quedado allí mismo, en la avenida, que el tipo viniese en coche desde cualquier otra zona de la ciudad. Pero no: Segis cruzó con cuidado los cuatro carriles, trepó el terraplén lleno de basura, y enfiló hacia el corazón del Sector Sur. Allí no viven muchos informáticos. Y nadie elige esas calles para atajar hacia otra dirección, al contrario, todos damos un gran rodeo por evitarlas. Joder, Segis, en qué te has metido, pensé mientras aceleraba el paso al ritmo de mis pulsaciones para cruzar yo también la avenida entre los coches.

Como la mayoría de mis conciudadanos, yo nunca había estado en esas calles, hasta hoy. Nada me reclamó allí jamás. No tuve nada que vender allí en mis negocios anteriores. Y no pienso ofrecer ahora lugares seguros. Tampoco tú abriste ninguna clínica.

Avancé con miedo, lo reconozco. Miedo por Segis y por mí mismo. Son muchos años de prensa de sucesos y partes policiales, tiroteos, apuñalamientos, guerra entre clanes, ley gitana, leyendas urbanas y relatos de desgraciados que se despistaron por allí, o que fueron a comprar droga, y todo acabó mal. Los recordaba mientras veía unos metros por delante a mi hijo adentrarse entre bloques con las ventanas arrancadas y los interiores saqueados, edificios enteros tapiados, ennegrecidos por incendios y aun así habitados; aceras con muebles rotos y restos de hogueras, charcos sin que haya llovido en semanas, coches desguazados y quemados, farolas decapitadas y vaciadas de cobre, farolas de un modelo que ni recuerdo cuándo desapareció en el resto de la ciudad. Piedras, muchas piedras con las que apedrear autobuses, bomberos o a veces algún coche que huye veloz por la avenida. Y basura, toneladas de basura, pues hace tiempo que dejaron de ir por allí los servicios municipales. Cuando paso por la cercana autovía de circunvalación y observo esos edificios desventrados y pintarrajeados, los mismos que tantos ciudadanos ven a diario al ir y volver de sus trabajos, pienso que son como una gigantesca valla publicitaria a mi favor: al verlos, cualquiera desea un lugar seguro para cuando todos esos desgraciados decidan un día salir de sus cuatro calles, sin necesidad de un colapso, un apagón o un desabastecimiento; salir de sus cuatro calles por un simple y comprensible reventón social, con ánimo redistributivo y vengativo, tomar por su mano lo que siempre se les ha negado. Ese sí es un riesgo real, mucho más que cualquier catástrofe climática. Y el día que ocurra, cuando se rompa la presa, no habrá policía suficiente para contenerlos.

Ahí estábamos ahora Segis y yo, en plena jungla, recorriendo una calle a la que algún concejal chistoso puso de nombre Utopía. Te lo juro, calle Utopía, hay que ser cabrón. Por allí íbamos padre e hijo, por la arrasada calle Utopía, y yo ni siquiera me ocultaba ya, al contrario: aceleré el paso para alcanzarlo y sacarlo de allí cuanto antes, porque encima Segis iba con el uniforme del colegio, el pantalón gris y el jersey con el escudo del New Center en el corazón, como gritando por las calles más peligrosas de la ciudad, del país: atención, soy un chico de buena familia, familia con dinero, colegio privado, atracadme y encontraréis algo de valor en mis bolsillos, secuestradme y mis padres pagarán un buen rescate, dadme una paliza y aliviaréis un ratito vuestro odio de clase. Aceleré el paso para alcanzarlo pero entonces giró una esquina y, al volverla yo también, me quedé sorprendido.

Ya tenía entendido que no todo el barrio está tan degradado, que una vez pasadas esas primeras calles, las más visibles desde la avenida y la autovía, la zona de guerra que los narcos usan como cuartel y centro comercial, el resto del barrio es igual de miserable pero ofrece un aspecto algo más habitable, por el empeño de sus gentes en sobrevivir. Lo que me sorprendió fue encontrar, al fondo de la calle, un par de edificios cubiertos por grandes murales de colores. ¿Habían llegado allí también los botijeros? ¿En serio pretendían recuperar un agujero como ese, que todas las administraciones dieron por perdido hace años tras sucesivos y fallidos planes, proyectos y agendas con fechas futuras que solo sirvieron para desperdiciar millones? ¿Crear una comunidad allí, sustituir la ley de la selva por la autogestión y el cuidado mutuo? Esa sí que es buena. Ya te digo yo lo que acabará pasando: unos pocos activistas harán el paripé de pintar fachadas y convocar a los vecinos a asambleas; abrirán un par de locales comunitarios, empezarán la *transición*. Y cuando se harten de encontrar cada mañana la persiana reventada y les roben por segunda o tercera vez los chismes de la cosoteca y los pocos paneles solares que lleguen a instalar, se largarán por donde vinieron y ahí quedarán sus murales y sus frasecitas motivadoras. Cambia tu barrio y cambiarás el mundo. Ja.

Observando las fachadas de colorines me despisté un instante y perdí de vista a Segis. Corrí hacia la siguiente esquina, pero allí no estaba. Si se había metido en un portal, podía darlo por perdido. Recorrí de vuelta la calle, sintiéndome observado por varios vecinos desde sus ventanas, que me verían como lo que era: un forastero, un intruso. Alguien que viste corbata y porta una cartera de trabajo, tal vez con una tablet dentro. Alguien que puede llevar encima unos cuantos euros, una tarjeta de crédito, un buen teléfono, un reloj equivalente a la renta mensual de una familia, tal vez la renta anual.

Entonces vi a Segis al fondo de una galería porticada donde se acumulaba la basura. Estaba con un chaval de su edad, quizás un poco mayor. Obviamente no tenía pinta de informático. Tampoco era un oso amoroso. Sin esconderme, vi cómo el tipo cogía los billetes que le ofreció Segis y los contaba cambiándolos de mano a gran velocidad, como un crupier, esa forma tan profesional de manejar el dinero que seguramente aprenden en el cine de bajos fondos. Después soltó una carcajada, que no era en absoluto tranquilizadora. Con el pequeño fajo de billetes le dio en la cara a Segis, que reculó. Lo agarró del cuello y lo empujó contra una pared, donde le habló acercando mucho la cara, frente contra frente, y entonces, cuando vi que se llevaba una mano al bolsillo del chándal, corrí hacia ellos y, sin pensar, por puro instinto paterno, le di un empujón al tipo, un empujón más bien flojo, no de quien busca pelea; lo empujé y le exigí que soltase a mi hijo, así se lo grité: ¡suelta a mi hijo!, como si la apelación al vínculo y mi condición de adulto, de padre tal como él tendría un padre, me diese un estatus intocable. Joder, papá, dijo Segis decepcionado por mi aparición heroica. Miré a mi hijo y no vi venir el puñetazo en la boca que me derribó.

Aturdido, desde el suelo, escuché como si estuviese muy lejos al tipo, que me gritaba, nos gritaba, que si mañana no tenía su dinero le iba a cortar las pelotas a mi hijo, y repitió la expresión varias veces, cortar las pelotas, para que me quedase claro que no era una forma de hablar sino una amenaza precisa. Me intenté levantar, mareado, y estando a cuatro patas oí el bofetón que le debió de dar a Segis con la mano abierta, restalló como un platillo de orquesta o una torta de payaso de circo.

El oso nada amoroso se fue, y allí nos quedamos los dos, padre e hijo golpeados. Segis tenía un hilo de sangre en la nariz y los ojos llorosos, más de rabia que de dolor, por la doble humillación que yo había propiciado con mi inútil llegada.

Lo siento, solo quería protegerte, le dije.

Está bien, papá. Gracias por intentarlo.

No podía decirme nada más bonito, joder, me entraron ganas de llorar y abrazarle y llorar juntos, pero era urgente largarse de allí antes de que el tipo volviese, o avisase a algún colega para que nos diese un repaso y acabásemos saliendo desnudos del barrio, como le había pasado a más de un niño pijo que vino a comprar droga para su fiesta sin saber dónde se metía, o incluso acabásemos peor.

Ese no parecía informático, le dije a Segis mientras corríamos deprisa hacia la avenida, y conseguí que se riera, reímos los dos con alivio, o para espantar la humillación paternofilial, pero enseguida recuperé la gravedad: si te has metido en alguna mierda gorda, necesito saberlo para ayudarte antes de que no tenga remedio.

No es lo que crees, papá. No es ese tipo de mierda, no es mi estilo.

¿Entonces qué es?

Apuestas. Eso era, me lo contó por fin mientras nos alejábamos a paso rápido. Apuestas deportivas. A él nunca le habían interesado, pero sus compañeros de colegio están todos enganchados, y les sobra el dinero para perder y seguir jugando. Siendo menores de edad no pueden entrar en las casas de juego, y en los casinos online ya no es tan fácil burlar los controles desde que endurecieron las sanciones a las empresas. Así que Segis se ha convertido en corredor de apuestas. Él intermedia, recauda el dinero, paga los premios y se queda una comisión. Como él también es menor, recurrió a un niñato del Sector Sur, que ya había cumplido los dieciocho, para que se cuele en los locales y apueste. Juegan a todo: los deportes habituales pero también carreras de galgos, *curling*, tenis de mesa, la liga vietnamita de fútbol, y por supuesto *e-sports*. Había ido bien hasta ahora, el tipo era legal, no les estafaba, y Segis le daba su parte puntualmente. La última tanda había sido la más cuantiosa, habían entrado más alumnos y con más dinero. Hablábamos de mucho dinero, demasiado. Tanto, que lo del sobre no era lo recaudado para apostar, sino la comisión acumulada para aquel pequeño delincuente. Desde el principio había advertido que no aceptaría ni un solo retraso, era su ley, ya había tenido problemas de impago en algún trapicheo anterior y no iba a conceder lo más mínimo a unos críos de colegio privado. Que Segis le hubiese enviado esta mañana un mensaje para avisarle de que el sobre no le llegaría hoy, y después no le cogiese el teléfono en toda la mañana, no había ayudado precisamente para negociar un aplazamiento.

Apuestas, joder. No sustancias. Apuestas, un asunto legal, pese a la ilegalidad de que sean menores. No eran sustancias, no debíamos temer un balazo en la rodilla. Incluso la amenaza de castración perdía fuerza al saber que el tipo era solo un niñato que les sacaba comisión a estudiantes pijos, no un narco. No estábamos tan mal entonces, pensé. Un puñetazo, un bofetón, pero no habría mayores represalias. Tenía arreglo, eso pensé. Podíamos respirar.

Cuando lo cierto era que el día apenas había empezado a complicarse.

Solo cuando cruzamos la avenida y giramos la primera esquina hice balance de daños, pues hasta ahí me habían llevado la urgencia, la adrenalina, la conmoción de lo sucedido.

Me sabía la boca a sangre y me dolía el labio inferior, toda la mandíbula, el canijo ese me había soltado un buen puñetazo. Pasé lista con la lengua y comprobé que mi peor temor, mi pesadilla nocturna recurrente, se había hecho realidad: encontré un hueco caliente abajo, la lengua reconoció la encía justo donde tenía que estar el incisivo lateral izquierdo. Mira, aquí. Mira mi mella y ríete, cabrón. Ahí tienes el karma del que siempre habla Mónica. La justicia cósmica. Lo que hagas volverá a ti. Lo que quites, te será quitado. Diente por diente. Pero mi karma es siempre de rebote, heredado. Esa hostia era para ti. Y como otras, te la han dado en mi cara.

¡Un diente, joder, un puto diente! Mi primer pensamiento fue instantáneo: cuánto me va a costar. En qué clínica barata podré pagarlo. No puedo vender lugares seguros con una sonrisa mellada. Ríete, cabrón, mírame y ríete con tus dientes intactos, cepillados cuidadosamente cada noche con ayuda de la amorosa Yuliana que te anima y te guía la manita para llegar a todos los rincones de la boca, muy bien, cariño, abre bien la boca, muévelo así, muy bien, chico bueno, dientes limpitos.

Tenemos que volver y recuperarlo, dijo Segis cuando me vio la mella y la cara de agobio. Con toda su buena intención y su inconsciencia adolescente pretendía regresar al lugar de la agresión, recoger mi pieza perdida, meterla en leche o mantenerla ensalivada dentro de la boca como acababa de leer buscando en Google, ir a una clínica de urgencia y que me lo repusieran si todavía estábamos a tiempo. Un plan estúpido, claro, no era buena idea volver para que me acabasen de sacar el resto de la dentadura a patadas, pero el chico tuvo ese impulso y no lo frené: lo sentí como una muestra de amor, dispuesto a arriesgarlo todo por su padre, por el diente de su padre. Echó a correr y yo detrás, como dos héroes en misión suicida, si había que caer lo haríamos con honor, no huyendo como ratas: volveríamos y encontraríamos mi diente entre la basura y lo disputaríamos a golpes con quien se interpusiera en nuestro camino, saldríamos de aquella selva con el incisivo apretado en un puño como un diamante, aunque a cambio nos faltase el resto de la dentadura, yo estaba borracho de adrenalina y no ejercí de padre responsable.

A la carrera cruzamos de vuelta la avenida divisoria, esquivando los coches que pasaban a velocidad cobarde; saltamos entre la basura cual campo minado, nos adentramos en la primera calle pegados a la fachada como si temiésemos disparos desde las ventanas tapiadas; nos ocultamos tras una columna al oír un coche que pasó acelerando a fondo, y acabamos por encontrar el lugar de la agresión. Excitados, casi borrachos, reconstruimos la escena para situar bien dónde estaba cada uno, en qué metro cuadrado recibí el puñetazo, en qué dirección pudo salir disparado el diente desde mi boca. Tenías que habernos visto, los dos en cuclillas, buscando algo tan minúsculo en un mosaico de cristales rotos, fragmentos de acera y de fachada, porquería de toda clase. Segis confundió una piedrecita con mi diente, insistió en que abriese la boca para compararlo, hasta amagó con encajarlo en la encía mientras yo me resistía. A lo mejor te lo tragaste, acabó por decir, resignado. En ese caso lo recuperaremos más tarde, hice el chiste y nos dio la risa, nos caímos de culo riéndonos, una risa de alivio, risa de quitarnos el miedo, risa de fracasados, risa de padre e hijo, qué maravilla de risa. Segis bromeó con encontrar un diente que no fuese mío sino de un golpeado anterior, otro padre que había intentado proteger a su hijo en el mismo lugar; si lo encontrábamos podíamos llevarlo al dentista a que me lo colocase, y yo le dije que podíamos ir a una clínica *Sonríe!*, que he oído que tienen buenos precios. Reíamos tan fuerte que temí que atrajésemos a los zombis, por eso me sobresalté cuando oí pasos, crujir de gravilla y cristales a nuestra espalda, y me volví pensando que estábamos jodidos, que nos habíamos metido dos veces en la boca del lobo y que ahora íbamos a perder más que un diente.

Me giré riendo todavía por inercia pero ya con el cuerpo en tensión, activando la respuesta de lucha o de huida, y cuando vi que era una muchacha, y sobre todo vi su pulsera en la muñeca, sentí un profundo alivio. Nunca me he alegrado tanto de ver a una botijera.

¿Estáis bien?, preguntó la joven, extrañada de ver a un adulto y un adolescente allí, en plena jungla, sentados en el suelo, un hombre con americana y corbata, un chaval con uniforme de colegio privado, los dos riendo a carcajadas.

Estamos buscando un diente, dijo Segis todavía con ganas de broma, y yo entreabrí la boca para mostrar el hueco y la hinchazón, pero ya no me salía la risa, me dolían cada vez más el labio, la encía, la mandíbula toda, y me dolía más aún el pensamiento del diente por colocar, los días que tendré que perder en una clínica para preparar el implante, el dinero que me costará. ¿No hay clínicas dentales botijeras?, me entraron ganas de preguntarle. De golpe, como si toda la adrenalina se me hubiese escapado por una fisura, por la encía abierta, me vacié, se me esfumó el impulso heroico y regresaron el dolor y el agobio por lo sucedido y por el dinero que Segis tenía que conseguir en veinticuatro horas, y el dinero que yo le había dejado y que podrían reclamarme, el dinero que el banco me había negado un rato antes, el dinero que me iba a costar el puto diente. Me entraron ganas de llorar, creo que empecé a llorar sin haber terminado de reír, como una máscara siniestra.

Gaya, así se llamaba nuestro ángel de la guarda. Gaya o Gaia, no sé. Ridículo en cualquier caso, ¿verdad? No sé si se ha cambiado ella el nombre para subrayar su fe ecomunal, o si a la pobre la bautizaron así sus padres para singularizar a otra García, González o Pérez. Para distinguirte entre millones de nadies hay quien te condena a prolongar una saga, y hay quien desde el nombre ya te obliga a seguir su senda jipi. Le asigné de inmediato unos padres prebotijeros, ecologistas de antes, por supuesto gente con la vida resuelta, buenos sueldos y patrimonio, porque la joven Gaya era hermosa y sana; su piel, su pelo y su dentadura apuntaban a buena cuna, una niñez entre algodones, una primera juventud regalada, y solo desentonaban los dedos, bastos y con las uñas estropeadas, manos típicas de botijera empeñada en trabajar la tierra. Pensé que era una pija que había venido a levantar una comunidad en el barrio más miserable de la ciudad, con la misma mala conciencia y hambre de aventura, el mismo fervor y la misma ingenuidad con que otras pijas van de cooperantes a países pobres, pasan un mes de vacaciones, ayudan en una maternidad o una escuela bajo un chamizo, se hacen fotos con los felices negritos, aprovechan para conocer las playas salvajes y follar con otros cooperantes, y de paso engordan el currículum con actividades sociales siempre bien valoradas por las empresas. ¡Pues no di una! Si no me ha engañado, Gaya es nieta de antiguos habitantes del Sector Sur, primera generación de emigrantes, asentados forzosamente allí por las autoridades de la época cuando todavía no era un agujero infame y que, con mucho esfuerzo y sacrificio —te encantaría escuchar su enternecedor relato meritocrático—, sacaron adelante a unos hijos que ya pudieron vivir en otra zona menos hundida de la ciudad, donde criaron a una Gaya de tercera generación a salvo de la miseria, pero con tanta buena conciencia y orgullo familiar como para regresar hoy al barrio a poner en marcha lo aprendido en la comunidad rural donde había vivido el último año. Lo que por otro lado me confirma lo ya sospechado: que el movimiento ecomunal no tiene nada de espontáneo, no es *la gente* la que decide organizarse y crear comunidades y poner paneles y compartir electrodomésticos o plantar huertos en los parques; no son *los vecinos* quienes por impulso propio deciden cambiar su barrio para cambiar el mundo, sino que lo hacen incitados, empujados y diría que hasta obligados por activistas, militantes, auténticos profesionales del botijo. Como la joven Gaya, entregada en cuerpo y alma a la causa desde que salió de la universidad. Es decir, que en su vida no ha trabajado en otra cosa. Siempre ha habido quien ha hecho de la revolución un medio de vida. No hay mayor fidelidad a las ideas que una nómina.

Pero ella no dirá que este es su trabajo, ni que le pagan para que pinte murales y abra un comedor autogestionado en este agujero; ella *comparte*, ella ha venido para compartir experiencia y saberes; ella *dinamiza*, ella *acompaña la transición*, pero siempre dejando la iniciativa a los vecinos, que aquí ha habido toda la vida un fuerte movimiento vecinal, invisible bajo el injusto estigma que pesa sobre el barrio, la gente solo lo conoce desde la autovía o por los sucesos, pero el barrio no es solo delincuencia, droga y marginación, hay mucha energía, muchas ganas de cambio, mucho amor, mucho amor propio, la encantadora muchacha hablaba sin parar mientras me desinfectaba el labio dándome unos deliciosos golpecitos de algodón en la boca, y yo me sentía tontamente heroico bajo sus cuidados.

¿Cómo te has hecho esto?, preguntó la chica, ironía cero en sus palabras, no daba por hecho nada, como si hubiese muchas formas de perder un diente en el barrio más peligroso de la ciudad, como si cupiera un tropezón mientras paseaba tranquilamente con mi hijo esquivando los charcos fecales.

Nos intentaron robar, mentí un poquito, ni siquiera busqué la complicidad de Segis, que por supuesto suscribiría mi versión: *nos intentaron robar* presuponía que habían sido varios, que un solo tipo no podría contra nosotros dos, y que además lo *intentaron*, no lo consiguieron, nos defendimos y solo pudieron sacarme un diente, mi reloj seguía en la muñeca, mi cartera, intacta. Unos héroes.

Lo siento mucho, dijo nuestro ángel mientras inspeccionaba la nariz hinchada de Segis, y no era una frase hecha: se disculpaba en nombre del barrio, de sus gentes buenas pero abandonadas, sus gentes que no han conocido otra cosa que la pobreza, la desatención de las administraciones, el rechazo del resto de la ciudad, la brutalidad policial, y por eso a veces, menos de las que la gente cree, menos de las que da a entender la prensa sensacionalista, a veces tienen comportamientos desesperados; seguramente quienes nos intentaron robar no han tenido otras oportunidades, les han dado con demasiadas puertas en las narices, los han condenado a la marginación, el trabajo irregular, la mendicidad o, por desgracia, también la delincuencia. No solo lo sentía y justificaba, no solo nos intentó convencer de que nuestra agresión era culpa de los gobiernos que habían condenado al barrio, sino que quiso compensarnos, para que además conociésemos la otra cara del barrio, *la cara luminosa y esperanzadora*, que viésemos *el futuro*: nos invitó al comedor comunitario que *los vecinos* habían abierto hacía solo un mes.

Nos encantaría, dije, de verdad encantado, porque comer en un local botijero, escuchar las majaderías bienintencionadas de Gaya y de otros como ella, me parecía la mejor vacuna para Segis: le abriría los ojos, le mostraría lo equivocada que está su madre y le evitaría a él mismo acabar de cooperante en un barrio chabolista o malgastar su talento en una comunidad rural siguiendo a alguna novia o llevado por una crisis juvenil. Nos quedamos a comer, por supuesto.

Primero llamé a Yuliana, a la que había prometido ir para ayudarla contigo, pero la encontré más tranquila: te habías ido apagando, me dijo; te habías ido quedando sin fuerzas, vuelto a tu estado manso, y ahora estabais comiendo. Visualicé la escena: tú sentado a la mesa, con el babero de cuerpo entero, tragando con el ansia con que siempre has comido y que la demencia solo agudizó; y Yuliana, la paciente Yuliana, Santa Yuliana de los Seniles, aplacándote con palabras dulces, tratando de frenarte para que no vuelques el plato ni te ahogues por no masticar.

Seguimos a Gaya, desde el pequeño local vecinal donde nos había curado hasta el cercano comedor comunitario, en los bajos de uno de los edificios que ya lucían mural en la fachada. La transición acaba de empezar, nos dijo, pero tenemos muchas esperanzas puestas aquí, y la respuesta de *los vecinos* está siendo muy emocionante. Seguro que sí, dije con mi mejor expresión de empatía.

No era la primera vez que yo iba a un comedor botijero. No lo hago, como tanta gente, porque salga barato, mucho más barato que en cualquier restaurante, incluso gratis, ya que puedes pagar con dinero de verdad, como hago yo, o con alguna de sus graciosas monedas sociales, que te comprometen a dar algo a cambio, dedicar parte de tu tiempo o de tus saberes a la causa. Tampoco voy porque se coma bien, aunque reconozco que no cocinan mal pese a la poca variedad de sus alimentos por lo intransigentes que son en rechazar productos de importación, industriales o que no respeten el calendario natural de las cosechas. Yo acudo de vez en cuando para verlos en su salsa: me divierte escucharlos cuando comparto mesa con ellos, porque son locuaces, hablan sin parar mientras comen, sobre todo cuando tienen delante a un comensal no botijero, pues la conversación es su forma de persuadir, de ganar adeptos. Para eso sirven todos esos comedores que están abriendo en los barrios, y que funcionan como avanzadilla de lo que llegará después: la versión oficial es que los montan los propios vecinos para garantizar alimentación digna a las familias, crear algunos empleos, dar salida a la producción agrícola de las comunidades y los propios huertos urbanos y blablablá; pero en realidad cumplen otra función: son una de sus principales armas de propaganda. La gente va allí por necesidad, y con las lentejas se tragan también unas cucharadas de ideología. Supongo que con algunos funcionará, acuden muchas familias sin recursos, inmigrantes, jóvenes estudiantes y currantes de obras cercanas, todos buscando comida barata, y tal vez algunos acaben botijeados a base de comer lentejas con propaganda.

No es mi caso. Yo ya los conozco, me he inmunizado de tanto escuchar sus disparates, y la misma inmunización buscaba hoy para Segis: que pasase un rato entre ellos, que los escuchase, y para eso basta con entrar en un comedor y sentarse a una de sus largas mesas corridas. Si te toman por nuevo, si creen que eres un comensal poco convencido todavía, tus compañeros de mesa se empeñarán a fondo para ganarte, son como una secta, o una pirámide de Ponzi, una de esas estafas que necesitan que constantemente entre gente nueva para seguir cebando la bolsa. A veces se te sienta al lado uno y se hace el simpático, te saca conversación sobre cualquier cosa para ver de dónde cojeas, y enseguida te cuenta cómo le ha cambiado a él la vida desde que se unió, lo engañado que vivió durante tantos años, las bondades de la vida comunitaria, la verdadera *vida buena* alejada del hiperconsumo; da mucha grima oírlos, son como yonquis rehabilitados por un grupo ultrarreligioso, o exalcohólicos que intentan convencerte de lo bueno que está un zumito de piña. Una asamblea de botijeros debe de parecerse mucho a una reunión de alcohólicos anónimos: hola, soy Juan, ya no viajo en avión, he reducido mi huella ecológica, cultivo mi propia comida; y todos le saludan y animan: hola, Juan, muy bien, Juan, lo has conseguido. Otras veces lo hacen más sutilmente: simulan que hablan entre ellos con volumen suficiente para que te alcance su conversación, parece natural pero es pura representación, son como actores de una mala película que recitan diálogos informativos solo para que se entere el espectador: los oirás contarse entre ellos, es decir para ti, lo mucho que han conseguido ya, la cantidad de nuevas comunidades, lo que está pasando en tal o cual país, la próxima ley que el gobierno aprobará gracias por supuesto a ellos, otro ayuntamiento que les compra la moto. Más divertido es cuando finges ser un simpatizante, y les sigues el juego y te integras en sus conversaciones. Me tenías que ver debatiendo con los más veteranos sobre cómo combatir el ecofascismo, cuál debe ser el papel del Estado en la transición, si estamos a tiempo de evitar el colapso o ya es demasiado tarde y solo nos queda amortiguarlo, y muchos otros debates fascinantes: ¿es el *Green New Deal* una oportunidad o una artimaña de las grandes empresas? ¿Cabe frenar todavía el cambio climático o es preferible acelerarlo para así llegar cuanto antes al poscapitalismo? ¿Reforma o revolución? ¿Es mejor el botijo de un pitorro o de dos?

Entramos en aquel comedor siguiendo a Gaya, y nos recibió la habitual vaharada de calor y humanidad, porque por supuesto los ecomunales no son muy partidarios del aire acondicionado, solo lo admiten en situaciones extremas: ellos se refrescan con abanicos y penumbra, a la antigua usanza, como mucho un ventilador, y chorrillo de botijo al gaznate. Reniegan del aire acondicionado igual que rechazan volar en avión, y por supuesto el coche, incluido el eléctrico, que según ellos no es tan ecológico como dicen fabricantes y gobiernos, porque la contaminación diferida tal, los materiales necesarios cual, la minería esto, los residuos lo otro. Igual que rechazan, claro, la energía nuclear, y se manifiestan contra los nuevos planes de apertura de centrales pese a que un solo reactor valdría por todos los panelitos que ellos puedan instalar en los tejados. No quieren centrales nucleares pero tampoco quieren parques eólicos si son demasiado grandes. Es decir, si no los controlan ellos. Como tampoco aceptan las propuestas de geoingeniería contra el calentamiento global: hay expertos que proponen bombardear la atmósfera con no sé qué sustancias, pero a los señoritos botijeros les parece mal, todo mal, toda solución tecnológica es mala porque, aunque presuman de usar impresoras 3D y nuevos materiales de construcción, ellos son más del botijo y el burro, la alfarería y el huerto, la vuelta a la tribu.

Primera decepción: el comedor no tenía apenas decoración. Paredes de ladrillo desnudo, bancos corridos. Por *decoración* no me refiero a lámparas de araña o manteles de hilo, sino al atrezo botijero habitual: los carteles con sus lemas cursis, las fotos felices de la vida en las comunidades, la pizarra con el reparto de tareas, el mural para dejar mensajitos. Se ve que el comedor del Sector Sur es todavía reciente, no les ha dado tiempo a decorarlo, o tal vez los usuarios lo han desvalijado igual que se llevan hasta las bisagras de las puertas en las viviendas que ocupan. Una pena, porque la decoración me habría facilitado el trabajo con Segis, él mismo se habría dado cuenta del infantilismo botijero con solo un vistazo. Tampoco los comensales ayudaban mucho a mi propósito: parecía gente del barrio que en efecto había acudido a comer, gente más bien callada, alejados del entusiasmo habitual de esos sitios. Las pocas conversaciones de las que pillé palabras sueltas no eran sobre poscapitalismo, sino acerca de la recogida de basuras, los cortes de luz o una próxima acampada frente al ayuntamiento. Me consolé pensando que Segis asociaría el movimiento ecomunal con ese paisanaje desarrapado, tan ajeno a su vida, a su colegio, sus amistades o sus negocios.

No hay refrescos, le dije para reforzar esa sensación de penuria, de comedor social de monjas.

Nos habíamos acercado con Gaya hasta el mostrador de la cocina, y aunque la visión de esos pucheros con alimentación tan básica —las inevitables lentejas, mucha patata, ensalada y guisos poco apetecibles para un adolescente de colegio de pago— ya era suficiente, subrayé un poco más la carestía: no hay refrescos, le dije a Segis, que no concibe comer fuera de casa y beber agua del grifo. Con gusto lo habría llevado también a un economato para que viese sus estantes escasos, la ausencia de tantos productos que Segis considera imprescindibles, esos estantes que parecen de país pobre, de país en racionamiento, de periodo especial; y que no me hablen de autoconsumo, cooperativas y comercio justo, que no me cuenten su milonga de que compran directamente a pequeños agricultores y el kilómetro cero, el decrecimiento y la *abundancia frugal*: es miseria, no tiene otro nombre. Pueden usar todos los eufemismos que quieran, pero es miseria. Empobrecimiento. Vivir con menos, con mucho menos. Eso es lo que proponen, y ese es su límite y será su gran fracaso: la gestión del deseo. No pueden conseguir que dejemos de desear. Que deseemos de otra manera. La mayoría de la gente, también esos desgraciados que estaban hoy en el comedor, sobre todo ellos, la mayoría de la gente desea, deseamos con fuerza. Deseamos mucho más de lo que pueden ofrecernos un economato, un comedor, una comunidad. Somos capaces de muchas renuncias, pero seguimos deseando. Pueden limitarnos la oferta de productos, impedirnos ciertos consumos, pero no pueden conseguir que dejemos de desearlos. Ahí no hay transición posible. No pueden ofrecernos nada que compense la renuncia al deseo. La vida es mucho más que techo y comida. Incluso quienes no tienen garantizado el techo o la comida, también ellos desean con fuerza. No quieren prohibir los viajes en avión, sino que renunciemos nosotros mismos a viajar más que lo estrictamente necesario. Dile tú a la gente que se olvide de ir alguna vez en su vida a, qué sé yo: Nueva York. Ni siquiera importa que la mayoría no podrá ir nunca a Nueva York. Lo que les estás pidiendo es que renuncien al deseo de ir a Nueva York, el deseo de salir de casa con una gran maleta, pasar dos horas en un flamante aeropuerto, volar durante ocho o diez horas con azafatas a tu servicio y bandeja de comida, ver desde la ventanilla el perfil de los rascacielos, pasear por sus avenidas con dolor de cuello, sacar mil fotos, comerte un perrito caliente en un puesto callejero, recorrer todos los sitios que te importan una mierda pero que son de visita obligada, comprar un souvenir de I love NY, y regresar a casa, sobre todo regresar a casa con la satisfacción de que has ido a Nueva York, que el ascensor social no solo ha ascendido verticalmente sino que también se ha desplazado horizontal, transatlánticamente, y te ha llevado hasta Nueva York. Y quien dice Nueva York dice París, Estambul, el Caribe.

Dile tú a toda esa gente no ya que no podrán ir, sino que deben renunciar al deseo de ir a París, Estambul o el Caribe. A un parador en un castillo y con bufé de desayuno, a un hotel con encanto. A un restaurante donde gastar el sueldo de todo un mes, aunque sea una sola vez en la vida. Que renuncien al deseo de tener un coche con el que de vez en cuando poder salir de la ciudad y simplemente conducir, por el mero placer de conducir y acelerar y quemar gasolina y trazar cada curva y asomar el brazo por la ventanilla en carreteras secundarias, porque te gusta conducir. Dile a toda esa gente que ya no hay refrescos para comer, ni cerveza que no sea artesana; diles que se aguanten y beban del puto botijo.

Sí hay refrescos, dijo de pronto Gaya, rescatándome de mis pensamientos: tenemos nuestros propios refrescos, los produce una cooperativa en Extremadura, están siendo un éxito inesperado, cada vez más bares los piden. Propaganda botijera, no descansan nunca. La muchacha abrió la nevera y cogió un par de botellitas. Yo la rechacé, Segis la aceptó y le dio un sorbo. Disimuló muy bien, ni yo le noté el desagrado, incluso el muy cachondo dijo que sabía muy rico. Le guiñé un ojo cómplice. Sucedáneos, eso es lo que ofrecen. Sucedáneos fallidos. Refrescos extremeños para calmar nuestro deseo burbujeante. Alimentos de temporada y de producción local frente a la pantagruélica despensa global, cuyo único límite es tu dinero. Comida orgánica, sin química, sin aditivos ni potenciadores del sabor; es decir, sin deseo, comida sanísima pero no deseable. Felicidad comunitaria para quitarte las ganas de Nueva York. Cuidarnos antes que desearnos. Hasta tienen su propia propuesta amorosa y sexual, tan apetecible como sus lentejas. Y, por supuesto, la seguridad colectiva como sucedáneo de los auténticos lugares seguros. Es su límite y su fracaso. El deseo. Porque mientras pretenden que vivamos con sucedáneos y renunciemos a desear, hay quienes no renuncian ni a uno solo de sus deseos, y los cumplen todos y los exhiben, y construyen bajo sus casas búnkeres equipados como un yate, y tienen coches que parecen tanques, y siguen volando, y no desean ya ir al Caribe o a Nueva York, sino a la luna, a la puta luna, salir de la estratosfera quemando toneladas de queroseno, pagar medio millón por experimentar unos minutos la ausencia de gravedad, y presumen de ello, lo exhiben sin recato, se hacen fotos envidiables que hacen públicas para llevar un poco más allá el límite de lo deseable. ¿Te habrías apuntado tú también al turismo espacial si no hubieses caído? Me lo creo. Los cohetes están llenos sobre todo de nuevos ricos. Son ellos los que más expanden nuestra capacidad de desear, son la mejor prueba de que todavía hay ascensor, y de que puede subirte hasta la luna.

Nos sentamos con Gaya, que hablaba sin pausa, tan encantadora como cansina. Nos contó que casi todos los alimentos que se cocinaban allí venían de comunidades rurales no muy alejadas, pero que el objetivo era lograr a medio plazo el autoabastecimiento urbano: que las ciudades produzcan la mayor parte de la comida que consumen; crear cinturones agrícolas y ganaderos en el área metropolitana, jardines comestibles en los barrios. Jardines comestibles, repetí. Sí, hay que ruralizar las ciudades, dijo con entusiasmo. Ruralizar las ciudades, repetí, mirando de reojo a Segis, que estaría imaginando un futuro de ciudades ruralizadas, jardines comestibles y ovejas pastando en los parques, todo muy apetecible para un adolescente buscavidas como él. Gaya siguió *convenciendo* a mi joven emprendedor: estamos creando nuestra propia cadena de distribución alimentaria, inicialmente con la red de comunidades agrícolas y ganaderas, y cada vez con más pequeños y medianos productores. En algunas ciudades hemos conseguido que los comedores de colegios y hospitales trabajen con nosotros, y también el comercio local y hasta alguna cadena de supermercados, y todo eso está dando más fuerza a los pequeños productores frente a los grandes intermediarios; hay que acabar con los sobreprecios y los beneficios obscenos, en alimentación y en cualquier otro producto básico. Los beneficios obscenos, repetí por si Segis no lo había oído bien.

Esto es muy importante, dijo Gaya, y con un movimiento de mano señaló alrededor, el comedor desnudo, las dos docenas de desgraciados que comían allí por no tener otro sitio. Esto es muy importante; es solo un primer paso, pero si conseguimos transformar este barrio, precisamente este barrio que para tanta gente simboliza la imposibilidad de cambiar, la absoluta falta de esperanza, si conseguimos transformarlo habremos dado un gran paso, avanzarán más fácilmente otras comunidades.

Cambia tu barrio y cambiarás el mundo, dije sin reírme, tan convincente que Gaya me dedicó una deliciosa sonrisa.

¿Y por qué no os presentáis a las elecciones?, preguntó de pronto Segis, que ya debía de estar dándose cuenta de lo inane del discurso de la muchacha. Así que le proponía hablar en serio: si queréis cambiar el mundo, dejaos de comedores y ovejitas en los parques; presentaos a las elecciones, sentaos a la mesa de los mayores, gobernad, a ver qué tal os va.

Eso es lo que querrían algunos, contestó Gaya sin dejar de sonreír; eso es lo que querrían, que nos presentásemos a las elecciones, que malgastásemos todo nuestro tiempo, energía y ganas en crear un nuevo partido, un programa, unas listas, presentarnos a todas las elecciones, hacer campañas, entrar en las instituciones, sentarnos en escaños, asistir a plenos y comisiones, pelearnos entre nosotros, sufrir escisiones, resistir ataques mediáticos, rebajar nuestros objetivos, llegar a acuerdos, formar coaliciones, incluso entrar en algún gobierno, para chocar finalmente con el muro, el muro infranqueable, y por el camino habernos dejado el tiempo, la energía y las ganas. *Game over*. Sigan jugando, a ver si la próxima generación tiene más suerte. Pues no. No vamos a repetir errores pasados. Hemos aprendido. Respetamos a quienes siguen intentándolo, a quienes trabajan en las instituciones, son nuestros aliados y nos abren muchas puertas. Y asumimos que solo mediante comunidades y trabajo de barrio no conseguiremos grandes cambios, también necesitamos al Estado, porque además la transformación debe ser global, no en un solo país. Pero la vía electoral no es nuestro camino, al menos por ahora. Demasiado esfuerzo para tan poco resultado, lo hemos visto ya antes. Esta vez es diferente. Esta vez se trata de hacer, hacer, hacer. Forzar los cambios para que a los gobernantes no les quede más remedio que legislar esos mismos cambios ya consolidados, convertirlos en norma, inscribirlos en el boletín oficial. Generar nuevas realidades, nuevas formas de vida. Una sociedad diferente, no desde arriba sino por abajo. Un pueblo entero dispuesto a hacer la transición, a empujar a favor, a resistir los retrocesos, a soportar las contradicciones. Producir un nuevo sentido común, y hacerlo mediante prácticas. Y el último paso, muy al final del camino, ya sin apenas esfuerzo, podría ser llegar al gobierno, no digo que no. Pero con todo ese trabajo previo ya hecho. Vencidas las resistencias. Mientras tanto, ya conseguimos cambios sin estar en ningún ejecutivo. Partidos que incluyen nuestras propuestas en sus programas. Ayuntamientos que asumen y financian proyectos. Gobiernos autonómicos que colaboran, o al menos no obstaculizan. Y leyes que no se habrían conseguido sin esta gran masa crítica. Ahí está la última reforma del mercado energético, que no es suficiente, vale, pero hace pocos años era impensable. Solo cuando han visto que estábamos dispuestos a llenar los tejados de todo el país con paneles y crear nuestras propias redes de distribución han reformado un mercado intocable. Y la nueva ley de vivienda, qué me dices. O el debate sobre la semana laboral de cuatro días, que cada vez tiene más partidarios.

Típico comportamiento botijero: atribuirse todo tipo de éxitos, sobre todo ajenos. ¿La semana laboral de cuatro días? Que yo sepa han sido los viejos sindicatos, que vale que simpatizan con la causa, pero son ellos y algunos partidos quienes llevan años peleando la reducción de la semana laboral. Para que, si finalmente sale adelante, vengan las Gayas y se cuelguen otra medalla. He llegado a oírles atribuirse el Pacto Verde Europeo, que es anterior a la creación de la primera comunidad rural; atribuírselo, y en la misma frase rechazarlo por insuficiente. Así de coherentes son. No le rebatí eso, ni tampoco lo de la reforma energética. No quería mostrar todavía mis cartas, así que insistí en el realismo de Segis: tienes razón, le dije; tienes razón, Gaya, pero aunque sea por otro camino, evitando la vía institucional y creando nuevas realidades, igualmente *acabaremos* chocando tarde o temprano con ese mismo muro infranqueable.

Pero el muro tiene grietas, respondió Gaya. Oh, dios mío, las grietas. Cuántas veces he oído la teoría botijera de las grietas. La cuña de hielo. ¡La gelifracción! La repiten todos como loros. La teoría de las grietas me la he comido con lentejas no pocas veces. Gaya debió de notar mi fastidio, así que se concentró en explicársela a Segis, novato él. Le preguntó si era de ciencias; respuesta afirmativa. Si había estudiado los procesos de meteorización; sí, los había estudiado y los recordaba bien. Entonces sabría cómo actúa la gelifracción: el agua, de lluvia o del deshielo, se infiltra en las grietas de una roca, y al bajar la temperatura se congela y aumenta su volumen, ejerciendo tal presión sobre las paredes internas que, a fuerza de congelarse y descongelarse una y otra vez, acaba por fragmentarla. Hasta las rocas más sólidas pueden acabar quebradas por unas gotas de rocío que en sus grietas se congelan y expanden, haciendo cada vez más ancha la fisura y por tanto acumulando más agua que se seguirá congelando y descongelando, formando una cuña de hielo que con el paso del tiempo crece hasta reventar la roca, el muro. Así nosotros, afirmó Gaya, incluyéndonos en su *nosotros*, o al menos a Segis, pues ya solo lo miraba a él. Así nosotros estamos construyendo un nuevo mundo, pero no sobre los escombros del viejo, sino en sus grietas. No esperamos a hacer la revolución, sino que empezamos el futuro aquí mismo. Cada comunidad rural o de barrio, cada cooperativa, cada red de distribución, cada manzana de vecinos que se suma, es una cuña de hielo. Este mismo comedor, que puede parecer tan poca cosa, es una gota en una grieta, ni siquiera en una grieta, en un poro; pero crecerá y agrandará el poro hasta ser finísima hendidura, que dilatará una grieta y finalmente provocará una fractura. Y tanta gente que nunca se irá a una comunidad, ni siquiera participa en la de su barrio, pero comparte la misma preocupación, introduce cada vez más cambios en su vida, y cuando llega el momento vota en consecuencia. Esa acumulación de pequeñas transformaciones es la que acabará transformando el sistema entero. Y mientras tanto, cada una de ellas mejora la vida de la gente. No estamos persiguiendo una utopía, una promesa de paraíso lejano: todo lo que proponemos lo hacemos, es real, está ya aquí, es esto. La gente puede asomarse a las grietas. Lo que se ve en ellas es el otro lado del muro. ¡El futuro!

El futuro. Las últimas frases las dijo con los brazos abiertos para abarcar el local cochambroso en el que comíamos, la panda de desarrapados que se sentaba alrededor, la comida estrictamente alimenticia. El futuro. El que prometen los botijeros. No podía haberlo explicado mejor. Y yo le podía haber dicho tantas cosas. Le podía haber contestado tan fácilmente. Le podía haber demostrado que su metáfora es una mierda. Que los cambios sociales no tienen nada que ver con los procesos geológicos. Que sus queridas cuñas de hielo, sus gotitas de rocío que quiebran enormes rocas, necesitan miles de años. Que el sistema no es una roca, no una tan obvia. Que el sistema es duro pero también blando, es sólido y líquido a la vez, y hasta gaseoso, existe y resiste en todos los estados de la materia. Que el poder no es el gobierno, y no tiene sedes a las que dirigirse, ante las que manifestarse u ocupar algún día, porque no está en ningún lugar y está en todas partes, y no deja apenas resquicios, su dominación ha alcanzado una sofisticación sin precedentes en la historia. Que ellos no son una alternativa. Que tal vez no hay alternativa. *There Is No Alternative*, *TINA*, lo decía aquella taza que me compré en Londres. Le podía haber aclarado que el muro tiene grietas, sí, pero para respirar, para ser precisamente más resistente a los cambios y no romperse, a la manera de las juntas de dilatación de los puentes; tiene grietas para que los ecomunales se metan en ellas y crean que están cambiando el mundo. Y lo mismo que se ensanchan, las grietas también se estrechan, y se cerrarán y los aplastarán en el momento en que se conviertan en una amenaza. Le podía haber recordado que son muy pocos. Crecen sus comunidades, es cierto, pero siguen siendo pocos, y sé que la tasa de abandono es alta: muchos se unen, participan un tiempo y acaban alejándose, renunciando por cansancio o decepción, porque la vía botijera es muy exigente. O los apoyan de boquilla, como Roberto, el del banco, capaz de llevar en una muñeca la pulserita y en la otra un reloj suizo. Son pocos, son una minoría. Ruidosa, muy visible, pero minoría. Viven en una burbuja, mientras en el exterior sigue habiendo clubes inaccesibles donde familias de cinco o seis ceros anuales celebran lujosamente la puesta de largo de sus hijas antes de casarlas con hijos del mismo club y seguir perpetuándose, intocables. Y por mucho que crezca su burbuja, la mayoría de la gente sigue fuera de ella, fuera de este comedor; no viven en comunidades, no quieren perder los domingos en asambleas vecinales para decidir si ponen una placa solar o un jardín comestible. Quieren seguir recorriendo la sierra en coche con el brazo fuera de la ventanilla, y planear las próximas vacaciones. Quieren seguir soñando con Nueva York. Tienen otras preocupaciones y miedos, incluso mayores que la crisis climática o la desigualdad social. Tienen trabajos agotadores, negocios con problemas de financiación, deudas, hijos descarriados, parejas que les engañan, padres seniles que imponen su cuidado. Tienen también otras satisfacciones y anhelos, incluso mayores que construir comunidad o lograr la soberanía alimentaria. Tienen ya su propia *vida buena*. La complejidad humana no encaja en la plantilla botijera, de ahí los muchos conflictos que hay en las comunidades, lo mal que han terminado algunas, aunque eso no lo contará Gaya. No es cierto que estén provocando un cambio de mentalidad, ni que las consecuencias ya visibles del cambio climático vayan a facilitar las transformaciones por la vía urgente. Mira la gente: han aguantado, hemos aguantado, semanas de cincuenta grados, nevadas paralizantes, cortes de agua por sequías primaverales, incendios ingobernables, cosechas perdidas, inundaciones catastróficas. Hemos aguantado una Semana Caliente. Hemos leído todos los informes del panel de expertos, y escuchado todas las predicciones, el aumento de temperatura, la subida del nivel del mar, el colapso. ¿Y sabes qué es lo que más nos ha concienciado y movilizado y llevado a exigir medidas? Las cucarachas. ¡Las jodidas cucarachas de Madagascar! Solo cuando nos hemos encontrado con una nueva especie de cucaracha, gigante y repugnante, que gracias a los inviernos más suaves alcanza los países mediterráneos y se reproduce deprisa y coloniza ciudades, cloacas y calles, y se cuela en las casas, en cocinas y dormitorios, y nos despierta su siseo en la noche, es entonces cuando ha cundido el pánico y hemos tomado conciencia de que el cambio climático va en serio. Por unas putas cucarachas. Así somos. Grietas, dice. El futuro, dice.

Le podría haber dicho todo eso, pero Gaya no se callaba, enlazaba una frase con otra, tenía muy trabajado su argumentario, como un guion de televenta, y decidió centrar sus esfuerzos en Segis, porque ya empezaba a sospechar de mí, o porque siempre prefieren alistar jóvenes, más maleables, más inocentes, más entusiastas cuando se suman, como ella misma.

Hablando de futuro, ¿tú cómo lo imaginas?, le preguntó de sopetón a Segis, que la escuchaba tan concentrado que incluso dudé de si estaba pensando en sus cosas mientras oía la matraca de fondo, si estaba riéndose por dentro, si sentía algún tipo de fascinación, incluso fascinación romántica, por aquella hermosa y persuasiva muchacha, o si de verdad empezaba a hacer efecto en él la cháchara botijera, si el goteo de Gaya había empezado a filtrarse también en las grietas de mi buen Segis. Intenté cortar la conversación antes de que se pusiera peligrosa:

Tenemos un poco de prisa, deberíamos irnos. Lo intenté, pero ninguno de los dos me escuchó.

¿El futuro?, repreguntó Segis, ¿cómo imagino el futuro? No lo sé. Difícil, supongo. Y se quedó pensativo unos segundos. Me entraron ganas de recordarle el futuro, no el de la humanidad sino su futuro, el de Segismundo García, hijo de Segismundo García y nieto de Segismundo García: terminar el bachillerato en el colegio de los niños triunfadores. Marchar a una universidad extranjera. Lograr el éxito con alguno de sus negocios. No bajarse del ascensor. Alcanzar la altura que ni tú ni yo conseguimos. La estratosfera. Ese es tu futuro, Segis. Díselo.

Pero Gaya no le dejó hablar, dispuesta a colocarle toda su mercancía:

Cuando yo tenía tu edad, dijo como si no fuese apenas seis o siete años mayor que Segis; cuando yo tenía tu edad, un día nos preguntaron en clase cómo imaginábamos el futuro, cómo imaginábamos el mundo dentro de veinte o treinta años. Nuestras respuestas fueron todas muy similares: el futuro sería peor, mucho peor, inevitablemente peor. Más desigualdad, menos democracia. Gobiernos autoritarios, vigilancia tecnológica. Desastres ambientales, guerras por recursos cada vez más escasos. Megacorporaciones. Capitalismo salvaje, más aún. Estados fallidos, países enteros en manos de mafias. Terrorismo, revueltas sociales, violencia generalizada. Aire irrespirable, falta de agua potable, crisis alimentarias frecuentes. Sálvese quien pueda.

Joder, debería contratar a esta muchacha de comercial. Pero por supuesto solo estaba creando el ambiente emocional para bajarnos la guardia y a continuación tumbarnos con una llave de judo:

Todavía hay mucha gente que sigue imaginando así el futuro. Y la mayoría de películas, series y novelas insisten rutinariamente en futuros distópicos. Ahí está esa basura de *Safe Place*, supongo que la visteis.

En serio, tenemos que irnos, insistí mirando la hora, pero tan difícil era callarla como recuperar la atención de Segis. No me quedó más remedio que seguir escuchándola:

Algunas no nos resignamos a que el futuro sea *Safe Place*, tampoco *Mad Max*. Si me preguntas hoy cómo imagino la vida dentro de veinte o treinta años, mi respuesta es muy diferente. Ahora veo otro futuro. Creo que las grietas van a seguir ensanchándose. En ellas surgirán nuevas comunidades, rurales y urbanas, que a su vez acelerarán la creación de otras, en crecimiento exponencial. Tendremos paneles en todos los tejados, y parques solares y eólicos de propiedad pública o ciudadana. Habremos logrado el autoconsumo energético y la generación distribuida, todo renovable, y con más eficiencia tras adaptar las viviendas y el transporte. También la soberanía alimentaria, recuperado el medio rural y con las ciudades produciendo sus alimentos básicos. Miles de cooperativas, junto a empresas públicas con gestión democrática, nos proveerán de la mayor parte de necesidades, bienes y servicios a precios justos y con dignidad laboral. Las ciudades serán más habitables, mientras el campo será una opción atractiva. Reforestaremos y renaturalizaremos grandes territorios, repararemos destrozos ambientales y paisajísticos. Viviremos mejor con menos, con otra idea de bienestar y desarrollo que impregnará todas las políticas públicas. Trabajaremos menos, mucho menos, con las necesidades básicas garantizadas mediante una renta universal.

Y también dos huevos duros, estuve a punto de decir. Qué mitin nos estaba soltando la chiquilla, a la que atendían también otros comensales cercanos, pues cada vez hablaba más alto:

Redistribuiremos la riqueza mediante una fiscalidad justa. Reescribiremos la Constitución, será una constitución ecologista, feminista, bajo principios de igualdad y justicia social. Viviremos en una democracia participativa, descentralizada, popular.

¡Camarero, otros dos huevos duros!

Gobernaremos. Desde dentro o desde fuera del Consejo de Ministros, pero gobernaremos. Más que gobernar: tendremos el poder. Y no seremos una isla, una anomalía planetaria: estamos viendo procesos similares en otros países, algunos más adelantados que nosotros, y vendrán muchos más, es imparable: en unos llegará por movimientos ciudadanos, en otros ganando elecciones, quizás alguna revolución. Estableceremos alianzas con todos ellos y lograremos así un nuevo orden mundial, liderazgos diferentes, cooperación, internacionalismo. Cumpliremos los compromisos ambientales, salvaremos la crisis ecológica. Evitaremos las peores consecuencias del cambio climático y amortiguaremos las ya inevitables, colaborando con los países más afectados. Porque no es verdad que sea tarde. No estamos abocados a un colapso, ese del que tanto hablan algunos para desmovilizarnos. Estamos a tiempo. No será fácil ni rápido, tampoco indoloro; no será una línea recta, habrá curvas y retrocesos, accidentes y decepciones, fracasos y renuncias, pero llegaremos. Lo conseguiremos. El futuro.

Aplausos, ovación, suspiros, lágrimas, todos los del comedor nos fundimos en un gran abrazo, me vi besando las mejillas saladas de medio Sector Sur. No, obviamente no pasó. Pero faltó poco. El comedor quedó en silencio cuando Gaya terminó su *I have a dream*. Fue Segis el que habló:

No suena nada mal ese futuro.

Claro que no, dijo ella, incapacitada para la ironía, porque ¡era evidente que mi hijo se estaba burlando de ella, de su infantilismo y su mundo feliz! Claro que no, insistió ella, no suena nada mal, ¿y sabéis lo mejor? Que no es ninguna fantasía. Que está a nuestro alcance, que depende de nosotros. Que ya estamos dando los primeros pasos. No os quedéis solo con este comedor, ni con las comunidades; esa es solo la parte visible, pero hay mucho más.

Va a decir que es un iceberg, pensé y casi suelto en voz alta. En efecto, lo dijo:

Es un gran iceberg. Hay quien cree que todos los ecomunales nos dedicamos a plantar huertos, porque es lo que se ajusta a esa caricatura de ingenuos comeflores que algunos quieren ver; cuando en realidad la mayoría estamos en otras tareas igual de necesarias. ¿Sabéis que ya tenemos un banco propio? Damos microcréditos y financiamos los proyectos de las comunidades.

Mira qué bien, puedo pediros una línea de crédito para mis lugares seguros, estuve a punto de interrumpirla.

Es algo todavía muy pequeño, pero crecerá y puede acabar siendo un sistema financiero alternativo, que junto a una banca pública quitaría mucho poder a los grandes bancos. Por ahora, vamos a financiar las primeras cooperativas de viviendas. Y hay también en proyecto una empresa ibérica de telefonía e internet, junto con las comunidades portuguesas: crearemos nuestra propia red, desarrollaremos tecnología de datos al margen de los grandes operadores. ¿Qué tiene todo eso de utópico? Estamos poniendo las semillas para la primavera futura.

Ah, no, la metáfora cutre de las semillas y la primavera no, por favor. Ya teníamos bastante, así que me puse en pie, no le dejé terminar la frase: lo siento, tenemos que irnos, ha sido un placer, gracias por la comida.

Segis se levantó, parecía incómodo, supongo que le parecí muy brusco. No así a la tontita:

¿Ya os vais? Si os apetece, venid esta noche. Aquí, o a la comunidad de vuestro barrio. Los viernes nos juntamos a cenar: cada uno trae algo para compartir, hay música y siempre acabamos bailando. Ya sabéis: si no puedo bailar, no es mi revolución. Así comprobaréis que también sabemos divertirnos. Diría que sobre todo sabemos divertirnos.

Planazo. Viernes noche, cenita en comunidad. Imaginé a Segis avisando a todos sus amigos: hoy pasamos de botellón y discoteca, que hay cena ecomunal en la plaza.

Y si no, espero veros otro día por aquí, nos dijo la cretina como despedida. Seréis bienvenidos, no sobran manos, y seguro que vosotros también tenéis mucho que aportar.

Cuenta con ello, dije aguantándome las ganas de bufar.

¿A qué te dedicas?, me preguntó ya en la puerta, esperando que yo pudiera contribuir con algún saber útil a su feliz comunidad. Lo pensé un instante antes de responder, sonriente, mellado:

Soy dentista.

Y fue a la salida, mientras dejábamos aquel barrio de mierda a paso rápido y yo le preguntaba a Segis qué le había parecido el show de la botijera, confiado en que nos echaríamos unas risas a su costa, fue en ese momento cuando me llamó Yuliana y me dijo que te habías perdido.

Te habías perdido. O te habías escapado. En cualquier caso no estabas, la angustiada Yuliana no te encontraba, no podía parar de llorar, me costaba entenderla, se le atropellaban palabras de su lengua materna y yo no estaba a su lado para consolarla, abrazarla, acariciarle el pelo con cariño, no pasa nada, tranquila, besarle las lágrimas, no pasa nada, lo encontraremos.

Te habías perdido, la entendí por fin cuando se tranquilizó un poco. Contó, todavía entre hipidos, que después de comer, confiada en tu mansedumbre recobrada, te había dejado adormilado en el sillón frente al televisor y ella había aprovechado para darse un baño, en su nerviosismo me lo contó así, no sé si en realidad era una ducha y confundió las palabras, o si de verdad se dio un baño, pero yo la vi tal cual: sumergida en la bañera espumosa, con las mejillas enrojecidas y el espejo empañado, pasándose una manopla lenta y delicadamente por sus brazos largos desde los dedos a la axila y vuelta. Ríete de mí, sí, mis masturbaciones se volvieron monotemáticas hace tiempo. Cuando salió de la ducha, y ahora sí dijo ducha pero me valía igual, pese a su llanto yo la veía por el pasillo envuelta en una toalla corta o ni eso, porque ya no te tiene por un hombre excitable y capaz de seguirla hasta su habitación y empujarla contra la cama, o quizás sí te considera todavía sexuado pero inofensivo, y es un regalo que te hace la caritativa Yuliana; cuando salió de la ducha te preguntó desde el pasillo si estabas bien, y como no hubo respuesta te supuso dormido, oyó de fondo la tele y te supuso dormido como marca tu rutina diaria, así que todavía te descuidó unos minutos para echarse aceite en el cuerpo, y por qué me daba tanto detalle Yuliana, por qué me ofrecía esa imagen, masajeándose los muslos brillantes y el vientre en círculos frente al espejo, tal vez tampoco me veía ya como un hombre excitable o sí, era también un regalo para mí. Se echó aceite en el cuerpo y se vistió y se peinó y se secó el pelo, detalles que ahora entendí que no eran parte de un relato erótico sino de una cronología para calcular el tiempo que podías llevar perdido y cuánto te habrías alejado: lo que dura un baño, una hidratación corporal y el peinado y secado de una larga melena. Completada su higiene, entonces sí había ido al salón y no estabas. Te buscó pero no estabas en el baño, no estabas en tu habitación, no estabas en la más peligrosa cocina, no estabas por suerte en el balcón cerrado ni estampado en el patio de luz al que se asomó con miedo desde la única ventana aterradoramente abierta, y tras hacer otra batida, ahora más agobiada, por toda la casa y mirar tras el sillón, bajo la cama y en los armarios como si todo fuese una travesura, llamándote por tu nombre, dónde estás, Segismundo, dónde te has escondido, Segismundo, quedó claro que no estabas en casa. Fue a la puerta y descubrió la llave puesta pero no echada, y juraba Yuliana, me juraba la desesperada Yuliana que ella nunca, nunca, nunca deja la llave puesta, que siempre se la guarda en un bolsillo o, por la noche, en un cajón de la cocina, y que no podía estar totalmente segura de que con los nervios de la mañana y la forma en que habíais salido y corrido por las calles y regresado a casa no se hubiese despistado y dejado puesta la llave, porque le extrañaba que tú la hubieses encontrado en un bolsillo de su cazadora en la que no estaba del todo segura de haberla guardado porque también podía haberla dejado encima de la mesa al llegar, no conseguía recordar, estaba en blanco, lo sentía mucho, me pedía perdón una y otra vez, me llamaba desde la calle, había bajado deprisa sin encontrarte por la escalera ni en otros pisos, ni tampoco en la calle que recorrió asomándose a todas las esquinas y preguntando a transeúntes y comerciantes y camareros sin que nadie hubiese visto a un anciano solo y en pantuflas. Te habías perdido. O te habías escapado.

Lo primero, tranquilidad. No te habías perdido, no del todo. No podías fugarte, no tan fácilmente. Abrí la aplicación en mi móvil, y ahí estabas: tu estela azulada recorriendo el mapa, de nuevo en línea casi recta siguiendo el mismo itinerario de la mañana, pero ahora más deprisa, como si avanzaras por la galería subterránea previamente despejada en la intentona matutina.

Le pedí a Segis que me acompañase, y le dije a Yuliana que esperase en casa, conseguiríamos encontrarte y traerte de vuelta. Solo teníamos que seguir tu línea en la pantalla, no estábamos muy lejos, podíamos salir a tu encuentro y, en tal caso, mi plan no era sujetarte, ni siquiera plantarme delante de ti, sino permitirte continuar, vigilado en corto, hasta comprobar tu destino, la corazonada que me acompañaba desde la mañana. Para eso te compré hace más de un año el reloj con localizador, cuando empezaste tus merodeos: no porque temiera perderte, ni siguiendo la recomendación de las enfermeras que advertían de la siguiente fase en tu deterioro, el escapismo, sino para asegurarme de encontrar tu destino si te fugabas.

Segis y yo caminábamos a buen paso, trazando una diagonal a tu línea para alcanzarte en una próxima intersección a menos de un kilómetro. Entonces te detuviste. Frenaste en seco. El punto luminoso quedó congelado en el mapa, más del minuto que supondría un semáforo en una calle con mucho tráfico, o una caída de la que tuvieses que levantarte dolorido. Estuviste casi tres minutos detenido, hasta que reanudaste la marcha pero con un quiebro, un giro en ángulo recto hacia la izquierda, hacia el norte, alejándote de nosotros. Como si hubieses reconsiderado el destino, recordado de repente. O como si evitases nuestro encuentro, como si escapases.

Corre, Segis, le pedí al chico, que aceleró el paso creyendo que mi preocupación era la propia de un hijo por su padre desorientado, que yo temía que un autobús te reventase al cruzar una avenida sin mirar, no era momento para darle explicaciones. Corre, Segis, que se nos va el abuelo, porque además el trazo de tu GPS no solo se había desviado sino también acelerado, a un paso mucho más rápido que el nuestro, impropio de un anciano; corre, Segis, y echamos a correr, chocando con peatones y cruzando entre coches porque te alejabas a una velocidad inhumana que solo tenía una explicación: ibas en un coche. Habías cogido un taxi. Porque la versión de un vehículo esperándote era demasiado retorcida.

Vi en la pantalla cómo tu indicador se alejaba a treinta o cuarenta kilómetros por hora, hacia el norte. No había tiempo de llamar a un Ubify, así que detuve el primer taxi que pasó, subimos y no pude darle una dirección, solo le dije que fuese hacia el norte, que yo le iría indicando.

No entiendo nada, dijo Segis, que en efecto no entendía nada porque hasta hoy no sabía apenas de tu historia, puedes agradecerme que te haya mantenido impoluto delante de tu nieto. Es largo de contar, cuando lo encontremos te lo explicaré, le prometí.

El taxista nos observaba mosqueado por el retrovisor, pues yo solo le pedía que siguiera adelante. Por fin tu señal se detuvo. Joder, en la estación de tren. Esperé un minuto, hasta que vi que reanudabas la marcha pero ahora más despacio, es decir andando, y hacia el interior de la estación. Le di la dirección al escamado taxista. Dese prisa, por favor, le pedí, porque te imaginaba entre tanto cumpliendo tu objetivo de mil maneras posibles: abriendo una consigna de la estación que llevaría años cerrada, levantando una baldosa floja en el baño, encontrándote con un abogado, una amante o tu antiguo socio que te entregarían un maletín polvoriento, para luego subir a un tren, riendo a carcajadas mientras se ponía en marcha antes de nuestra llegada.

Luego te lo explico todo, repetí la promesa a mi atónito hijo, pagué deprisa la carrera y salimos del coche, cruzamos la puerta de la estación y corrí por el vestíbulo sin saber bien hacia dónde, mirando tu indicador que marcaba una zona demasiado amplia y con tanta gente a esa hora. Le pedí a Segis que mirase en la zona de consignas y yo me acerqué a los baños. Hasta dentro de los retretes te busqué, ya ves qué gilipollas, convencido de que hoy era el día.

Pero no estabas. No te encontrábamos. Di pasos en todas direcciones, y saltitos para mirar por encima de las cabezas, te iba a perder. Recordé una de las funciones de la aplicación que nunca había utilizado, y pensada para ese tipo de situaciones: no para un farsante camuflado entre la multitud sino para un enfermo perdido entre la gente. Activé la función remota de llamada de tu reloj. En la estación había demasiado ruido, pero me moví alrededor, en todas direcciones, hasta que por fin escuché un pitido continuo. Busqué la fuente, busqué en realidad tu rostro, pero nada. Y entonces lo vi: un chaval detenido tras una columna, mirándose la muñeca y buscando el botón para silenciar el pitido.

¿De dónde has sacado ese reloj?, le pregunté sin saludo, señalando al aparato que seguía zumbando. Es mío, se defendió con poca convicción. ¿Te ha puesto tu madre un reloj con localizador por si te pierdes?, le pregunté con demasiada agresividad, rozando todavía con la lengua mi mella reciente en la boca.

Me lo he encontrado tirado en la calle, dijo por fin cuando Segis se colocó a mi lado, dos contra uno. Le pregunté dónde lo había encontrado, y mencionó la calle donde en efecto se produjo tu giro repentino unos minutos antes. Así que era eso: el cambio de rumbo era en realidad un cambio de portador.

Le enseñé la aplicación abierta en mi pantalla como prueba de la propiedad del aparato, que me entregó de mala gana, y se alejó maldiciéndonos.

Me dio la risa, una risa derrotada tras la ansiosa carrera, el taxi, las vueltas por la estación. No eras tú, solo era tu reloj. No eras tú en un taxi o en el coche de un cómplice, sino un niñato en patinete. La banda sonora trepidante de la persecución de unos minutos antes, ahora sustituida por la música acelerada de una comedia loca. Y ahora sí te había perdido, sin rastro. La fuga perfecta. Un maletín, o ni eso, una bolsa de basura con varios fajos y un pasaporte. Tal vez también un billete de avión facilitado por un contacto con el que te habrías comunicado recientemente a espaldas de Yuliana, sin usar el teléfono de casa porque yo podía revisar el listado de llamadas. Y entonces mi risa derrotada coincidiría en el tiempo, pero a lo lejos, con tu risa triunfal. Todo eso pasó por mi cabeza tras recuperar tu reloj.

La versión de Segis, más razonable, era que

aquel caradura se había aprovechado de un viejo demente al que había visto solo por la calle, y te había quitado el reloj con engaño o a la fuerza, pensando revenderlo. Mi teoría, todavía excitado, era que habías sido tú, que te sabías perseguido y te lo desabrochaste y lo tiraste al suelo como quien borra las huellas en la arena para despistar a sus perseguidores.

¿Por qué iba a hacer eso el abuelo?, preguntó Segis con buen juicio. No era fácil responderle. Así que, mientras regresábamos al lugar donde perdimos tu rastro, le hablé de Brubaker y le conté lo de tu lugar seguro.

Brubaker. Ya no te dice nada ese nombre, lo pronuncio y no te altera la cara de bobo con la que me escuchas. Brubaker. *Bru-ba-ker*. Te enseño en mi móvil la foto de Robert Redford con el mono gris y la barba sucia, y no reaccionas. Brubaker, Brubaker, Brubaker. El joven e incorruptible alcaide que engaña a todos, que se hace pasar por presidiario para conocer desde dentro la misma cárcel que se propone regenerar. El hombre que miente para encontrar la verdad, que se enmascara para desenmascararlos a todos.

La volví a ver hace no mucho, y no me pareció para tanto, o será que la he aborrecido por tu culpa. Una peliculilla repleta de tópicos del cine carcelario, con personajes de brocha gorda. A Segis ni le suena. Era pequeño entonces, no te dio tiempo a someterle a una proyección comentada de *Brubaker*. Tu película favorita mucho antes de tu entrada en prisión, convertida en obsesión una vez dentro.

Soy el nuevo alcaide, me llamo Henry Brubaker.

Así me lo soltaste en mi primera visita, cuando todavía era prisión provisional y confiabas en salir en pocos días. Esa vez te seguí el juego, porque yo todavía no lo sabía todo, y tampoco esperaba que aquella operación policial y aquel encarcelamiento provisional fuesen solo el comienzo del derrumbe total, ni que me acabasen alcanzando a mí también los escombros, tus escombros. Así que no desprecié tu acercamiento, me presté a seguirte el juego y completar la representación por enésima vez, pero ahora en un escenario indeseable y a la vez inmejorable.

Soy el nuevo alcaide, me llamo Henry Brubaker, susurraste.

Quiero ver al hombre, dije yo, para remontar la escena a su comienzo, y puse la mirada loca de Morgan Freeman, incluso coloqué el brazo como si apretase el cuello de un funcionario tomado como rehén: ¡quiero ver al hombre!

Yo soy el hombre, afirmaste con expresión tranquila desde tu lado del locutorio. Soy el nuevo alcaide, me llamo Henry Brubaker.

¿El nuevo alcaide?, ¡y una mierda!, repetí palabra por palabra el mismo diálogo que tantas veces me hiciste recitar desde muy joven y que se había convertido en nuestra broma familiar, nuestra prueba de complicidad entre padre e hijo incluso en los malos momentos, tu manera de restaurar un afecto que no tenía muchas otras manifestaciones, por no decir ninguna. ¿El nuevo alcaide?, ¡y una mierda!

Es cierto, aseguraste.

¿Y cómo es que pareces un saco de escoria?, te pregunté, con un asco que todavía era fingido.

Porque estoy engañando a esos tipos, susurraste, y señalaste con la cabeza al guardia imaginario con la escopeta en las manos, gafas de sol y mascando chicle. Me guiñaste el ojo.

Nos reímos, ese día nos reímos como pocas veces en la vida. Tú necesitabas reírte para creer que no estabas perdido, que no era el final, que todavía era posible que todo se aclarase, que la verdad saliese a la luz, que una mañana cruzases el patio, encañonado desde la torreta, para entrar en la oficina del alcaide corrupto, que te miraría atónito al decirle: me llamo Brubaker y he venido a sustituirle. Y yo todavía podía reírme porque no sentía que me engullían poco a poco tus arenas movedizas.

Lo volviste a intentar meses después, de vuelta a la prisión provisional, pero ahora ya sin fianza debido a la aparición de cuentas en el extranjero que aumentaban el riesgo de fuga.

Soy el nuevo alcaide, me dijiste tras la mampara de cristal. Yo ni siquiera te entendí, no tenía ya ganas de juegos. ¿Qué dices, de qué hablas?

Pero tú insististe, triste y sonriente, todavía esperanzado en que mi mala respuesta se debiera a que no te había oído bien tras el cristal: soy el nuevo alcaide, me llamo Henry Brubaker. Era tu contraseña, la forma de comprobar si yo seguía a tu lado, si no te daba también la espalda. Entonces lo entendí, y por eso fui rotundo, no te dejé un resquicio: que te jodan, que te jodan a ti y a tu Brubaker.

Brubaker. Payaso. Déjame que me ría en tu cara. También te creías el Brubaker del club, el infiltrado, el impostor, el hombre hecho a sí mismo que se había colado entre los ya triunfados haciéndose pasar por uno de ellos, engañándolos a todos, y que cualquier día se desenmascararía y señalaría la desnudez imperial de todos aquellos fantoches tan odiados como deseados. Brubaker. Ja.

Y fíjate que, mientras se lo contaba a Segis, se me disparaba una sonrisilla y me vibraba en el pecho un residuo de emoción, no sé si por ti, por mí o por el propio Segis, por darme cuenta de que mi hijo y yo no tenemos contraseña. Tenemos bromas compartidas, pero no esas pocas palabras que nadie más que nosotros sepa llenar de sentido y que nos acerquen y reconcilien, que nos recuerden que nos queremos y nos vibren en el pecho aun cuando nos detestemos.

Para enjuagarme ese amargor, le conté al chico en qué acabó la enternecedora historia del abuelo y su peliculita del alcaide incorruptible: en Brubaker S.L. El día que escuché en la tele la noticia, el avance de la investigación, el hallazgo de una sociedad pantalla en Panamá de la que nunca me habías hablado y que negaste hasta que se publicó el documento con tu firma, me bastó escuchar ese nombre, Brubaker S.L., para saber que habías tocado fondo.

Pero hoy me acordé del bueno de Brubaker al perder tu rastro, cuando te daba por fugado. Pensaba que me estabas haciendo justo eso: un Brubaker. Que tu engaño no había durado, como el de Redford, un par de semanas de celda, comida repugnante y humillaciones carcelarias, sino varios años. Y que yo, o más bien Yuliana y yo, además de por supuesto el médico, el perito y el juez de vigilancia penitenciaria, habíamos sido los engañados. Que hoy había llegado el día y no habías cruzado el patio para entrar sin llamar a la oficina del alcaide, sino que habías escapado de casa, caminado deprisa por la calle sin guardias que te encañonaran desde las torretas, te habías quitado el reloj localizador como quien se arranca unos grilletes y, una vez libre, habrías encontrado tu lugar seguro para recuperar tu maletín, caja o bolsa de basura llena, y desde ahí continuarías la fuga sin fin. Esta parte no se la conté a Segis, no quería que me tomase por delirante, pero te juro que lo he pensado a veces, muchas veces, todas esas veces en que te observé sentado como un mueble frente al televisor, sorbiendo de la cuchara y manchándote la camisa al comer, deambulando por el pasillo como un gorila de zoológico, hablando sin sentido, riendo y llorando a destiempo, o sosteniéndome la mirada con expresión atontada; y de pronto me parecía ver algo en tus ojos, un no sé qué inconfundiblemente tuyo, un brillo residual de picardía, y me preguntaba si me estabas haciendo un Brubaker, el mayor Brubaker de todos los tiempos.

No se lo conté así a Segis, pero me entraban ganas de hacerlo. Como no lo descartaba del todo como explicación a tu desaparición, le conté lo del juicio, a ver si él llegaba a la misma conclusión que yo. Le conté tu intento previo, tu *brubakeo* fallido, cuando durante el juicio trataste de atenuar tu condena, evitar o suavizar la cárcel: fingiste un deterioro cognitivo para conseguir que te incapacitasen judicialmente por enfermedad degenerativa. Una torpeza que te acabó saliendo cara, que terminó de volcar la balanza justiciera en tu contra, y que después prolongaría cruelmente tu encarcelamiento cuando al fin la demencia llegó de verdad. En aquella primera ocasión, ni el juez de tu causa, ni el de vigilancia penitenciaria, nadie se creyó el informe médico que presentó tu abogado, ni tu teatro en el despacho del juez, cuando titubeabas o respondías erróneamente a las preguntas del perito. Pésimo actor, Brubaker de pacotilla. Mal asesorado por tu abogado, dijiste luego, aunque estoy seguro de que fue idea tuya. No le conté todo a Segis. No le conté cómo me hiciste cómplice de tu engaño, cómo tuve que testificar a tu favor y decir que sí, que en el último año eran frecuentes tus olvidos y despistes, que en la empresa habías tomado decisiones demenciales, que acumulabas una serie de síntomas que recité delante del juez sin esforzarme demasiado en mi actuación. No se lo conté esta tarde a Segis, no por ti sino por mí, por no humillarme más, para que no me viese tan abrazado a ti mientras nos engullían las mismas arenas movedizas, la misma montaña de mierda.

Por eso cuando unos años después aparecieron los síntomas, los mismos síntomas que tu abogado me había hecho aprender de memoria y recitar en ensayos previos; cuando ya no era un informe clínico de parte, sino el médico de la prisión quien certificaba tu desorientación creciente, tus errores en el taller, tus problemas de expresión y tu olvido del número de celda o del día en que tu hijo iba a visitarte; cuando de pronto irrumpió la auténtica demencia en lo que parecía un castigo, una pena añadida, un ajuste de cuentas por tu intento de engaño anterior, era yo el que no me lo creía: te veía tras el cristal del locutorio, tu expresión estúpida y desubicada, tus inconexiones al hablar, nuestro diálogo de besugos cuando te contaba algo que no recordabas. No te creía, seguía viendo al fingidor, al pícaro inagotable, al Brubaker que engaña a todos: al guardia de escopeta y gafas de sol, al tirador de la torreta, al alcaide, y ahora también al bondadoso y confiado médico de la cárcel.

Mantuve mi incredulidad durante meses, mientras tu deterioro se acentuaba y en mis escasas visitas te encontraba más y más balbuciente, repetitivo y olvidadizo, atontado y encallado en una palabra que no te salía, con una ceja suturada no por una paliza de guardias corruptos sino por un tropezón propio de viejo senil. Acepté el diagnóstico del nuevo peritaje, esta vez no solicitado por tu abogado sino por el humanitario médico del centro; como acepté tu paso al tercer grado y finalmente tu libertad anticipada, que tardó en serte concedida más de lo que seguramente habría tardado en otro preso que no tuviese tus antecedentes de embustero. Una tardanza que, según el especialista, pudo agravar y acelerar tu deterioro por falta de atención especializada, por no tener entorno familiar, por vivir desorientado en un lugar tan carente de referencias personales como aquel, no se me ocurre peor sitio para alguien senil. Tú ya no lo recuerdas, y tampoco me lo contaste en su día, aunque lo supe por el médico, que insistía en advertirme de tu proceso: la primera vez que se te descontroló el esfínter. Ese momento que viven todos los enfermos antes de resignarse al pañal, esa primera vez que con suerte sucede en casa sin más testigos pero a veces los humilla en medio de la calle, en casa ajena, en un bar. En tu caso se produjo en mitad del patio de la prisión. Te cagaste encima en pleno patio. Lo vieron y olieron todos, un viejo cagado, con la mierda oscureciéndole el culo del pantalón, chorreándole por la pernera y hediendo hasta al aire libre; un viejo cagado y rodeado de hombres embrutecidos por el encarcelamiento y la dureza de sus vidas. Hasta a mí me parece un castigo excesivo.

Acepté el diagnóstico, acepté tu libertad al fin; acepté incluso la tutela que me correspondía como hijo. Pero el día que se publicó la resolución judicial que confirmaba que no tendrías que volver más a prisión, me salió decirte: lo conseguiste, viejo, ya puedes dejar el teatro. Me miraste con tal desolación, perdido y asustado, y a la vez tan manso, tan despojado de tu orgullo y tu fiereza, que tuve que admitir que esta vez no fingías. Y aun así, y a pesar del evidente deterioro de estos años, de tu declive absoluto que haría impensable el engaño por prolongado y por ser más dañino para ti que el posible beneficio futuro, pese a tanta evidencia, ya te lo dije antes: no hay día en que no te mire a los ojos y lo piense.

Hoy por supuesto lo pensé, cuando desapareciste y no supe bien si darte por perdido o por fugado. Lo razonable seguía siendo pensar en el típico comportamiento escapista que corresponde a esta fase de tu enfermedad, o en una súbita ráfaga de memoria como la que en efecto asalta a los dementes, que de pronto ven brillar en su vacío amnésico una gema venida del pasado más remoto y se convierte en la obsesión que guía su escapatoria como un imán: regresar al lugar de la infancia, al colegio, al centro de trabajo donde pasaron décadas, a la antigua casa, a cualquier sitio que les dejó una marca indeleble en la memoria y que ahora refulge entre ese batiburrillo de piezas sin encaje que es su cerebro. Eso era lo razonable, sí. Pero hasta que te he encontrado, durante esas pocas horas en que has estado desaparecido, no me he sacado de encima la sospecha.

Además de Brubaker, le hablé a Segis de tu *lugar seguro*, para completar la explicación. Cuando llegamos al cruce donde se perdió tu rastro, allí donde un granuja de medio pelo te quitó el reloj aprovechándose de tu mansedumbre, le conté lo del día en que te visité por primera vez tras tu condena. Todavía no te habían doblegado ni la prisión ni la enfermedad, te mostraste orgulloso: la cárcel no podría contigo, todo aquello era una injusticia y un disparate, tú eras en realidad la víctima de la codicia de otros, te había tocado pagar platos que no habías roto, caíste por no ser uno de ellos, porque nunca te habían aceptado, les irritaba tu ascenso y habían querido hundirte de vuelta a tu origen e incluso más abajo, si fueses uno de ellos nada de aquello te habría ocurrido, tendrías esa impunidad que da el dinero pero también la posición y el apellido y los contactos, aunque no estabas preocupado ni asustado, quien ríe el último ríe mejor, saldrías de allí tarde o temprano, no como un Brubaker sino como un conde de Montecristo vengativo y triunfal. Tuve que interrumpir tu parloteo fantasmón: papá, te han condenado a cuatro años y seis meses por alzamiento de bienes, blanqueo de capitales e integración en grupo criminal; otros dos años y dos meses por fraude a Hacienda; y dos años más por apropiación indebida; casi nueve años de prisión. Escuchar de mi boca el recuento de tus penas no rebajó tu engreimiento: saldré mucho antes, aseguraste; saldré mucho antes, ya lo verás. Y te diré algo: la cárcel es menos cárcel cuando a la salida no estás con una mano delante y otra detrás. Te miré abriendo mucho los ojos para subrayar mi estupor: no tienes nada, papá, incluso menos que nada, porque tendrás que hacer frente a tus responsabilidades económicas. Todo se arreglará, repetiste, todo se arreglará, confía en tu padre. Pero yo seguía sin entender tu mensaje entre líneas, solo veía orgullo malherido, incapacidad de aceptar la derrota, así que insistí: ¿no te das cuenta de que no puedes ni pagar a tu abogado? Tú sonreíste, esa sonrisa con la que me rebajabas cuando yo no entendía alguna decisión empresarial por no estar en el secreto, en tu secreto; sonreíste y, mirando hacia los lados, bajaste la voz como un Brubaker y me soltaste: el abogado ya ha cobrado lo suyo. ¿Cómo que ha cobrado...?, intenté preguntar pero me cortaste con un gesto firme, la mano levantada: confía en tu padre, fue todo lo que me diste como prueba.

Y sí, el abogado cobró su desmesurada minuta,

pues no reclamó nada, no te puso una demanda ni mandó osos amorosos. Y como yo seguía sin saber de dónde habían salido los fondos para ese pago, descartada cualquier ayuda generosa de los pajarracos del club o de esos inversores tuyos que te habían atribuido toda la responsabilidad en exclusiva para salir limpios del proceso, quise saber, te volví a preguntar en las siguientes visitas, pero tú me hacías callar, guiñabas un ojo señalando hacia una esquina como tu heroico alcaide, y solo decías eso: confía, hijo, confía en tu padre.

Confié en ti, qué remedio. Esperé paciente hasta tu primer permiso de fin de semana. Te recogí en la puerta de la cárcel, te habías puesto un orgulloso traje oscuro que te quedaba grande por los kilos perdidos. Te llevé a mi piso de alquiler porque no tenías ni un techo propio que te cobijase más allá de la celda, despojado de todo patrimonio. Y sin darte tiempo para que me preguntases por Segis, disfrutases la primera ducha lejos de los baños comunitarios de la prisión, o te sirvieses un reparador vaso de vino en libertad, nada más cruzar el portón te exigí la respuesta a tu enigma de conde de Montecristo: ¿de dónde había salido el dinero para el abogado, estando todas tus cuentas intervenidas, liquidada la empresa y vaciado por completo tu patrimonio? Confía en tu padre, repetiste en el coche; confía en tu padre, me volviste a decir en el piso, así que te recordé que allí no nos oía nadie: déjate de confianza y cuéntame de una puta vez qué pasa. Entonces me revelaste que no te lo habían podido quitar todo, que tú nunca te habías fiado de los bancos, y tanto menos de bancos extranjeros y sociedades pantalla cuyo funcionamiento desconocías, y todos esos abogados y testaferros que seguramente te engañaban; tú eras vieja escuela, mantenías las costumbres de quien pasó penurias y debe asegurar un colchón para cuando regresen. Así que durante años, seguramente en previsión de un final así, de una caída inevitable, habías ido guardando una parte de tu ganancia al margen de las cuentas declaradas de la empresa, y sobre todo fuera de la vista de contables, socios, abogados y asesores financieros. Como la hormiguita que nunca dejaste de ser, coherente con tu origen social, fuiste atesorando billetito a billetito, porque el único dinero válido para Segismundo García era ese: el tangible, el contante y sonante, el que podías agarrar en fajos y chuparte el índice para separar las puntas al contarlos y doblar y apretar con una goma elástica y meter en el bolsillo abultado; el dinero real, sucio, oloroso, que no se evaporaría en operaciones financieras ni sería incautado por un juez. ¿Y dónde está ese dinero?, pregunté aquel día sin disimular mi impaciencia, mi impaciencia de hijo sepultado por el derrumbe del padre, de hijo desheredado o sin más herencia que un apellido con estigma y una rutinaria inclusión en listas negras de bancos y empresas. ¿Dónde está ese dinero? En un lugar seguro, esa fue tu respuesta. Y por más que repetí la pregunta, no añadiste ni una sola palabra más: el dinero está en un lugar seguro.

Quedó claro por qué no me revelabas tu lugar seguro, tu cueva *alibabábica*, el mapa de la isla de Montecristo con el punto exacto donde el nuevo Edmundo Dantés encontraría el tesoro escondido tras escapar del castillo de If: no me lo revelaste porque no confiabas en mí. La petición de confianza que me reiteraste en cada visita a la cárcel no era recíproca: no te fiabas de mí. Temías que, en caso de revelarme tu lugar seguro, yo me adelantase y recuperase el dinero escondido sin esperar a tu libertad, y lo ocultara en mi propio lugar seguro o me fugase con lo que ni siquiera sabía si era una gran fortuna o una pequeña caja de resistencia. Temías mi rencor, mi propia venganza por haberme arrastrado en tu caída, por haberme mantenido ignorante de todos tus manejos empresariales, por haberme mentido durante la investigación y el proceso y aun después de la condena. Por haberme desheredado. Y no te digo que no lo habría hecho, no puedo asegurarte que en cuanto hubieses regresado a prisión ese domingo no habría corrido yo a desenterrarlo sin perder un minuto, sin siquiera buscar un pico o una pala, con mis propias manos, arrodillado, rompiéndome las uñas para arrancar la tierra hasta encontrarlo.

Digo desenterrar, porque siempre he pensado en tu dinero como una caja, una bolsa o un cofre de pirata a medio metro bajo tierra. Te imaginé pala en mano, cavando tú mismo el escondite porque no podías endosar esa tarea a nadie de confianza. Te imaginé abriendo un hoyo suficiente, metiendo el dinero, recolocando la tierra, alisando la superficie, pisoteándola, igualándola con el entorno. Seguramente no fue así, no es muy inteligente enterrar nada de valor durante años, a merced de alimañas, lluvias torrenciales, obras públicas o buscadores de monedas romanas armados con un detector de metales. Es más probable una caja de seguridad, una consigna de estación, un doble fondo de armario, una baldosa móvil, o incluso una amante o un amigo fiel que nunca te conocí. El propio abogado, si es que existen abogados tan leales. Pero me gusta esa imagen del tesoro enterrado. Supongo que tiene que ver con aquellos juegos de pistas y de busca del tesoro que me hacías de pequeño, tu única aportación a mi diversión y tampoco muy frecuente, solo en ocasiones especiales, cumpleaños, Navidad, fin de curso, cuando merecía un regalo y su búsqueda era parte de él, la mejor parte. Me encantaba despertar y encontrar junto a la almohada, bajo la taza de leche, dentro de la zapatilla o en el estuche al abrirlo en el colegio, encontrar un papelito doblado con una primera pista que ponía en marcha el juego y me iba conduciendo de pista en pista, de acertijo en acertijo, hasta el tesoro final, el pequeño juguete, el vale por un regalo, el saquito de monedas que invariablemente estaban enterrados en algún sitio cercano al que llegaría gracias al mapa del último papelito: el mapa que pintabas a la manera de los cuentos de piratas, dibujando caminos y arbolitos y casas esquemáticas, línea de puntos a seguir, número de pasos, y la gran equis señalando el lugar donde estaba oculto el tesoro. Por eso pensaba que tu lugar seguro también era una equis, también tendría un mapa.

¿Y qué pasó con el *lugar seguro* del abuelo?, me preguntó Segis, impaciente él también por llegar al final y encontrar el tesoro. Pero el final de la historia era decepcionante, o al menos lo había sido hasta hoy: tu estancia en prisión se prolongó más allá de lo que en tu engreimiento creíste. Yo me olvidé del lugar seguro durante esos años, o mejor dicho, no me olvidé sino que, aceptando que no dirías nada antes, aplacé la resolución hasta que salieses en libertad, momento en que esperaba acompañarte y recuperar el dinero, con el que me cobraría mis propias deudas, lo mucho que me debes. Pero entonces comenzó tu deterioro mental: la enfermedad, la real y ya no fingida para engañar al juez, fue ahuecándote y desbaratándote el cerebro, y nadie se dio cuenta en sus primeras fases. Digo *nadie*, pero solo yo podía darme cuenta, pues no recibías ninguna otra visita, y aun las mías eran cada vez más esporádicas, podía pasarme un mes sin verte, y semanas sin siquiera aprovechar las horas telefónicas, porque nada teníamos que contarnos más allá de tu abatimiento y mi rencor. Y esas pocas ocasiones en que fui a verte, te aseguro que no lo hice por ganas, tampoco por cariño ni piedad, menos aún por obligación sanguínea, que hasta tenía que hacerlo a escondidas de Mónica. Supongo que lo hacía por el dinero, sí, por ese dinero del que esperaba recibir mi parte algún día. Ese dinero de cuya existencia ni siquiera estaba convencido, podía ser una invención tuya para mantenerme a tu lado, para no quedarte catastróficamente solo, más de lo que ya estabas.

Yo iba a verte, pasábamos quince minutos en el locutorio y nos sobraban catorce, nada que decirnos tras el saludo, las novedades familiares —mi divorcio, la custodia de Segis— y económicas —mi enésimo cambio de trabajo o intento de negocio— y tus propias novedades carcelarias —menudo oxímoron: si algo define la vida en prisión es la absoluta y cruel falta de novedad—. Hablábamos poco, y esa inexpresión hizo que yo no me diese cuenta de tu deterioro creciente: no identifiqué las primeras señales de tu enfermedad; atribuí tu mutismo, tus incongruencias y olvidos al ánimo depresivo propio de la prisión prolongada. No vi senilidad sino domesticación, el animal humillado de circo que pasa las horas durmiendo en su jaula, incapaz ya de sobrevivir si lo dejasen suelto otra vez en la jungla, mutilados el instinto y hasta el hambre. Tampoco sentía por ti el afecto suficiente como para preocuparme por tu abatimiento y averiguar si sufrías una depresión típicamente carcelaria, si cualquier día amanecerías ahorcado con una sábana o con las venas mordisqueadas. Me resultaba indiferente tu sufrimiento, lo reconozco y te lo digo a la cara, aunque sea esa cara de lelo, y sin perder yo mi sonrisa de familiar de enfermo senil.

Tuvo que ser el médico de la prisión quien, movido por su sola bondad, o su código deontológico, excediendo en cualquier caso sus funciones, se interesase por tu caso y te observase y atendiese a los síntomas para diagnosticar tu Alzheimer. Fue el propio médico quien me lo comunicó y me sugirió que intentásemos una excarcelación, o al menos un tercer grado adelantado por motivos humanitarios. Tanto interés puso el buen hombre en tu caso que llegué a pensar que comía en tu mano, que lo habías comprado a él también, que le habías hablado de tu lugar seguro y prometido una parte del tesoro cuando salieses. Soy mezquino, lo sé, o es que la bondad siempre resulta sospechosa.

Tras casi un año de rodeos burocráticos y judiciales, con varias puertas cerradas en el camino y con la ayuda de tu abogado, que reapareció puntual confirmando que había sido bien pagado y que esperaba seguir cobrando sus servicios, conseguí que te concediesen un tercer grado que en pocos meses se convirtió en libertad condicional. Fue entonces, cuando saliste y pude verte sin mampara de por medio y convivir contigo varios días seguidos, fue entonces cuando me di cuenta de lo abajo que había llegado tu declive. Ya no eras Segismundo García, no por supuesto el implacable hombre hecho a sí mismo, ni el padre severo y ejemplar, pero ni siquiera el Segismundo García reblandecido por varios años durmiendo en una celda y haciendo manualidades en el taller del centro. Eras otro hombre, eras menos hombre. Eras un escombro, eso eras. Como si tu derrumbe económico y judicial hubiese extendido la gangrena a tu organismo todo, a tu cerebro licuado. Lo más evidente era tu memoria, tus olvidos. Como durante las visitas apenas hablábamos, y en ningún caso del pasado común, solo cuando estuviste en mi piso me di cuenta de hasta qué punto se habían desleído tus recuerdos. No sabías quién era Segis, no sabías que tenías un nieto. No sabías qué era *Sonríe!*, no identificabas a tu exsocio y examigo cuando te enseñaba una foto. Reconocías con una sonrisa a mamá en su retrato, pero no conseguías recordar su nombre, solo la llamabas así, mamá, mamá, lo que volvía dudoso vuestro parentesco. No sabías en qué año habías nacido, en qué calle vivías, qué coche tenías. No sabías dónde estaba el lugar seguro, en qué isla habías enterrado el tesoro.

Llegamos al cruce de calles donde desapareciste, donde un chaval te robó el reloj-localizador según Segis; o se lo encontró en el suelo después de que tú te lo quitases, como seguía pensando yo. Echamos un vistazo alrededor, cada uno buscando algo diferente: Segis, un viejecito sentado en un banco con la vista perdida, desmayado en la acera y atendido por viandantes, o en el interior de un comercio donde el tendero habría llamado a la policía para avisar de un anciano que no sabía volver a casa; en mi caso, buscaba todo eso pero también algún posible lugar seguro: una oficina bancaria con cajas de seguridad, un despacho de abogados, un solar donde excavar sin ser visto. Como no te encontramos, propuse que prolongásemos la línea más o menos recta que habías traído desde casa, en dirección este. Tal vez buscabas las afueras, los márgenes de la autovía de circunvalación, antiguos huertos, un vertedero de escombros. Ya ves, yo seguía pensando en el tesoro enterrado.

Echamos a andar y, por el camino, Segis me

dijo que veía muy improbable que te dirigieses a tu lugar seguro. No te había visto mucho en los últimos tiempos, pero lo suficiente para saber que eras un cuerpo dotado de todas las funciones orgánicas salvo la memoria: incapaz de reconocerle en cada ocasión, cómo ibas a recordar un escondite de ocho o diez años atrás, y eso en caso de que realmente existiese tal escondite. Por otro lado, la teoría del fingimiento, que yo había más o menos insinuado, le parecía un disparate. Le di la razón en esto último, aunque en realidad yo no la descartaba por completo. Para mantener viva la hipótesis del lugar seguro, le expliqué cómo es la memoria perdida de un enfermo: no un bosque donde un gran incendio avanza en un frente ancho y continuo abrasándolo todo, sino más bien como un pirómano borracho que con un lanzallamas se moviese entre los árboles sin un rumbo definido, zigzagueando y dejando a los lados mucho terreno intacto que acabará quemando cuando su deambular le acerque por allí de nuevo. Te habías ido olvidando progresivamente de instantes de hoy mismo y de recuerdos de treinta años atrás, pero siempre era un olvidar discontinuo, a saltos: una mañana no te acordabas de dónde habías dejado las gafas, pero eras capaz de reconstruir todos los pasos dados en las horas previas a perderlas; un día no identificabas a tus padres en una foto vieja, pero recordabas con todo detalle el día de tu comunión.

De ahí mi confianza, supongo que desesperada, en que sí recordases tu lugar seguro, del mismo modo que cada semana sorprendías a Yuliana con un arranque de coherencia y un sarpullido de memoria que te hacía contarle atropelladamente momentos del pasado, como para hacer a la muchacha depositaria de ellos antes de que los cubriese del todo la arena. No solo eso: por lo que había leído acerca de tu enfermedad, a menudo los afectados sois asaltados, de pronto, por un recuerdo revivido, que no conseguís situar en el tiempo y cuyos contornos no podéis definir, como si flotase en el mucho espacio vacío del cerebro; un burbujeo insidioso que se vuelve imperativo, obsesión, y a menudo destino de vuestros intentos de fuga. A veces es un lugar crucial en la biografía del enfermo: una casa que no consigue identificar pero que podría dibujar con nitidez y que reconocería si la viese, y por eso la busca; unos pocos árboles a cuya sombra tal vez fue besado y adonde ahora querría regresar sin saber por qué; o una tumba en el cementerio de alguien cuya muerte no recuerda, tampoco su vida. Otras veces es un lugar intrascendente, inane, incluso ridículo: una parada de autobús donde nada ocurrió, un bar de carretera en el que se detuvo en una única ocasión, un salón ajeno al que una vez fue invitado; rincones que cualquiera, incluso el propio enfermo, habría elegido olvidar, pero que el curso caprichoso de la enfermedad fija y coloca en el centro y le obliga a encontrarlos. De entre todas esas posibilidades, yo esperaba que aflorase tu lugar seguro; que hubieses pensado tanto en él durante tus años de cárcel, con tanta intensidad y tanta desesperación y tanto deseo, que ahora regresase a ti en sueños y en revelaciones diurnas como una llamada, una obligación de dirigirte hacia él sin siquiera recordar qué hay allí. A menudo, le conté a Segis, a menudo un anciano senil se pierde o se escapa, y acaban encontrándolo horas después en la puerta de su antiguo colegio, bajo la ventana a la que se asomaba su primera novia, o en el kiosco donde cada día compró el periódico durante años, y al que ahora sabe llegar, guiado por una capacidad de orientación que para otros desplazamientos ya ha perdido para siempre.

En tu caso, parecía evidente que existía un foco de atracción, un lugar que te asaltaba de vez en cuando, te despertaba y te ponía en pie y te hacía salir a la calle y seguir el reclamo de una flauta que solo tú oías. Por eso mi instrucción a Yuliana desde aquellos primeros intentos de fuga: déjalo salir, ve con él, no lo dirijas ni lo frenes, cuida de él pero déjale que siga su instinto, su memoria o lo que sea que tira de él en esos momentos. Como ella no podía entender en mi orden otro interés que el familiar, camuflé de compasión mi avaricia: tal vez encontrar aquello que con tanta fuerza buscabas te sería de gran ayuda para repescar otros recuerdos, como si fuesen pececillos que mordieron una misma cadena de anzuelos, y tirando de uno vendrían alegres todos los demás. Doy por hecho que no creyó mi explicación, que Yuliana es bondadosa pero no idiota, y si ha obedecido mi instrucción en todas esas ocasiones ha sido por nuestro vínculo monetario: el que paga, manda. Así ha hecho la dulce Yuliana en cada intento de fuga, sin que hasta ahora hubieses alcanzado tu destino, pues te desinflabas antes, a medio camino. Pero había un patrón claro, una intención, un magnetismo indudable: en todas las ocasiones tomaste la misma dirección, te dirigías al mismo lugar, sabías a dónde aunque, si te preguntábamos, no sabías qué te esperaba allí ni para qué ibas, pero necesitabas ir, no podías no ir. No lo habías conseguido todavía, no te habían alcanzado las fuerzas o la memoria. Hasta hoy.

Y en cualquier caso, le dije a Segis, no perdemos nada. Tenemos que encontrar al abuelo igualmente, con tesoro o sin él. Y sí, tal vez acabemos comprobando que el destino de sus pasos es decepcionante, un capricho de su mente agotada; o que sí es importante, aunque no para nosotros. Pero piensa por un momento, le pedí a Segis para terminar de convencerlo, piensa por un momento que nos acaba llevando hacia ese lugar seguro del que hablaba; que de verdad existe, que no es un mito, ni una broma carcelaria, ni un gancho para mantenerme a su lado. Imagina que lo encontramos y en efecto aparecen varios miles, tal vez cientos de miles de euros. Sería la solución a muchos de nuestros problemas, también los del abuelo. Podríamos pagar una residencia donde lo cuiden bien, sin reventar más a Yuliana. Tú podrías continuar tus estudios, irte al extranjero con holgura, sin que tengamos que pedir un préstamo. Pagar tu deuda con ese tío, hoy mismo, sin más amenazas ni dientes perdidos. Y yo podría financiar mi negocio aunque el banco me siga negando el crédito, o al menos devolver a los clientes el dinero adelantado, y hasta liquidar por fin mis deudas anteriores, dije ya sin riendas. Callé de golpe. Demasiado tarde.

Creía que te iban bien las cosas, me dijo Segis, y a mí se me quedó cara de idiota, del idiota que siempre habla de más.

Que el objetivo de tu escapada fuese tu primer *Sonríe!* habría sido muy decepcionante, pero por algún sitio teníamos que empezar. Y no, por suerte no te encontramos allí. Conduje a Segis hasta el local de la que fue tu primera clínica, porque en el mapa aparecía más o menos en tu supuesta trayectoria, sin torcer demasiado la línea recta hacia el este. Tampoco sería muy sorprendente que tu cerebro cortocircuitado te empujase hacia allá, pues aquella esquina de un barrio humilde cumple todos los requisitos para funcionar como imán senil: es un espacio crucial en tu biografía, suma por igual nostalgia y orgullo, está atado a recuerdos felices, y dirigiste hacia allá tus pasos en muchas ocasiones, cuando todavía eras el copropietario de la cadena, como el terrateniente que cabalga al atardecer hasta el pequeño cobertizo que un día fue su pobre hogar y que conserva intacto en un extremo de su rico latifundio: aquí empezó todo.

Aquí empezó todo, le dije a Segis, como si

aquel local abandonado fuese el mitificado garaje de los jóvenes informáticos que levantaron un imperio digital, como si mereciese una placa en la fachada recordando tu gesta. Tu gesta de mierda: una clínica dental que garantizaba los precios más bajos del mercado. Y si encuentras uno más barato, te devolvemos la diferencia. Sonreír ya no es un privilegio. Todos los tratamientos para todos los bolsillos. Facilidades de financiación. Todavía pueden leerse los carteles en el escaparate rajado, con todas esas fotos de gente exhibiendo unas sonrisas photoshopeadamente blanqueadas y alineadas. Y todavía pueden leerse las pintadas que, sobre los mismos carteles, te llaman estafador y chorizo y te desean cárcel.

El local permanece como quedó entonces, no han vuelto a abrir allí ningún otro negocio, como si estuviera maldito o quisieran conservarlo para que nadie olvide ni repita la gran estafa. Al verlo, imaginé que en efecto era esa primera clínica la que hoy atraía tus pasos, y que llegabas a ella esperando encontrarla como hace una década, en funcionamiento, con tus higienistas orientales o latinos que te saludaban con reverencia, buenos días, señor Segismundo, pues hasta los más nuevos te reconocían, tu foto en una pared de cada clínica. O incluso esperarías encontrarla como el primerísimo día: la inauguración, guirnaldas y globos, dos azafatas ofreciendo una copa de vino a los curiosos vecinos, y mamá y yo exageradamente arreglados;

tu cerebro descompuesto te haría creer hoy que todos aguardábamos tu llegada, listos para aplaudirte cuando cortases la ridícula cinta. Llegarías hasta el local tirándote las mangas y toqueteándote la inexistente corbata, incómodo siempre en los trajes que hasta hechos a medida te seguían quedando mal; llegarías confiado en que al girar la esquina estaríamos todos aguardando al gran hombre, y qué desconcierto y qué destrozo habría sido encontrarte el local abandonado y pintarrajeado: Segismundo García estafador. Segismundo García a la cárcel.

Aquí empezó todo, le dije a Segis, con exagerada solemnidad e intencionada ambigüedad. Comprobé que el local estaba bien cerrado, el candado de la persiana oxidado. Me asomé haciendo pantalla con las manos en la cristalera: el interior saqueado por los administradores judiciales que malvendieron sillones, aparatos e instrumental para lograr una insuficiente liquidez con la que saldar deudas con la Seguridad Social y Hacienda, salarios atrasados, indemnizaciones a los clientes dejados con el tratamiento a medias o mellados por negligencias dentales, y lo adeudado a todos esos acreedores que te mandaban un oso amoroso. Reconozco que miré el interior por el mismo motivo por el que, en el fondo, me había desviado de tu línea recta para acercarme al local: para asegurarme de que no era ese tu lugar seguro, que no habías regresado a tu primera clínica para abrir la escayola del doble techo del baño y encontrar, entre mugre y cucarachas, una bolsa precintada.

Pero no estabas allí, ni había rastro tuyo, así que miré el mapa y, proyectando una línea más o menos recta, pensé otros posibles destinos para un senil asaeteado por recuerdos repentinos, así como otros posibles lugares seguros.

Puedo recurrir a mis colaboradores para encontrar al abuelo, me propuso Segis. Sus colaboradores: cientos de estudiantes de varios colegios e institutos, que en sus desplazamientos por la ciudad reparten mercancías a cambio de una pequeña comisión. Segis podía enviarles una foto tuya, y al momento tendríamos un ejército de rastreadores. Me parece bien, le dije, y estuve a punto de añadir: pero si lo encuentran, diles que no lo frenen, que se limiten a seguirlo y a informarnos de su paradero. No lo dije porque no quería abusar de la paciencia de mi hijo, que en efecto me empezaba a ver como un delirante, tal vez un senil precoz.

Segis tecleó tu nombre en el buscador para encontrar alguna foto que compartir, pero la mayoría de imágenes eran poco apropiadas para mostrarlas a sus colaboradores; no creo que por consideración contigo, sino más bien por conservar su buena reputación, tampoco él querrá que su nombre quede vinculado a un granuja como tú. Eran fotos periodísticas de Segismundo García a la salida del juzgado, rodeado de cámaras y a punto de ser agredido por un desdentado; Segismundo

García sentado en el banquillo, toqueteándose nervioso la corbata como un nudo de ahorcado; Segismundo García saliendo de la cárcel en libertad provisional con una bolsa de deporte en la mano y la expresión todavía orgullosa; Segismundo García introducido en un coche por un policía que le pone una estigmatizadora mano en la cabeza para que no se golpee con la carrocería; Segismundo García en otro banquillo, escuchando la sentencia condenatoria, con expresión ahora sí derrotada. Tras descartar esas y muchas otras, acabamos encontrando una foto de tus buenos años, la imagen que ilustraba una entrevista en la web de una asociación de consumidores: «Vamos a devolver la sonrisa a millones de familias humildes».

¡Segismundo Segundo y Segismundo Tercero! Así nos recibió el hijo de la gran puta: ¡Segismundo Segundo y Segismundo Tercero!, ¿a qué debo el honor de tan ilustre visita?

Así nos recibió, con la pomposidad burlona de siempre, riendo con toda la boca, con todos sus dientes perfectos, enumerándonos como miembros de una dinastía. Reyes destronados.

A ti no te llamó nunca Segismundo Primero, sino Segismundo el Grande, acompañando la mayúscula con una reverencia que en los buenos tiempos podía tener gracia. Pues hoy tuvo el valor, después de tantos años sin vernos, tuvo el valor de llamarnos así: Segismundo Segundo y Segismundo Tercero. ¿Te quedas igual? De verdad, me cuesta creer que en alguna revuelta mohosa de tu cerebro no quede un mínimo rescoldo que se avive y brille y lo incendie todo al oírme. Que incluso cuando te enseño una foto suya, una foto actual, del triunfador que sigue siendo, no se te altere la sonrisa necia. Que la enfermedad te haya castrado por completo el odio.

Me cuesta creerlo, por eso esta tarde fuimos hasta su consulta. Porque entraba en el radio de acción de tu fuga, sin desviarte demasiado de la trayectoria inicial. Te imaginé avanzando por las calles con el paso recto y zancudo de un robot, no movido por la nostalgia ni la codicia, sino por la venganza: una venganza largamente aplazada, rumiada en años de celda y patio; una venganza apremiante, capaz de recobrarte por unas horas de tu existencia vegetal y devolverte las fuerzas para llegar a su consulta, abrir la puerta de una patada asustando a los pacientes de la sala de espera y a la administrativa que con sus chillidos no conseguiría impedir que entrases, lo sorprendieses indefenso, lo agarrases del cuello con la fiereza de antaño y lo obligases a sentarse en el sillón del que habría huido un paciente con la boca dormida. Él intentaría resistirse, forcejearía aterrorizado al adivinar el motivo de tu aparición, el motivo al que deber el honor de tu ilustre visita; forcejearía pero tú, reconvertido en Segismundo el Grande, lo inmovilizarías contra el respaldo con una sola mano en la garganta, mientras con la otra palparías a ciegas el instrumental de la bandeja a tu espalda hasta encontrar el fórceps de extracción y metérselo en la boca, apretando tan violentamente contra sus intentos de cerrarla que ya solo con el empujar de la herramienta le arrancarías dos dientes, y a partir de ellos seguirías la cuenta, extrayendo uno a uno sin anestesia y contando en voz alta como los pétalos de una margarita o los tirones de oreja de un cumpleaños: tres, cuatro, cinco, seis, un diente por cada año de cárcel hasta perder la cuenta, salpicado de sangre y baba de tu aterrado paciente que cada vez opondría menos resistencia, caería desmayado a mitad de la intervención y facilitaría así el desdentamiento total antes de que llegase la policía.

Qué escena gloriosa habría sido, viejo. Me la imaginaba desde mi propio odio sin castrar, claro, pero en realidad fue idea tuya: le voy a arrancar uno a uno todos los dientes a ese judas cuando salga, eso repetías tras la condena. Le ibas a arrancar uno a uno todos los dientes al mismo judas al que hasta solo unos meses antes firmabas poderes notariales sin preguntar, porque era mucho más que tu socio: tu amigo, tu hermano, uña y carne. Uña y roña, como te gustaba decir: Alberto y yo somos uña y roña, y luego bromeabais sobre quién era la uña y quién la roña.

De mis pensamientos en la sala de espera me sacó el timbre del teléfono. Número desconocido, no atendí la llamada pero sí escuché un minuto después el largo mensaje en el contestador. Salí al pasillo para que Segis no oyese el tono airado del garrulo que decía llevar todo el día llamándome sin conseguir hablar conmigo, y que exigía la cancelación del contrato ya firmado y la inmediata devolución del importe anticipado, hoy mismo. Otro que había tecleado mi nombre y apellido en

Google, o que simplemente se había cansado de esperar, o las dos cosas: escamado por el retraso en el comienzo de los trabajos, buscó información sobre mí, y te encontró a ti. La habitual confusión. O ni eso: de tal palo, tal astilla. Solo al final del mensaje daba su nombre y dirección, con lo que pude recordar la visita hace una semana: un viejo que tiene una parcelita en las afueras, con una casucha de autoconstrucción para fines de semana y veranos, un huerto muy codiciado por los ladrones de melones y una piscina que los nietos ya no usan, por lo que había pensado aprovechar el hoyo para enterrar un contenedor metálico *por si acaso* un día salta la valla algo peor que una banda de robamelones. Celebré su idea: el vaso de hormigón de la piscina, que él mismo había preparado muchos años atrás, reforzaría el blindaje del lugar seguro; solo había que profundizar medio metro el agujero para que la instalación quedase bajo el suelo y pudiésemos recubrirla con tierra y hierba, invisible. Por supuesto él mismo se ocuparía de excavar, e incluso se decía capaz de montar la estructura, no solo por abaratar sino por pura afición al trabajo manual, que en su vida jamás había tenido que llamar a un albañil ni a un fontanero, él le había montado el suelo y la cocina a su hija, y reformado el baño a su hijo mayor. Al oír su mensaje lo vi sudoroso y con las manos agrietadas junto al hoyo que ya habría terminado de ahondar, apretando el mango duro de una pala mientras aseguraba que, si no le daba una solución hoy mismo, iría a buscarme y me encontraría, vaya si me encontraría, que a él no le toma el pelo nadie.

No sé si Segis me vio cara de agobio cuando volví a la sala de espera, o es que él traía su propia rumia desde un rato antes:

Papá, ¿cuánto dinero debes?

La pregunta. Sin rodeos, con las palabras exactas. Cuánto dinero debo. En su mirada vi más rigor contable que desencanto familiar. Estaba estudiando mi solvencia, como Roberto en el banco, más que compadeciéndose de su padre. Chico listo. Cuánto dinero debo. Si te debo hasta a ti, hijo mío.

Antes de que tuviera que elegir entre mentirle o decepcionarlo más, se abrió la puerta de la consulta de Alberto, campana salvadora:

¡Segismundo Segundo y Segismundo Tercero!, ¿a qué debo el honor de tan ilustre visita? Su sorpresa al vernos, subrayada con una sonrisa de dientes perfectos, significaba que hoy no habías estado allí, no al menos para cumplir tu amenaza carcelaria. Pero todavía quedaba otra posibilidad: que Alberto estuviese fingiendo al vernos. Que nunca hubieseis dejado de ser uña y roña. Que todo hubiera sido teatro: las discusiones a gritos de las que fui testigo cuando empezó la intervención judicial, el cruce de acusaciones en el despacho del juez, sus mentiras a preguntas de tu abogado durante el juicio, tus repetidas promesas de venganza en el locutorio. Que todo hubiera sido un cuento, toda la versión que me contaste y que repetiste durante meses, años, hasta que tu demencia la engulló: el pobre analfabeto que triunfa empresarialmente pero sufre la estafa de un socio canalla y un grupo de inversores delincuentes, que lo engañan durante años y aprovechan sus pujantes clínicas para blanquear otros negocios mucho más lucrativos que arreglar dientes a miserables, y que finalmente lo habrían usado como chivo expiatorio para escapar ilesos de sus tropelías. Todo cuento, todo teatro. Uña y roña hasta el final. La misma complicidad de siempre, llevada ahora al extremo. Hoy por ti, mañana por mí. Que la verdadera simulación no fuese tu enfermedad, sino vuestra ruptura, la uña enfrentada a la roña. Que él fuese tu lugar seguro y te esperase a la salida con el botín a repartir, no a partes iguales pues habría que compensarte por los años de cárcel, por el descrédito y la humillación, por haber asumido todas las culpas para que él escapase limpio y pudiese desentenderse de deudas y reclamaciones, retomar su vieja clínica dental y mantener durante años una simulación de judas honrado mientras esperaba el día en que regresarías y con un abrazo pondríais fin al teatro. Aunque el final del cuento sería diferente a lo planeado: tú regresarías pero enfermo, de verdad enfermo, y no lo reconocerías al verlo, no recordarías su nombre, habrías llegado hasta allí tras escapar de casa arrastrado por una ráfaga de lucidez y recuerdos obsesivos, sin nada ya que reclamar, olvidado de vuestro trato, de tu parte del botín que él sin embargo, en su lealtad de amigo, de hermano, de roña fiel, respetaría y, ante la imposibilidad de entregártelo por tu invalidez, me lo daría a mí para que lo administrase, para pagar a tu Yuliana o una buena residencia, para compensarme a mí también por mi propia condena, mi propia condición de chivo expiatorio heredado.

¡Segismundo Segundo y Segismundo Tercero!, ¿a qué debo el honor de tan ilustre visita? No, no habías estado allí hoy, su sorpresa parecía sincera, también su recelo. Noté que se le iban los ojos a mi boca, al labio magullado, el hueco en la dentadura que traté de ocultar pero ya era demasiado tarde. ¿Vienes como paciente?, me preguntó el cabrón, no sé si conteniéndose la carcajada, pero por un momento no pareció fingida su preocupación, tampoco su ofrecimiento: déjame que le eche un vistazo, tal vez podamos arreglarlo. Insistió cuando yo negué con la cabeza y apreté los labios, insistió como si de verdad le importase mi salud dental: cuanto antes lo valoremos y actuemos, menos daño. Y hasta pareció sincero en su repentina generosidad, en la que yo veía también humillación: no te voy a cobrar, a ti no, por los viejos tiempos. Como si de nuevo fuese el mismo Alberto que siempre me saludaba con dos besos familiares; que hasta el día mismo del juicio me los dio al verme y yo los acepté por descuido o costumbre cuando ya eran besos de judas; que casi me los da hoy al entrar en su consulta, y sí se los dio a Segis, que nada sabe de toda vuestra historia, y que recuerda con cariño a aquel tío Alberto que de niño le aupaba para que tocase el techo del despacho y tenía siempre en un cajón un regalo para el pequeño Segismundo Tercero.

No he venido a que me arregles nada, habló mi orgullo. No quería su caridad, no me iban tan mal las cosas como para necesitar un implante gratuito, yo no había fracasado, no todavía, yo tenía un buen negocio entre manos, cien clientes en tres semanas, se venden solos, el banco me iba a conceder la financiación para despegar. Ya ves qué imbécil soy, cuando bien podía haberme ahorrado mil o dos mil euros, y sobre todo me habría evitado acabar yo mismo en una clínica barata, una de esas cadenas que todavía no ha merecido una investigación judicial, donde un higienista extranjero con título sin convalidar me hurgará la boca con el mismo instrumental con el que ha raspado el sarro de tantas bocas de perdedores.

¿Para qué habéis venido entonces?, preguntó Alberto, y ahora sí me pareció que los años lo habían ablandado también a él y nos recibía con auténtica familiaridad, sin burla pero también sin miedo, olvidadas mis propias amenazas aquella vez en que, estando ya tú en la cárcel, me presenté en su consulta reabierta, sin avisar como hoy, y le grité y le insulté y le exigí y le amenacé y acabé tumbando una cajonera y tirando al suelo el instrumental de una bandeja por no ser capaz de arrancarle en tu nombre todos sus dientes de judas.

¿Para qué habéis venido entonces?, preguntó de vuelta a su sillón, girando un bolígrafo entre los dedos con ese malabar tan suyo que al pequeño Segis le fascinaba, y que yo ahora me tomé como un intento de cercanía con nosotros, como si no hubiesen pasado tantos años y tanta distancia y tanta afrenta; como si siguiésemos en las oficinas centrales de *Sonríe!* y en cualquier momento fueses a entrar tú por la puerta, no desnortado y con sonrisa lela, sino enérgico y eufórico, anunciando una nueva apertura y proponiendo ir a comer al club para celebrarlo.

¿Para qué habíamos ido entonces? Me sentí ridículo, no supe qué contestar. Por supuesto no iba a compartir mis hipótesis disparatadas, ni la venganza ni el lugar seguro. Tampoco quería arrastrarte más por el barro, decirle a tu vieja roña que te habías perdido, que deambulabas por la ciudad como un perro que no mira en los cruces, babeante y feliz; que eras un escombro, que no quedaba nada de Segismundo el Grande, solo un cuerpo envejecido y con pañales que necesita que le ayuden a cepillarse los dientes, así, muy bien, cariño, abre bien la boca, muévelo así, muy bien, chico bueno, dientes limpitos.

Nada, no habíamos venido para nada, pasábamos por aquí y entramos a saludar, adiós.

El abuelo se ha perdido, se chivó Segis, que de

verdad estaba preocupado por ti y quería encontrarte antes de que te reventase un camión, y pensaba que aquel hijo de la gran puta, que se reía de nuestros nombres repetidos de padre, hijo y nieto, iba a ayudarnos. La culpa es mía, por no haberle contado nada antes, por haberlo mantenido al margen de tu caída, en su día por ser demasiado niño, y posteriormente por salvar mi propio prestigio paterno, para que no me supiera arrastrado también en tu caer.

La versión familiar, la que le conté a Segis cuando tuvo edad de preguntar aunque en realidad no llegase a preguntar nada, la versión familiar sostiene que el abuelo Segismundo fue doblemente víctima: de un juez vanidoso, que miró bajo las alfombras hasta donde nunca mira nadie, hasta donde ninguna empresa ni particular resistiría una inspección; y víctima también de unos falsos inversores que utilizaron su empresa como pantalla. Pero no le conté que también fuiste víctima de un socio traidor, que fue quien encontró a esos inversores, quien te los presentó en una comida en un reservado, quien garantizó su buena fe, quien permitió una contabilidad paralela de la que no nos enterábamos ni el presidente ni el director de operaciones. Que fue ese mismo socio traidor el que descuidó negligentemente la calidad sanitaria de las clínicas contratando profesionales mal preparados y cuya dudosa titulación él mismo homologaba en una academia creada para tal fin. Un socio traidor que nunca quiso figurar en el organigrama de la empresa, que generosamente delegó en el abuelo todas las funciones ejecutivas, la presidencia de la compañía, la gloria de inaugurar cada nueva clínica y de conceder entrevistas como triunfador, mientras manejaba en la sombra, en su despacho de la sede que era más grande que el del presidente pero no tenía placa identificativa en la puerta, jugueteando con el bolígrafo como un trilero, tomando decisiones que siempre firmaba el abuelo, ejecutando operaciones para las que la uña entregaba a la roña plenos poderes notariales, y tensando cada día más la contabilidad oficial con la contabilidad paralela, hasta volver la empresa inviable y quebrarla y ofrecerla en bandeja a un juez ávido de protagonizar casos mediáticos, con el que acabaría alcanzando un pacto en su despacho para confesar y entregar toda la documentación a cambio de quedar al margen.

Esa era tu versión, claro. La que hoy nos contó Alberto es bien diferente.

Salimos de la consulta de Alberto sin nada: sin encontrarte, sin lugar seguro, sin venganza reparadora, sin mi diente repuesto; y aun con menos de lo que entramos: sin relato familiar, sin legitimidad moral de víctima, con Segis dudando de la historia oficial de nuestra saga, seducido por las palabras hipnóticas de un encantador de serpientes. Una vez más nos había desplumado.

¿Siempre fue así el abuelo?, disparó tu nieto ya en el ascensor. ¿Siempre fue así el abuelo? Me refiero a sus negocios anteriores; sé que empezó a buscarse la vida muy joven, le gustaba presumir de ello, pero nunca he sabido bien a qué se dedicaba. ¿Fue así desde el principio o empezó bien y luego se torció?

Esta vez me salvó, de nuevo, Yuliana, la dulce Yuliana que todo lo alivia, todo lo aplaca, todo lo cura. Me había llamado poco antes de entrar en la clínica de Alberto, quería acompañarnos en tu busca, angustiada con tu desaparición. Le dije dónde encontrarnos y ahora estaba frente al portal, compungida, con un pañuelo de papel desmigajado entre los dedos, el rostro churreteado de lágrimas, tan agobiada por lo sucedido que, con solo adelantar yo los brazos sin saber bien cómo ofrecerle consuelo, se lanzó hacia mí para llorar apoyada en mi hombro, repitiendo lo siento, lo siento mucho, señor Segismundo, perdóneme, señor Segismundo, ay, mi pobre Segismón, dónde estará, pobrecito Segismón. Yo me preguntaba si todo su pesar sería de verdad por ti, afecto sentido, o era más bien preocupación por las consecuencias laborales y hasta penales que podía tener su negligencia, su ducha prolongada y su hidratación corporal que ahora recordaba al oler el champú en su melena recogida en moño, el aceite evaporándose de su nuca mientras se apretaba contra mi cuerpo, o tal vez era yo quien la apretaba contra mí: tranquila, Yuliana, tranquila, lo encontraremos, Segismón estará bien, tranquila, no ha sido culpa tuya, y se apretaba más o la apretaba yo más, notaba sus pechos aplastados contra mí, el temblar de su cuerpo todo, sus manos en mi espalda abiertas con todos los dedos en contacto con mi camisa, mi mano peinándola y yo ya me veía besándole la coronilla, no pasa nada, tranquila, y besándole la sien y la frente y los ojos húmedos, lo encontraremos, no es culpa tuya, y sorbiéndole las lágrimas del rostro y buscando al fin su boca caliente, y te juro que lo habría hecho, nada que perder ya, lo habría hecho de no estar delante Segis, que ya me había visto arrastrarme bastante como para arriesgar ahora un rechazo amoroso y hasta una bofetada por aprovechado; y no solo por estar Segis, también me frenaba el peso grosero del vínculo real que nos unía, empleador y empleada, seiscientos euros mensuales más alojamiento, ella buscaba no solo mi perdón sino evitar mi sanción, despido, denuncia, por qué si no iba a ofrecer tan íntimo contacto físico después de no haberme más que dado la mano una vez, en el momento de la contratación, y nunca más tocarnos. Así que no, no la besé, viejo, puedes estar tranquilo. Me conformé con tenerla en mis brazos un minuto, un glorioso e interminable minuto, lo que tardó en tranquilizarse y dejar de llorar y temblar. Mi erección duró un poco más, mano en el bolsillo para disimularla cuando se separó. Y aún durará el recuerdo, y la fantasía que lo ampliará y que merecerá todas mis masturbaciones en los próximos meses. Ya ves, mi mayor experiencia erótica en años, ríete si quieres.

Puto viejo suertudo. No lo digo porque hayas conseguido que una mujer hermosa y dulce llore así por tu suerte, sino porque a ti sí te toca Yuliana. Todo el contacto físico que conmigo ha evitado siempre, contigo ha sido diaria caricia, abrazo, beso. La he visto llevarte tomado de la mano por la calle, no cogido del brazo como hacen otras cuidadoras con sus fardos, sino de la mano, como una madrecita. La he visto abrazarte cuando estabas nervioso, o tal vez te fingías nervioso para encontrar su abrazo. La he visto acariciarte afectuosa la nuca, apoyarte una mano en el muslo, sentada a tu lado en el sofá, mientras me contaba algo sobre ti. La he visto peinarte, lenta y amorosamente, dedicando a la operación mucho más tiempo del que merecen tus cuatro pelos. La he visto abrocharte el último botón de la camisa y estirarte la pechera con la palma de la mano. La he visto darte besos, besos maternales pero besos, para premiarte o consolarte, Segismón bueno, pobrecito Segismón. La he visto reírse y decirte estate quietecito, Segismón, ay, que me haces cosquillas, Segismón, cuando te pegabas a ella, cuando te pegabas a su espalda al andar por el piso y te agarrabas pellizcando carne joven. Y eso solo es lo que he visto, lo que hace contigo en mi presencia, quiero pensar que para subrayar delante del empleador su dedicación, su excelencia en el cuidado del enfermo. Pero dime, ¿hay más?, ¿es tan amorosa, o incluso más, cuando yo no estoy delante? Ojalá me dijeras que no. Ojalá recobraras un instante la lucidez para denunciar su maltrato. Ojalá una cámara oculta en el piso con la que grabaros y comprobar, más satisfecho que escandalizado, que en realidad, cuando el pagador no está presente, Yuliana se aparta de ti, siente asco por el viejo chocho que le ha tocado cuidar, y hasta se desquita con crueldades, te da bofetadas cuando intentas tocarla, escupe en tu puré, te deja días enteros sin cambiar el pañal cagado, no te ata los cordones aunque te los pises y tropieces, trae hombres a casa y se los folla sin cerrar la puerta del dormitorio, hombres brutales que se mofan de ti y te apagan cigarrillos en el brazo.

Pero no, ella no es así, ella es amor. Ella es Amor. No lo he visto pero sé que, además de a vestirte y desvestirte, te ayuda a ducharte y secarte bien, y mi fantasía desesperada no necesita más. ¿Qué más te hace, viejo cabrón? ¿Te unta aceitito en el cuerpo, como a un bebote? Así, bien hidratadito, Segismón. ¿Se tumba a tu lado en la cama en esas noches en que estás inquieto y gritas o lloras tus terrores de hombre perdido? ¿Se tumba a tu lado y te rodea con sus brazos, te da besitos hasta que os quedáis dormidos los dos? Ya está, Segismón, ya está, Yuliana está contigo, no me voy. ¿Te hace bromitas cuando te empalmas en la ducha o al desvestirte? ¿Le ha puesto nombre a tu vieja polla, se dirige a ella con diminutivos y risitas? ¿Te la menea, te la agarra y te la sacude con la misma suavidad con que te peina? ¿Te masturba a diario porque sabe que luego te quedas más tranquilo? ¿Lo hace por diversión, por generosidad? ¿Se ha trepado sobre ti alguna noche y te ha follado, despacio pero hasta el final, por esa misma generosidad, por alguna perversión propia de cuidadoras, por pura necesidad orgánica ella también, mujer joven que no tiene vida más allá del cuidado, a la que no conocemos pareja, que apenas sale, nunca de noche? ¿Habéis alcanzado una perfecta simbiosis: ella te da y obtiene placer? ¿Te quiere, dime, siente alguna forma de amor por ti, más allá de su profesionalidad? ¿Eres el receptáculo de todo el amor que a ella le sobra, que acumula desde que dejó su país hace años, que le sale a borbotones como la criatura amorosa que es; todo ese amor que recibirían sus padres y hermanos y novios, pero que en su ausencia concentra en ti, viejo suertudo?

Cómo te envidio, cabrón. Lo que daría por estar en tu lugar, por ser yo el inválido al que Yuliana ofrendase sus cuidados. A menudo fantaseo con que la demencia me alcanza también a mí, herencia cumplida, y entonces ella nos acoge a los dos, nos reparte por igual su Amor, sus caricias, sus masturbaciones sedantes. Fantaseo con que te mueres de una vez, la enfermedad acelera tu apagado, duermes y no despiertas más, te atragantas con un trozo de filete, te revienta un autobús en una de tus fugas, te mato yo mismo con un indetectable veneno, pago cuatro duros a un zombi del Sector Sur para que simule un atraco y te rompa la cabeza a patadas; te mueres y quedamos Yuliana y yo solos, y ella se queda porque no tiene a dónde ir, porque se siente bien a mi lado, porque los dos estamos solos en el mundo, porque mi hambre amorosa es el reverso perfecto para su superproducción amorosa, porque le sigo pagando, porque le pago más. Fantaseo con pagarle el doble y jugar al enfermo y la cuidadora, fingir mi condición vegetal y que ella acepte el juego, quedarme tumbado en una cama con los ojos cerrados y que ella me cambie de ropa, me masajee uno a uno cada miembro del cuerpo para mantener el riego sanguíneo, me unte aceites, me hable con dulzura, me alivie la congestión seminal, se tumbe a mi lado cada noche para guardar mi sueño. Qué descanso, qué refugio. Mi lugar seguro, Yuliana.

Pero es solo eso: fantasía. Te envidio y también te odio, porque tú eres mi único vínculo con ella, porque te necesito para tenerla conmigo, porque eres la razón de que hoy me haya abrazado y aceptado mis caricias en su pelo y mi mano en su cintura. Pero si desaparecieras, si hoy te hubiésemos encontrado desmembrado junto a la vía del tren, ella se iría, buscaría otro viejo moribundo. Date cuenta, eso eres para ella: solo trabajo, un sueldo, un techo, un deber, un no saber hacer otra cosa en la vida. No te quiere, no eres especial, solo un viejo más, te sustituiría mañana mismo por otro inválido. Y te abandonaría sin despedida si le tocase uno de esos sorteos a los que juega, o si le concediesen sus ruegos esos santos a los que reza. Regresaría a su país para cuidar a los suyos, para darles todo el amor diferido y malgastado contigo.

Pero hoy la tuve entre mis brazos, viejo; la tuve entre mis brazos un minuto, un glorioso e interminable minuto, lo que tardó en tranquilizarse y dejar de llorar y temblar por el pobrecito Segismón.

¿El pobrecito Segismón? Me contuve la risa, claro. Cómo pasar de Segismundo el Grande al pobrecito Segismón. ¿Qué sabe Yuliana de ti? Nada. Te conoció ya senil y, aunque entonces hablabas todavía con coherencia y compartías con ella recuerdos desordenados, no creo que le contases tus años de éxito empresarial, tu final precipitado, tu temporada en la cárcel, tu derrumbe absoluto. Y mucho menos le hablarías de tu vida familiar, de qué marido y qué padre fuiste. Ella solo conoce la luz, nada de tus sombras. Piensa que eres un pobrecito Segismón, un buen hombre al que la enfermedad ha condenado injustamente en sus últimos años, un cervatillo que merece cuidado, que merece calidad de vida, que merece cariño.

Mientras la escuchaba balbucear por el llanto me entraban ganas de hablarle de ti. De contarle historias, no del pobrecito Segismón sino de Segismundo el Grande. O simplemente de Segismundo García, antes incluso de abrir tu primera clínica. Me entraron ganas de decirle que no, que no mereces su llanto, su preocupación, como tampoco antes merecías sus caricias, sus palabras maternales, su amor y todo lo que te haya dado en su generosidad sin límites. Que no mereces cariño, ni siquiera mereces cuidado. Que fuiste mala yerba. Mal marido, mal padre, mal empresario. Que ella misma, con toda su bondad, te despreciaría si conociese una pequeña parte de tus andanzas. Si supiera a quién está cuidando.

Pero ya ves, viejo: la enfermedad te ha absuelto. La enfermedad lo borra todo, para ti y para los demás. La enfermedad es una amnistía, humaniza hasta a la mayor sanguijuela. Las residencias y los parques están llenos de viejecitos sonrosados que se abrazan mimosos a sus esposas, sonríen pacíficos a los niños y se dejan cepillar los dientes, y nadie pensaría que solo unos años antes machacaban a esas mismas esposas, iban de putas o estafaban a familias humildes. La enfermedad te domesticó y te hizo bueno, te convirtió en el pobrecito Segismón. Puso tu historial a cero. Todo perdonado. La enfermedad te ha evitado pagar más, seguir pagando tus culpas, más allá de la cárcel. La enfermedad te ha evitado que yo pueda exigirte, que pueda ajustar cuentas contigo, más que estas retahílas que te resbalan.

Por supuesto no le dije nada. No quería que me viese mezquino, podrido de rencor, envidioso del viejecito cuidado. No quería que me supiese tan miserable como para emponzoñar la memoria de un hombre ya indefenso, ya inocente. El mismo tiento que antes tuve al hablar a Segis de su abuelo.

Preferí que lo comprobase ella misma. Enseñarle un poquito de ti, del auténtico Segismundo García. Que descubriese cómo fue su pobrecito Segismón, a quién ha regalado su amor estos años. Por eso la llevé al Paraíso.

No soy tan retorcido: la llevé al Paraíso porque también era parte de nuestro rastreo, estaba en la zona de la ciudad hacia la que habías dirigido tus pasos. Otro posible destino, otro imán para tu nostalgia. Otro lugar seguro por comprobar. Pensaba ir en cualquier caso, pero hacerlo con Yuliana me permitía asomarla a una parte menos presentable de tu vida. En cuanto a Segis, después de lo que había oído de boca de tu fiel Alberto, ya no me importaba demasiado lo que pensara de ti, ni siquiera de mí.

No habíamos empezado la búsqueda directamente por el Paraíso porque estaba más lejos, y de camino al mismo teníamos que pasar antes por los otros dos destinos posibles. Pero si hubiera tenido que jugarme a una sola carta cuál era el fin de tus intentos de escapada, cuál era ese sitio que cada pocos meses te cortocircuitaba, te refrescaba la memoria callejera y te metía prisa por llegar, me la habría jugado a que era el Paraíso. Si era un fogonazo de felicidad antigua lo que te ponía en marcha, ninguna felicidad comparable a la que obtenías allí. Y si era la búsqueda del tesoro la que tiraba de ti, no se me ocurría mejor cueva que aquella para enterrar tu botín.

Te he imaginado muchas veces regresando, que completabas una de tus escapadas y llegabas exhausto a la puerta de aquel chalé, en el que necesitarías desesperadamente entrar sin saber bien para qué. Llegarías y el gorila de la puerta no te dejaría pasar con esa pinta desastrada, el chándal extemporáneo, las pantuflas, y probablemente el pañal desbordado tras tantas horas fuera de casa. Sin embargo la encargada, que siempre recibía a los buenos clientes en la misma puerta, te reconocería bajo tu decrepitud, ni sombra del que fuiste pero cómo olvidar a quien con tanta generosidad contribuyó a su establecimiento y tan buenas propinas le dejó siempre. Te recibiría, te tomaría del brazo y te llevaría al interior, donde daría instrucciones a sus *niñas* para que te acogiesen, te diesen un vaso de agua tras limpiarte las boqueras con un pañuelo, te acomodasen en un sofá o directamente en la cama en uno de los reservados, tal vez tu reservado, el que siempre estaba disponible para ti, como si lo hubiesen conservado cerrado e intacto hasta tu vuelta tal que uno de esos dormitorios en las casas museo de hombres notables. Te quitarían con delicadeza la camisa y los pantalones meados, conmovidas todas, la encargada y sus niñas, por tu lamentable ocaso, informadas de tu hundimiento empresarial y tu paso por prisión, pero en aquella casa nadie te iba a pedir la tarjeta de crédito como garantía, eras el hijo pródigo regresado al hogar. El mismísimo propietario, don José, Joselito para los íntimos como tú, bajaría deprisa al saber de tu llegada y te daría la bienvenida solo para comprobar que no eras el que fuiste, que no eras nada, que no lo reconocías, que en tus ojos no quedaba nada de aquel brillo astuto y lascivo. Don José, Joselito, ordenaría que dos o tres niñas quedasen hoy fuera de menú, solo para ti, y te terminarían de desnudar, te lavarían con dulzura en el jacuzzi hortera del reservado, te administrarían sus míticos masajes orientales, final feliz incluido, y después te dejarían dormir un sueño justo y dichoso, abrazado a las dos o tres niñas desnudas que nada sabrían de ti, demasiado jóvenes para haberte soportado cuando eras Segismundo el Grande, pero que se aplicarían con sus mejores artes, obedientes a las órdenes de la encargada, sumisas a los deseos de cualquier cliente aunque esté senil, y tal vez impresionadas, sensibles a un viejo desmemoriado que podría ser su propio abuelo. El goce, la excitación súbita de los sentidos, harían girar brevemente la dinamo de tu cerebro, lo suficiente para recuperar un nombre del pasado: Divina. Volverías a pronunciarlo después de tantos años olvidado: Divina, Divina, Divina, confundirías a alguna de las niñas con ella, o la llamarías para convocarla y tal vez la piadosa encargada pediría a una de las chicas que se hiciera pasar por Divina; incluso puede que alguna en efecto se llamase así, hubiera heredado su nombre, la nomenclatura del oficio es muy limitada. Quedaba descartado que la auténtica Divina siguiera en el Paraíso, han pasado demasiados años y habrá envejecido, habrá perdido categoría y descendido a un club inferior, a un piso, a la calle, a las plataformas digitales donde cualquier oferta encuentra demanda; habrá montado su propio negocio con otras chicas más jóvenes, se habrá retirado y ya no responderá a su nombre de puta, se habrá casado con suerte, la expulsaron y regresó a su país, la estrangularon o arrojaron desnuda de un coche en marcha, la vida útil de las Divinas es muy corta, y tú habrías regresado demasiado tarde.

Divina, así empezaste a llamar a Yuliana cuando el avance de la enfermedad comenzó a trastocarte los nombres. Divina, Divina, Divina. A Yuliana le hacía gracia, pensaba que era un apelativo cariñoso y agradecido, la divina Yuliana, ignorante de que la tomabas por Divina, que habías recuperado a Divina, que por fin Divina era tuya, solo para ti, instalada en tu piso, tú su único cliente. Imagino que en su día fantaseabas con retirarla, pagarle un apartamento y manutención para que no volviese a ver a nadie más que a ti, todos los puteros tenéis la misma fantasía cuando encontráis a vuestra Divina, tan fácilmente olvidáis el vínculo mercantil, que recibís placer porque pagáis. No la conocí, no me la presentaste la única vez que cedí y te acompañé al Paraíso, celoso hasta ese extremo de que nadie mirase siquiera a tu favorita; no la conocí, así que ignoro si se parecía a tu cuidadora, si había base para la confusión. Se reía Yuliana, le gustaba que la llamases Divina cuando te desvestía o te peinaba. Debí deshacer el malentendido entonces, aclararle que no era divina sino Divina, y que en tu extravío nunca la habías confundido con tu mujer, ni con tu madre, tu nuera o tu secretaria; nunca la habías confundido con nadie más, solo con una puta. Debí aclararlo, así desde el principio habría impedido que Yuliana te tomase por buen hombre, el pobrecito Segismón, injustamente castigado con la enfermedad y merecedor de todo su cariño.

Pero también podía ser que hoy hubieses regresado al Paraíso no por nostalgia, no por un mandato profundo del cuerpo, por la memoria de lo gozado allí, sino por ser tu lugar seguro. Me meto en tu cabeza, no en la agujereada de ahora sino en la cabeza vivaz de entonces, y pienso dónde habría escondido su tesoro Segismundo García, y no me parece tan descabellado que hubieses elegido el Paraíso. ¿Se lo habrías confiado a Divina, con la promesa de repartirlo cuando salieses de la cárcel, fugaros juntos, regresar a su país y estableceros en un pueblecito costero donde nadie os encontraría? No, eso sería confiar demasiado en una prostituta, cuya voluntad está sometida y su suerte es tan volátil; no había garantía de que la fueses a encontrar en el Paraíso después de años, y dónde buscarla entonces, si ni su nombre real sabías. Más probable entregárselo a don José, tu compadre Joselito, pues desde su prosperidad empresarial no estaría tan tentado a engañarte y quedarse tu dinero. Te lo guardaría, pocos lugares más seguros, nunca entraba ahí la policía ni la inspección laboral o fiscal, pese a la evidencia de sus actividades. Se lo confiarías con la promesa de regresar en pocos años y dedicar una parte del botín a celebrar tu puesta en libertad; celebrarla allí mismo, cerrar el club solo para para ti, para tu compadre Joselito y tal vez para unos pocos amigos hechos en la cárcel; cerrarlo durante varios días, la mayor celebración de la historia del Paraíso, muy superior a cualquiera de las noches en que invitabas a Alberto, a algún director de zona y a mí mismo sin conseguirlo, para celebrar la apertura de otra clínica, el cierre de un año contable todavía mejor que el anterior, el proyecto de expansión internacional. La fiesta de tu salida de la cárcel, que imagino planeada, deseada durante años de celda, largamente postergada, superaría incluso a la que seguramente hiciste antes de tu entrada definitiva en prisión, tras la sentencia. Estoy convencido de que pasaste allí tu última noche en libertad, dónde si no, acumulando reservas placenteras para lo que te esperaba; una despedida de los buenos tiempos a la altura de estos, la fabricación de un último recuerdo y unas últimas sensaciones que te acompañasen y pudieses administrar en prisión, y hasta la posibilidad de morir esa misma noche, morir de alcohol o de cualquier otra sustancia, morir de placer, no pisar la cárcel, acabar así tus días, una muerte a la altura de Segismundo el Grande. Una muerte de fantoche.

Date cuenta, viejo: eras un cliché con patas. ¡También putero! No dejaste de cumplir ni uno solo de los tópicos del triunfador raudamente ascendido desde muy abajo, el amasador de millones que busca resarcirse deprisa de las penas anteriores. Lo quisiste todo, fuiste tachando uno tras otro todos los logros de la *checklist* del nuevo rico: la casa ostentosa, ¡check! El Mercedes torero, ¡check! La pertenencia al club, el colegio privado para tu nieto, los relojes caros y los vinos inasequibles a tu paladar, ¡check, check, check! El pedrusco que mamá no quería, el abrigo de pieles que siempre se negó a vestir, los cuadritos que te vendían galeristas aprovechados. No te dio tiempo al yate con atraque en un puerto mediterráneo, faltó poco. Creo que de la lista solo dejaste fuera la coca: te asqueaba meterte algo por la nariz, a diferencia de Alberto o de mí mismo en alguna temporada. Pero todo lo demás cayó en el cesto, no te perdiste nada; incluida por supuesto Divina, tu Divina, doscientos euros la hora, a falta de una amante que no sintiese repugnancia por ti. Y el Paraíso, con cuenta abierta a nombre de la empresa, no se puede ser más fantoche y más torpe: el detalle de tus visitas y consumos también se publicó durante el juicio, suerte que mamá no estaba ya. Todo lo conseguiste, ¡check! Todo lo perdiste.

En tu caso, el cliché no era ser putero, sino putero de lujo, porque ya antes de triunfar te gustaba pagar porque te la mamasen en el coche, te franqueasen orificios que en el lecho conyugal eran imposibles, o simplemente te aguantasen un par de horas tomando copas, te riesen las gracias, te hicieran sentir querido, esa disociación mental de todo putero. Tu nueva vida no te trajo el sexo de pago, sino un mejor sexo de pago. También en eso hay ascensor: pasar del polígono y los clubes de carretera al chalé de don José, tu compadre Joselito.

Así me lo presentaste la única vez que te acompañé: este es mi compadre Joselito. Y yo miré a aquel mamarracho de traje blanco y gafas de sol en interior, y no me lo podía creer: su atuendo, su gestualidad, su conversación, todo me resultaba tan inverosímil como el propio chalé, la decoración pretendidamente exquisita, la encargada de aspecto monjil, las chicas con batines transparentes y tan exageradamente maquilladas, los camareros de pajarita llevando botellas de champán y cuencos de fresas, las habitaciones y reservados amueblados con estridencia, los de seguridad con traje negro y pinganillo en la oreja, el pianista lánguido, los clientes también con gafas de sol y que sacaban de los bolsillos fajos de billetes atados con goma, todos nuevos ricos como tú, constructores de pelotazo, adjudicatarios de obra pública tramposa, algún concejal al que acabaron pillando; solo faltaba un tigre encadenado y tendríamos la perfecta parodia, no me podía creer aquel lugar, y sin embargo era real, y yo estaba allí.

En aquella única ocasión en que te acompañé, don José, al saber nuestro parentesco, ordenó a la encargada que me tratasen como si fuese su propio hijo; pero yo rechacé su cortesía y el catálogo de placeres que me ofertaron, pese a tu insistencia y sin importarme tu decepción: no solo porque mis remilgos fuesen impropios de un Segismundo, sino por el reproche moral que adivinaste en mi indisimulada repugnancia desde que crucé la puerta del Paraíso. Estabas en lo cierto: yo no sentía asco por aquellas muchachas, sino por ti y por Alberto y los tres socios inversores que nos acompañaban aquel día. Me asqueaba vuestra camaradería exagerada, tan machota y tan física, de hombres que forman parte de una misma hermandad, la de los puteros: vengan abrazos y manotazos y compadre y amigo del alma y tú sabes que te quiero y besos alcohólicos en la frente, que parecía que queríais follaros entre vosotros. Te acompañé ese día después de esquivarte mucho tiempo, resignado a cumplir un trámite, parte de mis obligaciones como director de operaciones. Para que me dejaras en paz, acepté encerrarme en una habitación con una hermosa oriental a la que dejé claras mis preferencias, y con la que pasé las dos horas viendo una película, cada uno en un extremo del sofá, descanso que la chica me agradeció. Y en cuanto estuvisteis lo bastante borrachos y cariñosos como para no advertir mi ausencia, me largué sin despedirme, sintiéndome sucio, moralmente sucio por haber sido yo también un putero, aunque fuese un putero forzoso y sin consumar, y sintiéndome físicamente sucio, pegajoso el olor del alterne, pensando en Mónica, que si se hubiera enterado de mi breve experiencia putera me habría echado de casa sin atender mis explicaciones.

De todo eso me apetecía hablarle a Yuliana, de camino al Paraíso; contárselo a ella, que como inmigrante debe de ser sensible al comercio sexual al que se ven forzadas tantas Yulianas; contarle tu afición, tu dependencia del sexo de pago o al menos de la compañía de pago, que tampoco te creí nunca muy activo sexualmente. Revelarle ya de paso cómo engañabas a la inocente mamá, a la que decías varias veces por semana: hoy voy al club, volveré tarde, he quedado en el club, anoche estuve en el club, y tú dirás que no mentías; así te reías de mamá, aprovechando la confusión entre los dos clubes. Le contaría de buena gana a tu divina Yuliana cómo mantuviste la frecuencia incluso cuando mamá se apagaba. Te lo reproché, ¿recuerdas?, en una de sus últimas hospitalizaciones. Junto al ascensor de la clínica, cuando llegaste para darme un relevo tras supuestamente haber ido a casa a descansar un poco: por lo menos podías haberte cambiado de ropa, apestas a puta, te solté con verdadero asco y sin siquiera bajar la voz en el vestíbulo. Y tú me dijiste, atención, me dijiste que estabas destrozado por lo de mamá, que yo no te conocía, yo no sabía cómo te sentías tú por dentro, yo no era superior a ti, ni más sensible ni quería más a mamá que tú, cada uno tiene sus estrategias de resistencia, de supervivencia, y tú encontrabas consuelo a tu manera, y además no habías ido de fiesta, te ofendía que yo lo creyese, solo habías ido a desahogarte y no el tipo de desahogo que yo pensaba. Claro que sí, el sensible Segismundo García llorando en brazos de su Divina, di que sí.

Todo eso pensaba contarle a Yuliana, desmontar tu imagen beatífica. Pero por el camino, mientras iba a su lado, sintiendo tan cerca su mano de mi mano, mirando de reojo su adorable perfil y escuchando sus insistentes peticiones de perdón con su encantador acento extranjero, me parecía impropio hablarle de nada sucio. Era innecesario: ella misma abriría sus inocentes ojos en cuanto llegásemos y viésemos el chalé, su exterior discreto en contraste con su indisimulado interior: sus sofás de cuero y lámparas recargadas, las muchachas solo cubiertas con un picardías, el hedor de ambientador y perfume caro para tapar otros hedores. Lo sabría, entendería qué clase de hombre fuiste cuando viese a las chicas, entre las que seguramente encontraría compatriotas que podían contarle sus penas en su lengua materna, a salvo del oído vigilante de la encargada.

Pero hoy no estabas en el Paraíso. Ya no hay Paraíso.

Ni sombra del Paraíso. No queda nada de tu paraíso, ni siquiera los restos polvorientos de la demolición o la planta dibujada en el solar, como si hubiesen decidido eliminar hasta el último ladrillo y sembrar de sal el terreno. Tan vacío que dudé, comprobé en el mapa si estábamos en la dirección correcta, y sí, así es: no queda nada de tu paraíso, aplanada la parcela, un cartelón junto a la acera anuncia la próxima construcción de viviendas. Sería divertido que hubieras ocultado tu dinero allí, bajo una baldosa o en un doble techo, y ahora estuviese en una escombrera.

Busqué en mi móvil el Club Paraíso, todavía esperaba un traslado, una nueva dirección. Sé que el endurecimiento de las sanciones a los clientes ha golpeado fuerte al sexo de pago, y muchas de las chicas se acogieron a programas de inserción laboral o migraron, voluntaria o forzosamente, a países que todavía son permisivos con la prostitución. Pero creía que el Paraíso era ajeno a los cambios, que la misma impunidad que en tu época alejaba de allí cualquier visita policial le habría permitido mantener la actividad en los nuevos tiempos abolicionistas, simplemente extremando el disimulo; pensaba que la nueva ley había acabado con los infames clubes de carretera y los chulos callejeros, pero los paraísos de clase alta permanecerían al margen de ella. Y parece que no, al menos no en el caso del Paraíso. Encontré una noticia sobre su cierre tres años atrás, no por la nueva ley sino tras un escándalo con menores. Mira la foto: a tu compadre Joselito lo sacaron del chalé esposado, como a ti de casa, vidas paralelas las vuestras. Tal vez te lo cruzaste en el patio de la cárcel y no lo reconociste, por tu enfermedad o por falta de contexto, sin matones ni champán, sin sus trajes y sus gafas de sol, reducido a la hiena que nunca dejó de ser.

¿Qué buscábamos aquí?, preguntó Segis removiendo con la zapatilla la arena donde crecían jaramagos. Te libraste otra vez, viejo: sin el club, sin siquiera un chalé en ruinas en que apoyarme, no vi ya mucho sentido a contarle, ni a él ni a Yuliana, tu historial putero, para qué. Así que les dije que allí vivió un buen amigo tuyo, José, a cuya casa acudías a menudo.

¿José? ¿Joselito?, preguntó Yuliana para mi sorpresa. Falsa alarma: ella te había oído hablar mucho del proxeneta, pero sin detalle sobre sus actividades, y además trastocado en tu desmemoria: que fuisteis grandes amigos, os queríais mucho, montasteis un negocio juntos, erais inseparables, erais uña y roña.

Ese mismo Joselito, concedí desganado.

¿Y ahora dónde lo buscamos?, preguntó Segis, con un fastidio que no supe si era por no encontrarte o por tener que seguir buscándote en vez de regresar a sus negocios. Eché un vistazo al mapa en mi teléfono. Volví a dibujar mentalmente tu línea de fuga, marqué los puntos ya visitados: la primera filial de *Sonríe!*, la clínica de tu exsocio, el Paraíso. ¿Qué más? ¿Qué otros lugares fueron importantes en tu vida como para justificar un regreso atolondrado, o que en su día los hubieses elegido para esconder algo valioso? Amplié y reduje varias veces el mapa en la pantalla. No se me ocurría nada.

Pensé en Villa Gaor, claro, la casa que pretendías castillo de la saga: podía justificarse por el lado de la nostalgia, tu orgullosa casa de millonario hecho a sí mismo, diseñada por tu capricho y tu desclasamiento antes que por la opinión del arquitecto, el decorador o la propia mamá. Pero en modo alguno la habrías elegido como escondite del dinero, repetidamente profanada por los funcionarios judiciales tras tu detención: desmontaron armarios en busca de dobles fondos, golpearon suelos y tabiques para encontrar huecos que no aparecieran en los planos, manosearon los cajones con la ropa de mamá y se burlaron de tus horteradas decorativas y tus lujos de antiguo pobre, tomaron fotos y vídeos de hasta el último rincón de Villa Gaor, y acabaron filtrados a un periódico buitre. Imágenes sin más interés informativo que completar tu caricatura, justificar la dureza de tu condena y enfurecer más a los desdentados. En cualquier caso no estaba en tu zona de escape, sino justo en el extremo contrario de la ciudad, en la urbanización junto al club, que por fortuna también quedaba descartado, así como la torre donde estuvieron nuestras oficinas, al norte.

Pensé también en el cementerio, que un repentino y demente flechazo te hiciese buscar la tumba de mamá para llorarla y pedirle perdón y declararle todo el amor que en vida le racaneaste. Pensé hasta en la cárcel, que sí se encuentra en esta dirección, al este de la ciudad, pero a más de veinte kilómetros. Te imaginé por un momento saliendo de la ciudad, cruzar peligrosa y milagrosamente la autovía, avanzar por el arcén de la carretera sin atender a la recomendación de caminar por la izquierda, sin ser visto por ninguna patrulla ni por conductores que alertasen de un viejo en pantuflas a punto de ser atropellado; seguir campo a través, tropezando en tierras roturadas, saltar alguna cerca de piedras inestables y llegar por fin a la puerta de la prisión, arrastrado por alguna enfermiza asociación de ideas y recuerdos confusos, para que te abriesen la puerta y te dejasen dormir en tu celda.

Se me acababan las opciones, los destinos para

tu huida. No sé a dónde ibas cuando regías, como para saber a dónde irías con el cerebro deshilachado. Qué poco te conozco, viejo, o tal vez yo también estoy olvidando. Ni siquiera sé a dónde regresaría yo mismo si estuviera en tu lugar. ¿A nuestra casa? No me refiero a Villa Gaor, que nunca fue mi casa, sino a nuestro piso de tantos años, el piso de techos bajos, patio de luz con familias gritonas y un solo baño para los tres; el piso en el que crecí, escenario de todas mis primeras veces en la vida; el piso donde te sufrí, te sufrimos; el piso que odié hasta que conseguí independizarme, aunque ahora lo recuerde con un filtro entrañable y tal vez una demencia me arrastraría hasta él. O quizás volvería a casa con Mónica, la casa donde Segis y ella todavía viven, la que sigo considerando mi casa, y en la que no he vuelto a entrar desde la separación. La casa de la que, en caso de perder la cabeza, me volverían destellos de tantos momentos hermosos, borrados los nefastos, y sabría encontrar el camino para presentarme en su puerta como un mendigo, esperando yo también la amnistía, ser yo su pobrecito Segismón, merecer su perdón y su cuidado.

Deberíamos llamar a la policía, interrumpió mis pensamientos el sensato Segis. Vi la expresión aterrada de Yuliana, que ya se veía denunciada, detenida, despedida, expulsada y de vuelta a su país; qué mal rato has hecho pasar a la criatura con tu desaparición.

Antes de eso podemos volver al piso, sugerí,

tampoco yo tenía ninguna gana de perder horas en una comisaría. Tal vez acabarías regresando tú solo, agotado, infructuosa tu huida. Volverías sobre tus pasos, encontrarías el camino de vuelta como un perro perdido, te acompañaría un amable vecino tras verte en la calle, nos esperarías sentado en un escalón, sediento y meado. La otra opción, que reconozco que se me iba volviendo cada vez más deseable, era que no te encontrásemos. Sucede a veces: desaparece un anciano, como desaparece un niño, una mascota o un retrasado; desaparece un anciano y sus familiares recorren la ciudad, especulan con los lugares de su memoria, se separan para ir cada uno en una dirección, llaman a la policía, preguntan a los tenderos, ponen su foto en farolas y redes sociales, patrullan día y noche la ciudad y alrededores, inspeccionan parques, cunetas, edificios abandonados, alcantarillas abiertas, lechos fluviales, y finalmente lo encuentran muchos días después entre unos matorrales, infartado y a medio descomponer, descalabrado en un pozo, ahogado río abajo; o ni siquiera tienen el consuelo de un cadáver que ponga fin a la búsqueda: no aparece nunca más, siguen esperando indefinidamente su regreso o hallazgo, lo acaban inscribiendo como fallecido años después, se convierte en leyenda que un día volverá.

Estoy cansado, me dijo Segis de camino al piso. Estoy cansado, papá.

Pensé que se refería al rato que llevábamos

pateando calles en tu búsqueda, y le dije que yo también estaba muy cansado, me dolían los pies. Pero me temo que él hablaba de otro cansancio:

Mañana, cuando vuelvas al colegio y recuperes mi dinero, le daré a ese capullo lo que le debo y le diré que se acabó. Creo que voy a levantar un poco el pie. He corrido demasiado últimamente. No quiero acabar estrellándome. No quiero seguir *ese* camino.

Lo entiendo, hijo, fue todo lo que le dije. Cómo no entenderlo. El de hoy ha sido un día difícil para Segis. Muchas emociones, tantas revelaciones familiares. Salpicaduras. Escombros. El chico debe de estar aturdido, confundido. Mañana, con la cabeza fresca, una vez saldada la deuda con ese granuja y pasado el peligro, verá las cosas de otra manera. Superará el bache y seguirá *su* camino. Buena cabeza la de este muchacho.

Creo que necesito un cambio, insistió.

Pero antes debemos encontrar al abuelo, le corté yo, para frenar a tiempo su caída.

Puede que esté en un parque, me echó un cable Yuliana, siempre oportuna. Puede que esté en un parque, a su papá le gustan mucho los parques, vamos todas las mañanas y nos sentamos en un banco y él mira a los niños jugar, mira las palomas, los patos del estanque, y sonríe, se le ve feliz, le trae bonitos recuerdos.

Casi me da la risa, viejo. Tú en un banco del parque, mirando a los patos. Para lo que has quedado. Pero espera, que la muchacha terminó de arreglarlo, de arreglarte:

Su papá es muy buen hombre, a pesar de su estado se le nota que ha sido una persona sensible y cariñosa; tuvo que ser un gran padre y un buen marido, ojalá lo hubiera conocido cuando estaba bien.

Me mordí la lengua otra vez, claro. No, Yuliana, Segismundo García no es un buen hombre, aunque la demencia lo bendiga. Nunca fue sensible ni cariñoso, y en modo alguno un gran padre, no digamos ya un buen marido. Si lo hubieras conocido cuando estaba bien, con suerte ni te habría mirado, porque no le gustaban demasiado los extranjeros como tú. Y si hubieses trabajado para él, limpiándole la casa o cuidando a mamá en sus últimos meses, te aseguro que no habría sido una bonita experiencia: nunca sirvas a quien sirvió. Buena eres tú, Yuliana, sensible y cariñosa tú, que lo cuidas con una dedicación que no está pagada, no al menos por lo que yo te pago. Cuando respondiste a mi anuncio, Yuliana, yo no buscaba una santa, un ángel de amor; me conformaba con alguien que le limpiase el culo y vigilara que no se atragantase con la comida. Alguien que aguantase tus cambios de humor, viejo, y tus delirios, que te pasease no para sonreír a los patitos sino para cansarte, que te mantuviese con vida el tiempo que te quedase, y que, cuando quisieras salir y dirigir tus pasos hacia algún lugar, te lo permitiese y te acompañase hasta averiguar el destino. No me habría importado que una cuidadora menos amorosa te atontase con pastillas, te aparcase todo el día frente al televisor o hasta te inmovilizase con una correa si te ponías agresivo. No pretendía darte calidad de vida, solo que no murieses accidentalmente; que siguieses vivo hasta que en algún momento dos cables pelados de tu cerebro se cruzasen fortuitamente y en el chispazo recordases dónde escondiste el puto dinero.

Ya no te acuerdas, padre, pero yo me hice cargo de ti al principio, sin Yuliana ni nadie. Todavía eras autónomo para alimentarte o vestirte, podías seguir una conversación y, aunque el lanzallamas había pelado grandes parcelas de tu memoria, sabías quién eras, quién era yo. Todavía eras un hijo de puta, la enfermedad aún no te hacía sonreír en los parques, de hecho te negabas a ir a un parque, a salir a la calle, te resistías a mis paseos, con los que yo buscaba agotarte pero también excitarte los sentidos y refrescarte la memoria, que de pronto pasáramos por algún sitio y dijeras: ahí, justo ahí. Pero tu deterioro avanzaba y cada vez eras más ingobernable, forcejeabas con el pantalón cuando intentaba desvestirte, te levantabas en mitad de la noche sin distinguir tus pesadillas de la realidad, creías que la cama estaba llena de hormigas que se te metían por las orejas mientras dormías, te aterraban el agujero del váter y el desagüe de la bañera, te obsesionabas con el cambio de sitio de un objeto, me acusabas de robarte, se lo decías a todo el mundo, al médico, al vecino en el ascensor, a la gente por la calle: mi hijo me roba, quiere quedarse con mi casa y mi dinero, se aprovecha de mí, se cree que no me entero pero lo he descubierto, es un ladrón. Llegó un momento en que te di por perdido, y di por perdido nuestro tesoro. Encontré ayuda temporal en la bendita química, te podías pasar medio día dormido y el otro medio día zombificado, pero al precio de ser un fardo, tener que hacértelo todo, y digamos que tampoco era un trato muy humanitario, incluso para ti; o tal vez es que todavía yo no supuraba tanto, todavía confiaba en recuperarme de la debacle, tu debacle; y hasta diría que todavía sentía cierta obligación moral hacia ti. Todavía eras mi padre. Y por eso te busqué una cuidadora en vez de dejarte el día entero drogado y amarrado a la cama con la espalda ulcerada y las ingles escocidas de orina.

Entonces llegó Yuliana, directamente desde el cielo para endulzarte tus últimos años, que serán más gracias a sus cuidados. Yo no le pedí más que lo básico: que viviera contigo y se hiciera cargo, que te lavase y alimentase y vigilase. Aunque hubiera querido, tampoco podía exigirle mucho más por seiscientos euros y alojamiento. Pero ella te ha dado más, mucho más de lo pagado y de lo que mereces. Todo aquello que recomendaban las enfermeras y los folletos del hospital y el libro que me regaló Mónica y que solo ojeé; todo lo que las familias con recursos pueden ofrecer a sus enfermos para retrasar el avance de la enfermedad y ahorrarles sufrimiento. Yuliana te habla, con dulzura y paciencia, te habla todo el tiempo, su voz te tranquiliza. Te cuenta cada cosa que hace, que te hace, te lo explica aunque ya no lo entiendas. Te nombra los objetos y te recuerda su función, te lo muestra para que seas capaz: mira, esto es un peine, se hace así, y esto es una cuchara, eso un semáforo, vamos a esperar al hombrecito verde. Creó una caja de recuerdos para ti, esa caja de zapatos donde guardó todo lo que cree que puede ayudarte a recordar quién eres: fotos tuyas y de familiares, tu anillo de casado, tu pluma favorita con la que firmabas contratos, el llavero que usabas para el coche, tu carné de socio del fútbol, hasta una tarjeta de presentación de cuando eras presidente de *Sonríe!* y que no sé dónde encontró. La he visto cómo se sienta contigo y abre la caja y va sacando una a una las reliquias y te las muestra y te pregunta y te explica. Te lee, la he visto leerte revistas y cuentos infantiles. Juntos recortáis papelitos con tijeras romas, coloreáis con rotuladores gruesos, te ayuda con rompecabezas que cada vez tienen menos piezas, te invita a tocar las palmas, te canta canciones de su tierra. Te habla, te habla a todas horas, sé que te habla de ella, de su vida anterior, de su casa, su gente, y supongo que no solo lo hace por ti, también encuentra desahogo en hablarte como quien habla con su perro o con las plantas, como yo mismo hablaba contigo antes de Yuliana, cuando sin perder la aconsejada sonrisa te volvía a enumerar mis reproches, te confiaba mis broncas con Mónica o mis temores por Segis tras la separación, y me sentía mejor, descargado, tal como ahora estoy hablándote.

Qué más. Yuliana cuida el piso, lo acomoda a cada avance de tu enfermedad: retiró los espejos cuando ya no te reconocías y veías en tu reflejo la amenaza de un extraño, mantiene fuera de tu alcance todo lo que puede dañarte. Ha llenado la casa de fotos con las que conservar el hilo de tu declinante memoria: están en el salón, la mesilla de noche, las paredes del pasillo, hasta en el baño; fotos de todas tus edades, fotos con mamá, con tus padres, conmigo de niño, fotos que no soporto porque me veo yo también en ellas, soy yo ese joven recluta sonriente, ese adulto de boda, nuestro parecido físico se me vuelve inaguantable por si es también parecido moral, por si seguiré tus pasos y también yo dejaré tirados a mis clientes y acabaré en la cárcel y me odiará mi hijo; por si también yo acabo enfermo, delirando por las noches, evitando la ducha por pánico a los agujeros, pensando que Segis me roba, y quién me cuidará a mí entonces, quién se hará cargo de mi ruina si sigo tus pasos seniles. Lo pienso mucho últimamente, me descubro cada vez más despistes y olvidos, los achaco al estrés pero quizás son las primeras señales, y quién me cuidará a mí, cómo pagaré a una Yuliana, cómo confiar en que mi hijo se haga cargo de mí sin siquiera la promesa de un tesoro escondido, tal vez tenga que mentirle, prometerle una fortuna por encontrar.

Quizás su papá necesite ya otro tipo de cuidados, comentó esta tarde Yuliana, antes de llegar al piso. Quizás su papá necesite ya otro tipo de cuidados. Y añadió: no sé si yo puedo seguir haciéndome cargo de él. Ahí lo tienes, viejo. Tu ángel presenta la dimisión. Te vas a quedar sin ella. Nos vamos a quedar sin ella. Al oírla, sentí por un lado la inminencia de su ausencia, dejar marchar a la dulce Yuliana, perder su presencia y su cuidado, el tuyo y el mío futuro con el que fantaseo; perder la posibilidad loca de declararle mi amor y ofrecerle una vida compartida, una vida más cómoda, sin cuidar viejos ni fregar casas. Pero sentí alivio al pensar que ella es humana, que también se cansa y te abandona, que no te queda nadie, solo yo, y ya veremos por cuánto tiempo.

Te entiendo, Yuliana, yo también lo he pensado, le dije, y aproveché para tomarla del brazo al hablar, mis dedos en su piel caliente. Le comenté que estamos en lista de espera para una residencia pública, que no es fácil, pero si no la conseguimos yo confío en que la buena marcha de mi nueva empresa nos permita pagar una privada. La mejor residencia, la que papá merece, dije para ganármela por el lado sentimental, preparando el terreno para en algún momento decirle que, si eso ocurre, ella no tiene por qué marcharse, puede quedarse con su habitación, podemos compartir piso, no le cobraré por ello, bastante me ha ayudado ya en estos años, y podremos ir juntos a visitar a papá los domingos.

No me refiero a una residencia, me cortó y a la vez apartó el brazo, sin brusquedad pero con decisión, creo que yo le estaba apretando sin darme cuenta. ¿No se refería a una residencia? ¿Me estaba proponiendo entonces contratar a alguien más? ¿Dos Yulianas, dos ángeles? ¿Mereces tanto, merecemos tanto?

No, no te hagas ilusiones, viejo verde. Yuliana no estaba pensando en duplicarse. Ahora viene lo divertido: se puso a hablarme de las *casas de cuidados*. Como lo oyes: me dijo que el cuidado en comunidad es una opción *muy interesante*, que yo *debería considerar*. ¿Cómo te quedas? ¡Nuestra Yuliana también es botijera! ¡Estamos rodeados, se nos han metido en casa! Y como todos ellos, es una propagandista entusiasta de la causa: me soltó todo el rollo que ya me sé, aprovechó mi asombro para venderme la moto, su moto.

Me dijo que llevaba tiempo participando en un grupo de apoyo mutuo de cuidadoras, la mayoría mujeres extranjeras como ella, internas en casas, trabajadoras domésticas, encargadas de niños o ancianos. Se juntan y comparten sus problemas, penas, añoranzas migrantes pero también alegrías, esperanzas y planes; se prestan atención, ayuda y hasta dinero de una caja común si alguna tiene necesidad. Participar en ese grupo había sido lo mejor que le había pasado desde que llegó a España. ¿Participar, Yuliana? ¿Cuándo? ¿En su medio domingo libre, en las dos o tres horas diarias en que le doy relevo algunos días? ¿Has ido tú con ella a reuniones cuando salís de paseo; va cada cuidadora con su Segismón, montan asambleas en el parque y hablan sus cosas mientras los viejos sonreís a los patos? No llegué a preguntárselo, cada vez más estupefacto. Me dijo que gracias al grupo se ha acercado al *modelo experimental de las casas de cuidados*, y recientemente había ido contigo a una que acaban de abrir en el barrio. ¡Y no me habías dicho nada, judas!

Entiendo a Yuliana, la disculpo. Es joven, no tiene a nadie aquí, lo ha pasado mal desde que llegó a España, pero no tanto como para volverse cínica. Además es buena, muy buena, rematadamente buena, absurdamente buena, peligrosamente buena, quiere lo mejor para ti y supongo que para la humanidad entera, y todo lo que venden los ecomunales suena tan bonito, quién puede negarlo, quién no querría que todos formásemos una comunidad humana donde nos cuidásemos unos a otros y cooperásemos y protegiésemos a los más débiles y blablablá. ¿Dónde hay que firmar? Ya te dije, sobre el papel los botijeros son incontestables, y unos maestros del proselitismo. Otra cosa es la práctica, pero ahí no ha llegado todavía la inocente Yuliana, que aún es víctima del hechizo inicial, ya le llegará la hora de caer del caballo.

La dejé hablar, no la interrumpí, adoro escucharla aunque sea para venderme una moto tan averiada. ¡Hasta empezó a tutearme! Me dijo que la del barrio ha empezado por ahora como casa de crianza, similar a las que ya existen en otros barrios y pueblos, esas guarderías que se niegan a llamarse guarderías, y donde, aparte de los cuidadores profesionales idénticos a los de cualquier escuela infantil, son las propias madres y padres quienes hacen turnos para participar ellos también en la crianza, la de sus hijos y la de los demás, en plan tribu. Y no por falta de recursos, ya que al final siempre consiguen que el ayuntamiento se lo subvencione o les ceda un local, sino por gusto, por convicción, por poner en práctica eso tan botijo de que *el cuidado es una responsabilidad de todas y todos, no solo de las familias, y tampoco puede depender únicamente del Estado o del mercado*. Sueno campanudo, lo sé, pero son las palabras que pronunció nuestra aguerrida Yuliana: Estado, mercado, y luego dijo también *autogestión*, *cooperación* y otro puñado de palabras largas acabadas en *-ón*, date cuenta de hasta qué punto la han ganado para la causa.

El siguiente paso, me dijo Yuliana, será el cuidado de mayores y enfermos, como han empezado a probar en algunas comunidades. Según la chica, tú podrías ser uno de ellos, sin que cambiase demasiado tu día a día: un cuidador te atendería en casa, como ahora, tal vez seguiría siendo ella misma, pero además contarías con el apoyo de vecinos de tu escalera, si aceptan sumarse, y de la propia casa de cuidados a la que acudir diariamente para recibir atención y socializar con otros como tú. Con el tiempo esperan contar también con *hogares de cuidado*, que serán como los asilos de toda la vida pero en versión botijera; es decir, con fachadas de colores y huertecito. A cambio, y ahora viene lo más gracioso, yo tendría que participar en el invento, unirme también a la *comunidad cuidadora*, colaborar aportando mi tiempo, mis habilidades o simplemente mi compañía de muchas formas posibles, porque la comunidad cuidadora seguirá creciendo en el barrio e incluirá *todo tipo de situaciones vitales*, no solo los niños y los viejos tenéis necesidades: en palabras de la bondadosa Yuliana, *todas cuidamos y somos cuidadas, como los seres dependientes que somos.* O sea, que no tengo bastante con hacerme cargo de ti, que además tengo que cuidar *en comunidad* al resto de los viejos y enfermos del bloque, la manzana o el barrio. ¡Fantástico! Estoy seguro de que el resto de los familiares comparte mi entusiasmo. ¡Pero si lo que queremos todos es que el Estado se haga cargo de vosotros, o tener dinero suficiente para pagar residencias y Yulianas, no tener que cuidaros nosotros! ¡Y estos cachondos pretenden que además cuidemos de otros viejos y enfermos!

Antes de que yo pudiera presentar mis objeciones, atónito por su inesperado discurso, y conteniéndome para no chafarle tan pronto su ilusión, Yuliana me aseguró que sería mucho mejor para todos: para mi papá, en primer lugar, pero también para mí como familiar: no estaríamos a merced de ayudas que nunca llegan o de cambios en nuestra situación económica, y no nos sentiríamos tan solos, seríamos parte de *una gran comunidad*, junto a gente en nuestra misma situación y con las mismas necesidades, y mucha otra gente que ahora no tienen viejos ni enfermos que cuidar, pero *asumen su corresponsabilidad y su interdependencia*. Ya te digo, todo impecable, incontestable, dónde hay que firmar. Hasta Segis dijo que le gustaba la idea. Pasa siempre con el discurso botijero, aunque luego la aplicación práctica no sea tan bonita y los proyectos acaben haciendo agua con solo rozar la realidad.

Da igual: todo ese discursito del cuidado comunitario y patatín, patatán, era un rodeo para anunciarme que se va. Nos deja. Se ha comprometido con la nueva casa de cuidados, ella y otras Yulianas que ahora trabajan para familias en el barrio. Las condiciones son mejores, más dinero y menos tiempo, eso le han contado, pero sobre todo le atrae no estar sola, no sentirse tan sola, tan abrumada por la tarea de cuidar ella sola a una persona. ¿Por qué no me dijiste que te sentías sola, Yuliana? Podríamos haber unido nuestras soledades, quitárnoslas juntos, formar nuestra propia comunidad. Cuidarnos, sí, cuidarnos.

No se lo dije. Me sentía derrotado.

Y entonces te encontramos. Siendo justos, te encontró Yuliana, como un último servicio antes de dejarnos, la última muestra de su condición angélica. La evidencia de que sin ella estaremos perdidos, tú y yo.

Llegamos al piso, que comprobamos vacío, sin rastro de ti, ni en la escalera, el portal o la calle donde ningún tendero ni vecino te habían visto.

Noté que a Segis le pesaba ya tu busca sin sentido, tenía otras urgencias, el tipejo que mañana le buscaría para cortarle las pelotas si no recuperaba el dinero. Ninguno de sus colaboradores te había visto, qué iban a ver esos niñatos que caminan con la cabeza gacha, mirándose las zapatillas, llevando sus recados de un lado a otro pero incapaces de encontrar a un viejo perdido.

También a mí me agotaba ya tu persecución, también yo tenía citas pendientes, visitas comerciales a las que ya llegaba tarde, y una docena de llamadas perdidas que no había querido atender en la última hora porque ya imaginaba de qué se trataba: clientes que llevan semanas esperando el comienzo del montaje. Clientes que ya habrán conocido alguna otra empresa que ofrezca los mismos servicios, no sé si más baratos pero sí más formales. Clientes que buscaron mi nombre, tu nombre, en Google. Clientes que exigen un reembolso inmediato, entre ellos uno que a esa misma hora ya habría dejado de ahondar el hoyo de la piscina y soltado la herramienta, o la seguiría empuñando pero con otra función mientras me buscaba por la ciudad, que a él nadie le toma el pelo, ni un robamelones ni un vendedor de lugares seguros.

Yuliana era la única que parecía dispuesta a no cesar hasta encontrarte, y de no ser por ella no descarto que hubiésemos regresado a nuestras tareas, postergado tu búsqueda para más tarde, para el día siguiente en que daríamos una vuelta en coche sin convicción, confiaríamos en la policía y te iríamos olvidando, dando por desaparecido según pasaran los días. Pero Yuliana seguía buscándote, seguía pensando posibles destinos, seguía creyendo en que acabaríamos por encontrarte, vivo.

Creo que sé dónde puede estar Segismón, dijo de pronto. Creo que sé dónde puede estar Segismón: quizás ha vuelto a casa.

Aquí no está, dijimos Segis y yo a la vez, sin entender a Yuliana, que sonrió al vernos abrir los brazos para abarcar el piso vacío: no, no digo aquí, me refiero a casa, a *su casa*.

¿Villa Gaor?, pregunté, sintiéndome estúpido como siempre que pronuncio el nombrecito que le pusiste, acrónimo de tu apellido y el de mamá, otro cliché de nuevo rico, otro motivo de risa para quienes disfrutaron tu caída. Me vi por un momento regresando a Villa Gaor, cruzar avergonzado la urbanización, soportar la hipocresía de los residentes al verme llegar, preguntar a los nuevos inquilinos, a los vecinos que no te han olvidado, a los guardias y jardineros, si han visto merodear por allí a un anciano con aspecto de abandono.

No, no, negó Yuliana, e insistió: me refiero a su casa, la única que él llama así, *mi casa*; la única que todavía recuerda.

Yo seguía sin entender, qué *casa*: ¿el pisito que comprasteis mamá y tú al casaros, en el que viví toda mi infancia y primera juventud y donde seguisteis vosotros hasta que pudisteis comprar un adosado en el extrarradio, paso previo a Villa Gaor? ¿Acaso llamabas *casa* al propio adosado, que durante unos pocos años te enorgulleció como muestra de prosperidad, de haber subido una o dos plantas en el jodido ascensor social, el primer fruto de tu querida cultura del esfuerzo: dejar de vivir en una comunidad vertical, no tener ya más vecinos que los colindantes, sin taconazos por arriba ni berridos en el patio de vecinos? ¿Había alguna otra *casa* que yo ignoraba, una doble vida, una segunda familia mantenida en paralelo y clandestina durante décadas, con otra esposa más querida que mamá, otros hijos que no hayan acumulado resentimiento por ti? ¿Tal vez le habías puesto piso a tu Divina?

¿La casa de la higuera?, preguntó por fin Segis, de nuevo más avispado que yo.

Sí, la de la higuera, confirmó Yuliana, y entonces entendí. ¡La jodida casa de la higuera! Venga ya. El mito fundacional de la saga. Aquí nació Segismundo García, inexistente placa en su fachada.

Hace años que esa casa desapareció, les agüé deprisa la hipótesis. Hace treinta, o quizás ya cuarenta años que desapareció tu *casa de la higuera*. Cayó bajo la piqueta como tantas otras, le pasó por encima la ciudad en su expansión: todo lo que en aquel tiempo era arrabal, huertas, chabolas, casas de campo y un par de ventas domingueras acabó urbanizado, asfaltado, canalizado bajo tierra el arroyo, secada la charca, enterrado y convertido en parque el vertedero, planificado todo en un despacho, dibujado por urbanistas, uniformado como un barrio periférico más donde hoy viven miles de vecinos que nada saben del mitificado origen humilde de Segismundo el Grande. De la casa quedó aún menos que del Paraíso. Y la famosa higuera, caso de haber existido y no ser otro invento de tu mitología personal, sería levantada de raíz por una excavadora cuando allanaron el terreno, y sumada a otro montículo de escombros de los que hoy dan su característico relieve al parque.

Su papá hablaba mucho de esa casa, insistió

Yuliana, negándome de nuevo el tuteo, supongo que por el poco entusiasmo que yo había mostrado hacia su comunidad de cuidados.

Sí, a mí también me contó historias de la casa de la higuera, corroboró Segis, al que por lo visto le habías compartido tu infancia sin yo enterarme; las mismas historias de niño pobre que yo te había oído tantas veces y que archivé con desdén como meras estampitas con que ilustrar tu discurso meritocrático, la prueba de que el esfuerzo obtiene recompensa y que el ascensor social no es una fábula consoladora: cómo pasar de la casa de la higuera a Villa Gaor en solo una generación, de la autoconstrucción emigrante al estudio de arquitectura; de la habitación única con camastro y retrete en el corral a la suite matrimonial con baño propio y un vestidor más grande que tu primera casa. Del huertecillo de subsistencia y la higuera pródiga al jardín con cenador y un par de olivos centenarios caprichosamente arrancados de alguna sierra al sur.

Siempre pensé que aquella casucha, que no llegué a conocer, tan importante en tu vida que ni siquiera me llevaste de niño cuando tal vez todavía seguía en pie, y cuya desaparición sin embargo lamentaste como una pérdida patrimonial irreparable cuando supiste de la construcción del nuevo barrio, siempre pensé que era solo un recurso narrativo. No digo que no hubiera existido, claro que era cierta tu miseria familiar, pero cada vez que hablabas de ella, primero conmigo, luego con Segis y últimamente parece que también con Yuliana, cada vez que la nombrabas, la falseabas un poco más, la achicabas otros cuantos metros, empobrecías más sus materiales, enfriabas sus inviernos y achicharrabas sus veranos, oscurecías sus noches sin electricidad y quitabas esperanza a sus días, hacinabas más a tus padres y hermanos, los embrutecías, los encanijabas de mala alimentación y trabajo informal, anacrónicamente harapientos y brutos, pues cuanto más miserable fuese tu origen, tanto más admirable sería tu ascenso, y más trágica tu caída, más injusto tu final. Y lo mismo con la higuera, que seguramente era un tronco mediano y de producción rácana que ofrecía un postre de vez en cuando, pero que la leyenda convirtió en un ejemplar magnífico al que trepar para, desde la copa, ver la ciudad a lo lejos como ambición, y de sus ramas hizo una cornucopia ajena a las estaciones, infinita de higos carnosos y tópicamente sensuales en su interior, cuyo sabor no habías vuelto a encontrar ni en la frutería del Corte Inglés ni en las mejores mesas a las que el niño pobre conseguiría sentarse años después.

¡La casa de la higuera, venga ya! No podía creerme que hubieses dirigido tus pasos dementes hasta ella, nada menos; que el recuerdo de la penuria familiar fuese el resorte que iniciaba tus intentos de fuga, el que había conseguido arrastrarte por fin y perderte; que te hubieras cruzado media ciudad para llegar hasta una infravivienda que ni siquiera existía ya. Tampoco me parecía verosímil que fuese el *lugar seguro* donde hubieses escondido tus últimos caudales antes de entrar en prisión, aunque bien pensado tenía su gracia, podía ser una gran broma tuya: vincular tu fortuna, aunque fuesen los restos de tu fortuna perdida, al agujero miserable del que saliste. Podía ser tu forma irónica de hacerte justicia: recuperar la libertad y acudir a tu casa de la higuera para recobrar tu botín, tu salvación, que por supuesto habrías enterrado a los pies del mítico árbol. Una bonita historia, salvo por un pequeño inconveniente, que recordé de nuevo a mis compañeros de búsqueda: la casa ya no existe. Ni la casa ni la higuera.

Pero eso él no lo sabe, objetó Yuliana; él no lo sabe, para él sigue existiendo. Su realidad no es la nuestra. No sabe atarse los cordones, ni en qué año estamos o quién es ese extraño del espejo, pero hasta hace poco todavía hablaba de su madre. Es la única a la que sigue reconociendo en las fotos. Y a veces la llama, mamá, mamá, mamá, y yo le cojo la mano y le digo que ya viene mamá, ya viene mamá, y se acaba tranquilizando. Cuando aún podía expresarse, me contaba historias de su madre, y siempre habían sucedido allí: en la casa de la higuera.

Enternecedor, pensé. La fiera redimida del todo, convertida en un cachorrito que llama a su mami en las noches de miedo. Pero yo solo veía los problemas prácticos: aunque quisiera volver a casa con mamá, no sabría llegar; no ha vuelto al lugar desde que lo dejó siendo muy joven, y toda esa zona de la ciudad ha cambiado mucho, no reconocería el camino, y menos en su actual estado mental.

Yo fui una vez con el abuelo, soltó de pronto Segis, empeñado como Yuliana en rebatir cada una de mis objeciones. ¿Cómo que has ido con él? Un no parar de sorpresas. Tu nieto contó que de pequeño lo llevaste un día contigo. Antes de la debacle, cuando estabas todavía en lo alto. Un fin de semana que Segis pasaba con vosotros en Villa Gaor, lo subiste al coche y le anunciaste que le ibas a enseñar el origen familiar. Deambulasteis por el barrio que hoy ocupa lo que entonces era campo, buscando referencias con las que superponer tu memoria sobre el plano actual, y creíste encontrar el lugar aproximado donde estuvo tu casa. Yo daba por hecho que te lo inventaste para no estropear la escena, pero Segis recordaba que os situasteis en unas pistas deportivas entre edificios, junto a un parque. Casi puedo verte, explicándoselo todo a tu nieto, como el conquistador que regresa a su aldea y encuentra todo cambiado: aquí estaba mi casa, y justo aquí la higuera. Todo esto era campo, aquella calle coincide con el cauce del arroyo, de hecho le han puesto el mismo nombre. Ese centro comercial era entonces una charca. Mira, justo ahí había una venta, la gente de la ciudad venía los domingos a comer pajaritos fritos, y más allá un chalé del que se contaba que en la guerra se usó para detener y torturar, que durante la dictadura acogía juergas privadas para peces gordos, y acabó siendo un centro de rehabilitación para yonquis. La ermita todavía se conserva en el parque, aunque la han restaurado y parece nueva. Y esa avenida era el camino que iba hacia la ciudad atravesando huertas; a kilómetro y medio estaban entonces las primeras calles y la parada de autobús que yo tenía que coger para ir al colegio.

Para seguir el festival de revelaciones, Yuliana contó a continuación que también ella te acompañó un día hasta la casa de la higuera. Llevaba poco tiempo cuidándote, todavía se podía razonar contigo, y tus olvidos eran sobre todo de hechos recientes, casi intacto el pasado remoto. Un día que salisteis a pasear le dijiste que ibas a enseñarle tu casa, y echasteis a andar en esa dirección. Después de una hora llegasteis a la circunvalación y Yuliana propuso volver, pero tú insististe. Cruzasteis por un paso elevado y cogiste la avenida que sigue llamándose como el antiguo camino. Caminasteis casi dos horas más, a tu paso ya renqueante, pero te negaste a dar la vuelta o coger un autobús, empeñado en llegar, y cuando ella ya estaba convencida de que te habías desorientado o que estabas mezclando recuerdos de otro tiempo y hasta de otra ciudad, te detuviste en el mismo sitio que contó Segis: unas pistas deportivas, que supongo recordabas de la visita anterior con tu nieto, o tal vez habías ido muchas otras veces como, sí, el terrateniente que cabalga al atardecer hasta el pequeño cobertizo que un día fue su pobre hogar y que conserva intacto en un extremo de su rico latifundio y etcétera. De otra forma no sería creíble que en ese nivel de senilidad fueses capaz de reconocer el viejo campo bajo la nueva trama urbana.

Aquí viví, le contaste a Yuliana ese día; aquí viví desde que nací hasta que me fui a la mili, y aquí siguieron mis padres hasta que entre todos los hermanos pudimos comprarles un piso; aquí pasé toda mi infancia, le señalaste a la escéptica muchacha, que dio por hecho que tus ojos seniles veían algo diferente en un barrio que no parecía tan antiguo como tu remota infancia; que aquella afirmación, aquí viví, señalando una cancha de cemento, un jardincillo y una explanada de aparcamiento entre edificios residenciales, era otra manifestación de tu deterioro cognitivo. Aquel día permanecisteis tres, cuatro horas, sentados en un banco, se os hizo de noche. Regresasteis en taxi, te derrumbaste en la cama y lloraste, seguramente por agotamiento físico o un desequilibrio químico en el cerebro, pero Yuliana entendió que era un destrozo emocional, te apretó la mano y se quedó a tu lado hasta que te dormiste.

No volvisteis, no lo propusiste en siguientes paseos, asumido que ya no existía la casa de la higuera, aunque hablases repetidamente de ella.

Cuando tiempo después, agudizado tu deterioro, empezaron tus intentos de fuga, ya tu conversación era esporádica y confusa, también tu memoria, y Yuliana no relacionó tu escapismo temprano con aquel destino. Forcejeabas con la cerradura diciendo que te querías ir a tu casa, y Yuliana, dando por hecho que sufrías la misma confusión espacio-temporal de tantos enfermos, acababa aplicándote el mismo método que ya había seguido antes con otros viejos a los que cuidó: te decía sí, Segismón, vamos a casa, yo te acompaño, y bajabais a la calle, te daba una vuelta a la manzana o un par de calles más, suficiente para que se calmase tu ansiedad, y al pasar de nuevo por el portal te decía: ya hemos llegado a casa, y subíais de vuelta, conforme tú, apaciguado y olvidado de tu pretensión anterior. De esas primeras veces no me habló Yuliana, o si me lo contó yo no la atendí, de modo que tampoco lo relacioné cuando tiempo después tu escapismo se volvió más agresivo, cuando en mitad del paseo te soltabas de ella y echabas a andar deprisa, o en plena noche te despertabas e intentabas abrir la puerta y la aporreabas hasta despertarla. Di por bueno que era otro tipo de trastorno, otra composición de recuerdos troceados, y que era otro el destino de tus erráticos pasos: la cueva del tesoro.

Tras el relato de Yuliana, yo seguía considerando improbable que hubieses caminado hoy hacia la casa de la higuera, pero tampoco tenía una idea mejor. Así que subimos los tres a un Ubify, y ella puso un mensaje en el chat de su grupo de cuidadoras, para ver si alguna de las que trabajan en la zona podía pasar por las pistas deportivas junto al parque y, en caso de encontrarte, quedarse contigo, *cuidarte* mientras llegábamos.

Durante los veinte minutos de trayecto, Yuliana me contó todas esas historias entrañables de la casa de la higuera, todas esas historias que tú le relataste, coherentes y detalladas en los primeros tiempos, desordenadas y dudosas cuando la enfermedad te fue desguazando, y que eras capaz de evocar hasta no hace mucho, casi ya sin lenguaje pero todavía agarrado a esos recuerdos, pues según Yuliana la memoria a largo plazo aguanta hasta fases avanzadas de la enfermedad, y la memoria afectiva, emocional y sensorial es la última en degradarse. Todas esas historias que, para mi sorpresa, Segis también conoce, no solo de aquel día en que vinisteis juntos, sino de otras ocasiones en que estrechasteis una intimidad entre abuelo y nieto que se me escapó, que no vi, que diría que hasta me ocultasteis. Todas esas historias que yo debería conocer, que tú tenías que haberme contado como padre, y que no descarto que me las contases pero yo las desoyese, o que las haya olvidado, que mi cerebro también empiece a tener vías de agua.

Historias del pequeño Segismón, que así te llamaba tu madre.

Historias de un padre austero en la expresión de sus sentimientos, como lo fuiste tú conmigo y como he intentado no serlo yo con Segis.

Historias de una madre comprometida en compensar toda esa austeridad paterna con un derroche de amor materno. La expresión es de Yuliana, me cuesta creer que repita tus palabras: derroche de amor. Una madre que con sus hijos, pero sobre todo con el pequeño Segismón, daba y recibía todo el cariño que le negaba su marido; lo que de ser cierto, el hecho y tu relato posterior, me hace más incomprensible que replicases ese mismo modelo matrimonial con mamá, con tu mujer a la que tanto negaste.

Yuliana y Segis me lo han contado todo, a dos voces, quitándose la palabra, completando sus respectivas versiones, riendo las diferencias, y en veinte minutos de coche he sabido más de ti que en cuarenta y tantos años de vida familiar.

Ahora sé que tu padre tenía la boca maltrecha, y su carácter se agriaba más o menos, y su severidad familiar era más o menos violenta, en función de sus dolores dentales.

Sé que bebía mucho para anestesiarse, o al menos así disculpaba tu madre su alcoholismo.

Sé que una vez le viste arrancarse una muela picada que lo estaba matando, nunca olvidarías sus alaridos.

Sé que tu padre desaparecía meses enteros en que se iba a campañas agrícolas, grandes obras públicas, hoteles de la costa, la vendimia francesa, pero apenas traía dinero al volver.

Sé que una vez tardó más de la cuenta en regresar, tu madre os dijo que estaba en Alemania, y años después tu hermano mayor te reveló que había pasado un año en la cárcel por una pelea que acabó mal.

Sé que su única muestra de cariño hacia ti y tus hermanos eran los juegos de pistas, mira tú por dónde. En ocasiones especiales, cumpleaños y Navidad, encontrabais un papelito junto a la almohada o dentro de la zapatilla, un papelito doblado que iniciaba el juego y que, de pista en pista, de acertijo en acertijo, os llevaba hasta el tesoro final, una moneda, una chocolatina, enterrados en algún sitio cercano, para el que había por supuesto un mapa dibujado, una equis en el punto exacto.

Sé que en las noches de invierno dormíais todos los hermanos con tu madre, apretados como cachorros. Sé que sin necesidad de frío te ibas por la noche a su cama, niño asustadizo, compinchados los dos para que tu padre no se enterase, y ella te apretaba contra su vientre y olía a sudor y a lejía. Te agarrabas a un mechón de su pelo que rizabas en anillo en tu dedo hasta quedarte dormido. Las pocas veces que tu padre se despertó por no haber bebido suficiente, os abofeteó a los dos, y te echó de la casa, a dormir al raso, niño asustadizo.

Sé que comíais lo que producíais, autoconsumo de verdad: lo escaso del huerto, huevos, alguna gallina muy de vez en cuando, conejos que cazabais, y la leche, legumbres y conservas que traía tu madre una vez a la semana del *mercado*, al que nunca te dejó acompañarla porque en realidad era una *cola del hambre* en una iglesia, te lo contó tu hermano mayor tiempo después.

Sé que traíais el agua de una fuente próxima, no has bebido en tu vida un agua tan fresca. No me lo han dicho, pero doy por hecho que rellenabais un botijo. Sé que cuando años después les comprasteis un piso a tus padres y pudieron salir de allí, tu madre te pedía que le llevases garrafas de agua de la fuente, no le gustaba la que salía del grifo.

Sé que por las tardes, tras la escuela cuando todavía ibas a la escuela, te acercabas hasta la valla de la urbanización donde vivían entonces *los americanos* de la base aérea, tan fascinantes a tus ojos, tan rubios, inalcanzables al otro lado de la alambrada con sus casas de película, sus coches y bicicletas, sus madres e hijas que te volvían loco, como el criado que espía por la cerradura: sus cuerpos fabulosos, hermosos y sanos, bien alimentados y poco trabajados, bellas porque el dinero las hacía bellas.

Sé que tu madre trabajaba limpiando casas de los americanos, pero nunca te dejó acompañarla.

Sé que junto a otros niños, que como tú vivían en casuchas próximas, ibas a la urbanización y echabais batallas de piedras con los críos americanos, y nunca lo has pasado mejor que en aquellas razias donde siempre acababa uno descalabrado.

Sé que un niño americano te dio su bicicleta vieja, le acababan de regalar otra, pero tu padre te acusó de haberla robado y te castigó a golpes. Tuviste que ir al día siguiente con él a devolverla y pedir perdón, y cuando el padre del otro niño intentó convencerle con su español precario de que todo estaba en orden, él se empeñó en pagar algo por ella.

Sé que con la bicicleta, y un rudimentario remolque hecho con piezas rescatadas de la basura, empezaste a repartir todo tipo de pequeñas mercancías en los barrios más cercanos, y eras tan serio y cumplidor que pronto te ganaste la confianza de tenderos y clientes.

Sé que con tu primera nómina, ya como repartidor con furgoneta, le ofreciste a tu padre ponerle una dentadura postiza, y él te la rechazó: para qué necesitaba él unos dientes de mentira.

¡Allí está!, dijo Yuliana al bajar del coche, y echó a correr hasta ti, seguida por Segis. Yo me quedé atrás, caminé sin prisa hacia vosotros. Estabas sentado en este mismo banco. A tu lado había una joven mulata que te tenía tomada la mano. No era tu cómplice de fuga, ni tu amante caribeña que te hubiese esperado todos estos años con el dinero bajo el colchón; no era Divina. Me quedó claro al ver a vuestro lado a otro viejo, en silla de ruedas, dormitando. Era otra Yuliana, una compañera del grupo ese de apoyo mutuo, que trabaja en este barrio cuidando a otro inválido.

Te alegraste al vernos, sin sorpresa.

Hola, padre, te dije, y me miraste con esa misma sonrisa impropia con la que ahora me sonríes cuando lo vuelvo a decir: hola, padre. Impropia, no es tuya, no eres tú. Una máscara.

Te vi el pantalón con la rodilla al aire, las manos sucias, los cuatro pelos alborotados, como si en efecto hubieses llegado hasta aquí escarbando, abriendo con las uñas y los dientes una galería, topo feroz.

Yuliana te peinó con sus dedos. Segis te abrochó en la muñeca el reloj, no fueras a escaparte otra vez en un descuido nuestro.

Eché un vistazo alrededor. Anchas avenidas, bloques que ocupan manzanas enteras, coches pequeños porque el grande está en el garaje. Clase media de extrarradio. Piscina, pádel, barbacoa y seguramente búnker. El parque al fondo, bien cuidado. Un ejército de Yulianas que limpian los pisos y pasean viejos. Una pista deportiva. Un solar donde los vecinos han montado un remedo de huertecillo. Un jardín comestible. ¿También aquí? ¿Botijeros de clase media?

Cuando llegamos, un jubilado en chándal removía la tierra con un zacho, agarrando el mango sin tensión, en su vida ha cogido una herramienta que no sea para bricolaje casero. Si te quedase cerebro, te habría sulfurado ver a un hortelano de pega *trabajando* la misma tierra que os dio de comer en tu infancia. Ahí estaba, jugando a campesino con el relajo de quien nunca ha pasado hambre. Imaginé por un momento que en ese mismo instante, al dar un golpe fofo de azada, percutía algo duro, metálico, y que delante de nuestras narices se agachaba, apartaba tierra con las manos melindrosas y sacaba del suelo el tesoro. Ya ves, hasta el último momento he esperado que apareciera. Que no te hubieses arrastrado hasta aquí por ninguna nostalgia a destiempo, sino por ser tu lugar seguro. Que ya hubieras venido hace años, cuando todavía estabas en libertad a la espera de sentencia pero sabiéndote condenado de antemano; haber llegado hasta aquí tú solo, asegurándote de que nadie te siguiera, con la paranoia de la libertad provisional y el riesgo de fuga, el acoso de los periodistas. Haber llegado hasta aquí de madrugada para no ser observado desde las ventanas ni sorprendido por paseadores de perros, y en este mismo solar, o más allá, en alguna colina escombrada del parque, cavar un nicho suficiente para una pequeña caja, y fijar en la memoria, todavía operativa, el lugar exacto, la equis del mapa dibujado. Una idea bonita, el final feliz que ya no tendremos. Si así fue, tú no lo encontrarás ya, por mucho que yo te pasee por los alrededores. Quizás lo descubrió un jardinero municipal en su día de suerte. Un instalador de fibra óptica al levantar el suelo. Un botijero que plantaba tomates, y el afortunado se lo calló, no contó la pintoresca historia a la prensa, se lo guardó, fingió un premio de lotería y ahora lo disfruta; o lo entregó a la comunidad para que pongan más placas, más huertecitos, más fachadas de colores, más botijos, más mierda. Qué más da. Como si lo encuentra un arqueólogo dentro de trescientos años, entre las ruinas de nuestra civilización.

Nos hemos quedado solos.

Yuliana y Segis se fueron hace más de dos horas, alegando citas a las que llegaban tarde, los dos agotados por un día tan intenso, o quizás conjurados para dejarnos a solas y facilitar este tópico momento final de padre e hijo reencontrados, reconocidos, reconciliados, todo perdonado. Dentro violines, venga la puesta de sol.

No, no será así. Estamos ya viejos los dos. Cansados. Y es tarde.

Nos hemos quedado solos. Ya te lo he dicho todo, más de dos horas hablando, y tú no tienes nada que decir. Te lo he dicho todo, y ni siquiera a ti, no al interlocutor que merecían mis palabras, sino a este viejo que ya no es mi padre, que ya no eres tú, que eres nadie. O quizás sí, quizás así eres el auténtico tú, puro, tal como serías si las circunstancias no te hubiesen maleado desde tan pronto. Qué más da. Eres el único que queda, y pronto no serás ya ni este apagarse, ni una sombra.

Es tarde y nos hemos quedado solos. Es hora de volver a casa.

Podemos regresar andando, tomados de la manita como si fueses mi padre y yo tu hijo. Me agarraste la mano hace un rato, cuando terminé de hablar, cuando me quedé sin palabras, desfondado y supongo que aliviado, y callé por fin y me senté a tu lado. Sé que lo hiciste porque Yuliana te ha acostumbrado a ir de la manita, porque te da seguridad, porque eres un niñito desvalido. Pero puedo hacerme la ilusión de que me estás pidiendo perdón; que después de escucharme, un rescoldo de lucidez en lo más profundo de tu conciencia te ha hecho pedirme perdón. Perdóname, hijo. Lo siento mucho. Podría hasta obligarte a repetir esas mismas palabras en voz alta, como un papagayo o un muñeco a pilas, aunque para ti sean palabras sin significado y para mí lleguen tarde. Perdóname, hijo. Perdóname.

Me agarraste la mano y no me la has soltado. Tampoco yo. La gente al pasar nos mira y me entran ganas de aclararles que estás enfermo. No vayan a pensar qué.

Es una sensación extraña. Un calambre flojo pero continuo. No diría que desagradable, tampoco placentero. Un recuerdo inventado, no por ello menos punzante. Cuándo fue la última vez que me cogiste la mano. No hemos sido tú y yo de tocarnos mucho. Ni siquiera cuando yo era pequeño, no al menos como para fijar memoria. Con Segis sí, con él he tratado de desquitarme de toda la piel que tú no me diste. Ahora, adolescente, rehúye mis besos y mi brazo en el hombro, yo mismo no sé ya cómo tocarlo. Pero tú y yo siempre hemos guardado una distancia física en la que no hay manera de anclar afecto alguno. Tu socio, Alberto, me daba dos besos de judas cada vez que me veía, aun cruzándonos casi a diario en la empresa. Contigo, en cambio, solo me faltó hablarte de usted. Por eso ahora siento extraña esta mano, que no reconozco ni recuerdo, porque ni siquiera la conocí. Un pellejo húmedo y frío, no conserva nada del exagerado vigor con que en tiempos apretabas manos o palmeabas espaldas. Ahora podría romperte todos los huesecillos de pajarito con solo cerrar la pinza de mis dedos. No parece la mano de Segismundo el Grande. Como tampoco tu mirada, esos ojitos indefensos, suplicantes a poco que dejo de sonreír, perrunamente alegres en cuanto repongo la sonrisa. Quién te ha visto y quién te ve, Segismundo. Quién nos ha visto.

¿Qué vamos a hacer tú y yo? Qué viene ahora. Qué nos queda. Insistir en el banco. Encontrar algún socio, un inversor. Quizás Alberto esté interesado. Ser su roña. Y si no, intentar otro negocio. Continuar los que deje Segis, si de verdad está tan cansado. Esperar un golpe de suerte. Confiar en que aparezca un tesoro.

Podemos irnos a uno de esos pueblos. ¿Te imaginas? Tú y yo empinando el botijo. Ríete, cabrón, ríete. O mejor nos vamos con Yuliana a su casa de cuidados, a que nos coja la manita a los dos, uno a cada lado. O con Mónica, a ver si todavía nos quiere.

Míralos. Cada vez llegan más. Viernes noche, cenita en comunidad, como dijo Gaya. Hasta en un extrarradio de clase media como este hay quien se apunta, ya ves. Piscina, pádel, barbacoa y cena vecinal en la pista deportiva junto al huertecillo. Solo falta que nos encontremos a Roberto, el del banco.

Fíjate, cuánto entusiasmo. Si no fuera porque los conozco demasiado y sé que su entusiasmo es siempre propagandístico, yo mismo me creería su alegría. Dan ganas de unirse, ¿verdad? No te rías, que nos acabarán sacando a bailar. Si no hay baile, no es nuestra revolución, acuérdate.

¿Te gusta? Pues toda esta fiesta la han montado para ti. ¿No has visto cómo nos miraban mientras la preparaban? No porque les llame la atención ver a dos hombres en un banco sin farola, cogidos de la mano, inmóviles desde hace horas. Es que es tu fiesta. Sorpresa. Que sí, para ti, todo para ti: las mesas corridas llenas de comiditas de producción local, los refrescos extremeños, la barra atendida por los propios vecinos que no saben tirar bien las cañas, disipadas. Lo han improvisado todo al saber que estabas aquí. Quizás los avisó Yuliana antes de irse. ¡Segismundo ha vuelto! ¡Segismundo ha vuelto a la casa de la higuera! Se corrió la voz y han traído sillas plegables, tableros y caballetes, farolillos de manualidad escolar, altavoces, bidones llenos de hielo, un grifo de cerveza y una parrilla donde no creo que asen mucha carne, no te emociones.

¡Segismundo ha vuelto!, gritaron de portal en portal, y han venido todos. Familias con carritos de bebé, parejas jóvenes, pero también viejos como tú, que tal vez recuerdan cuando esto era campo. El chaval que pone música. La que pinta las caras a los niños. La del puesto de libros, el del tenderete con artesanía, botijos incluidos. Las risas, la conversación exageradamente alegre, las palmas, los amagos de baile. Todo por ti, Segismundo. Para celebrar que te hemos encontrado. Para conmemorar tus éxitos. La apertura de otra clínica. La expansión internacional. La nueva línea de negocio, los lugares seguros. El éxito de la segunda generación, el triunfo garantizado de la tercera. Hay mucho que celebrar. Una gran fiesta en tu honor. Fíjate en esas pancartas junto al huerto, con letras de colores y la silueta de una niña regando edificios florecidos. Ya no sabes leer, pero lo pone bien claro: Gracias, Segismundo García. Sonrisas para todos. Viva Segismundo el Grande.

Vámonos o acabaremos bailando, te lo advierto. Estoy por tomarme al menos una cerveza disipada. Para brindar por ti.

¿Quieres que nos quedemos? Cenaremos gratis. Será divertido. Podemos hacernos pasar por dos de ellos, comprar un par de pulseritas en el tenderete, participar en sus conversaciones aguantándonos la risa. Cambia tu barrio y cambiarás el mundo. Grietas, semillas. Seguridad colectiva. Y después de la fiesta, cuando se hayan ido todos y nos quedemos solos otra vez, forzaremos el cobertizo aquel y agarraremos las herramientas. Cavaremos ahí mismo, donde apenas llega la luz de las farolas. Arrancaremos sus tomateras, no por vandalismo sino porque se interponen en nuestro objetivo. Levantaremos la tierra de cultivo y seguiremos con el suelo duro. Cavaremos hasta encontrar algo, aunque sea una raíz muerta de higuera. Cavaremos más profundo y, si no hay tesoro, seguiremos hacia abajo y abriremos un túnel para regresar, tú y yo como dos topos, como dos buzos ciegos, deslizándonos por sótanos, garajes, pozos y alcantarillas; abandonándonos a la corriente para que nos deje de vuelta en el piso, agotados y felices.

Pero para eso tendrás que soltarme la mano.

DOPO

Non quelli dentro il bunker,
non quelli con le scorte alimentari, nessuno
di città,
si salveranno indios, balti, masai,
beduini protetti dal vento, mongoli su cavalli,
e poi uno di Napoli nascosto nel Vesuvio,
e un ebreo avvolto in uno sciame di parole,
per tradizione illesi dentro fornaci ardenti.

Si salveranno più donne che uomini,
più pesci che mammiferi,
sparirà il rock and roll, resteranno le preghiere,
scomparirà il denaro, torneranno le conchiglie.

L'umanità sarà poca, meticcia, zingara
e andrà a piedi. Avrà per bottino la vita
la più grande ricchezza da trasmettere ai figli.

Erri De Luca

DESPUÉS

No los de dentro del búnker,
ni aquellos con las provisiones de alimentos,
   ninguno de ciudad,
se salvarán indios, baltis, masáis,
beduinos protegidos por el viento, mongoles a caballo,
y después uno de Nápoles escondido en el Vesubio,
y un judio envuelto en un enjambre de palabras,
por tradición ilesos dentro de hornos ardientes.

Se salvarán más mujeres que hombres,
más peces que mamíferos,
desaparecerá el rock and roll, quedarán las oraciones,
se extinguirá el dinero, volverán las conchas.

La humanidad será escasa, mestiza, gitana
y caminará a pie. Tendrá como botín la vida
la riqueza más grande que transmitir a los hijos.

Erri De Luca

AGRADECIMIENTOS

Son muchas las lecturas que han acompañado la escritura de esta novela. La tarea de imaginar el tiempo venidero evitando marcos distópicos no habría sido posible sin la imaginación política de, entre muchos otros pensadores y activistas, Aaron Bastani, Andreu Escrivà, Peter Frase, Yayo Herrero, José Manuel López, Layla Martínez, Francisco Martorell, Arnau Montserrat, José Manuel Naredo, Jaume Peris, Jorge Riechmann, Kim Stanley Robinson, Emilio Santiago, Pablo Servigne, Rebecca Solnit, Raphael Stevens, Héctor Tejero, Erik Olin Wright y el colectivo Contra el Diluvio. Quiero agradecer además a David Becerra por su rigurosa lectura, y tantas conversaciones enriquecedoras con José Manuel López a lo largo de los años. Y a la buena gente resistente de Hortaleza, de quienes tanto he aprendido.

Otros títulos del autor en Booket:

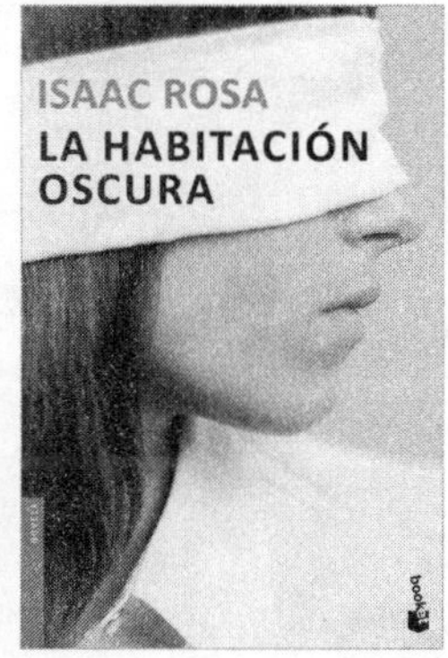

booket

www.booket.com

www.planetadelibros.com